世界华文文学研究文库 第2辑
世界华文文学研究文库编委会 编

华文文学的文化取向

王列耀选集

王列耀 著

China World Association for Chinese Literatures

南方出版传媒
花城出版社
中国·广州

图书在版编目（CIP）数据

华文文学的文化取向：王列耀选集 / 王列耀著. ——
广州：花城出版社，2014.11（2021.7重印）
（世界华文文学研究文库. 第2辑）
ISBN 978-7-5360-7312-8

Ⅰ. ①华… Ⅱ. ①王… Ⅲ. ①华文文学－文学研究－
世界－文集 Ⅳ. ①I106-53

中国版本图书馆CIP数据核字(2014)第247584号

出 版 人：肖延兵
责任编辑：李　谓　李加联　杜小烨
技术编辑：薛伟民　凌春梅
装帧设计：林露茜

书　　名　华文文学的文化取向：王列耀选集
　　　　　HUAWEN WENXUE DE WENHUA QUXIANG WANG LIEYAO XUANJI
出版发行　花城出版社
　　　　　（广州市环市东路水荫路11号）
经　　销　全国新华书店
印　　刷　北京一鑫印务有限责任公司
　　　　　（北京市顺义区北务镇政府西200米）
开　　本　880毫米×1230毫米　32开
印　　张　9.125　2插页
字　　数　290,000字
版　　次　2014年11月第1版　2021年7月第2次印刷
定　　价　49.80元

如发现印装质量问题，请直接与印刷厂联系调换。
购书热线：020－37604658　37602954
花城出版社网站：http://www.fcph.com.cn

出版说明

　　有海水的地方就有华人，有华人的地方就有中华文化的流播，也就伴随有华文文学在世界各地绽放奇葩，并由此构成一道趋异与共生的独特风景线。当今世界，中华文化对全球的影响力不断扩大，无疑为我们寻找华文文学创作与研究的世界性坐标，提供了有利的条件和新的机遇。

　　改革开放三十多年来，中国大陆华文文学研究界的老中青学人，回应历经沧桑的世界华文文学创作，孜孜矻矻地进行了由浅入深、由少到多的观察与探悉，取得了相当丰硕的研究成果。为了汇集这一学科领域的创获，为了增进世界格局中中华文化和不同文化之间的交流与对话，为了加强以汉语为载体的华文文学在世界文坛的地位，也为了给予持续发展中的世界华文文学以学理与学术的有力支持，中国世界华文文学学会与花城出版社联手合作，决定编辑出版"世界华文文学研究文库"。

　　这套"文库"，计划用大约五年的时间出版约 50 种系列图书。

　　"文库"拟分为四个系列：自选集系列、编选集系列、优秀专著系列，博士论文系列。分辑出版，每辑推出 8 至 10 种。其中包括：自选集——当代著名学者选集，入选学者的代表作；编选集——已故学人的精选集，由编委会整理集纳其主要研究成果辑录成册；优秀专著——世界华文文学研究领域的最新学术专著，由编委会评选推出；博士论文——世界华文文学研究的博士论文，由编委会遴选胜出。

"世界华文文学研究文库"将以系统性、权威性的编选形式，成就华文文学研究领域的大典。其意义，一是展示中国世界华文文学研究的整体性学术成果；二是抢救已故学人的研究力作；三是弥补此一研究领域的空缺，以新视界做出新的开拓；四是凸显典藏性，有较高的历史价值与人文价值。

"文库"在编辑过程中，参考并选用了前贤及今人的不少研究成果，在此谨向众多方家深表谢忱。由于时间仓促，遗珠之憾和疏漏错差定然不免，尚祈广大读者多加赐教。

花城出版社
2012 年 10 月

目　录

第一辑　能将文化开南国

第一辑　能将文化开南国

东南亚华文文学
——华族身份意识的转型

东南亚地域辽阔，种族、宗教、文化等问题极为复杂；居住在此地域的华人人数，较之在中国之外的其他国家和地域都多。故而，东南亚华文文学，具有美学、文化学、人类学等多重意义，在整个世界华文文学格局中，是非常重要也是非常独特的一个组成部分。

一般而言，东南亚华文文学，经历了由华侨文学到华文文学的转变。但是，就东南亚华文文学所呈现的族群的身份意识而言，则经历了由华侨意识到华人意识再到华族意识，这样一个由"三段式"体现的发展过程；而且，作为"第三段"的华族意识，现在还正在转换、成长与壮大之中。

依据这个特征，本文试图将东南亚华文文学的整体性发展过程，描述为由华侨文学到华人文学、再到华族文学，这样一个较为复杂的转型过程。

一、华侨文学时期：流寓在东南亚的中国人

华侨文学时期，华侨的身份意识比较单纯、明了。作为中国的海外侨民，无论在社会生活、还是在文学创作中，他们都直言不讳地声明：我是流寓在东南亚的中国人。爱国爱乡，是他们重要的处事准则。

我们可以以黄东平的小说《阿二伯传——一位华侨的生活道路》

为例。

阿二伯，即"李阿二"，是东南亚第一代华人的一个代表或称缩影：少年时代，他背井离乡来到南洋。卖过苦力、收过废品、开过小店，在当地娶亲（当地人）并生子，直到七八十岁仍在努力奋斗。他在生活中的基本信念很清晰：一是不脱离当地"华侨社会"，二是"爱国爱乡"。

"华侨社会"，是流寓在东南亚的中国人的"社会"。不脱离当地"华侨社会"，实际上，也是"爱国爱乡"的一种表现方式。所以，上述二者都是以"爱国"——爱中国为中心的。

在《关怀故国家乡》一节中，"李阿二"把关心家乡当成是关心"祖国"的实际之举：尽管他在家乡已经没有近亲，"多少年来，族亲们来信求助的，无论是丧事、喜事，他都量力寄去，若是逢年过节，各寄两块大洋作为节仪探望他们，甚至祭祖、迎神等等，他都认为是自己分内的事，准时照数付寄。"

在《抗战爆发了》一节中，"李阿二"的第一件事，是为祖国"捐款"、"筹款"；"另一件爱国行动"是"抵制日货"。在《新中国成立了》一节中，"李阿二"的爱国行动即为送子"回国读书、学为国用"。"李阿二"和站在码头上"送子回国"的数千名华侨一样，这样述说着他们的共同心声："北方！——那儿，是伟大的祖国屹立的地方！""咱们的祖国一定强盛！"①

《阿二伯传》中的"李阿二"，不仅代表着东南亚华侨的心声，也颇具代表性地反映出东南亚"华侨文学"时期作者们单纯、明了的身份意识——华侨是"咱们的祖国"流寓在东南亚的中国人；而东南亚的华侨文学也自然是"咱们的祖国"的文学在东南亚的分支。

---

① 黄东平：《远离故国的人们》，新加坡乌托出版社1996年版。

二、华人文学时期：国籍属于东南亚，精神属于"文化中国"

华人文学时期，主要是相对于华侨文学时期和将要论述的华族文学时期而获得意义。它生成于 20 世纪 50 至 70 年代前后：即是在不少作家的国别身份由旅居东南亚的华侨，"被迫"变成了入籍东南亚的华人之后。

在这个意义上，华人文学时期是东南亚华文文学，在发展途中因创作主体身份的变化，出现的第一次较具规模的转型与拓展时期——由于作家国别身份的转换，东南亚华人文学已经分别属于了所在国文学，而不再是中国文学在海外的支流。

但是，由于作家身份意识在转换中的复杂、模糊、矛盾性——国籍属于东南亚，精神属于"文化中国"；又使得本次转型在整个东南亚华文文学发展中，具有过渡性——是创作主体对身份意识的思考由被动逐步转向主动，由个体性思考逐步转向整体性思考的过渡时期。

我们仍可以以黄东平的小说《阿二伯传——一位华侨的生活道路》为例。

在《其后的 20 年》一节中，"阿二伯""归化"了，成了所在国的公民。他为何要"归化"，是如何"归化"为"当地籍民"的呢？

"在当地的种种限制之下，外籍的居民的生活路越来越狭了，亚弄店更不容许以外侨的身份经营了。此际，许多善观风的纷纷想法归化成为当地籍民。这'归化'的门路是：花大笔钱通过某方面进行申请，挨上一年多等待批准，批准前还要经过当地政治常识考试，批准后更要作效忠宣誓，以至换上当地人名字等。情势发展到这一步，在经过再三排比之后，到得他这耄耋之年，阿二伯终于只能是说：'我们也归化吧！'……"

写到这里，作家黄东平忍不住"自己"站出来这样说："朋友，这行动却不是出于阿二伯和此地华侨的愿望。而他们这样做，正是为了照顾华侨自身当前的利益啊！就是故国的决策者，也有意让华侨这样做的呀!"黄东平还说:"可以肯定的是'阿二伯'所走的路,正是大多数华侨所走的方向!"①

可见,第一,"阿二伯"们的"归化",是一种迫不得已的被迫"归化":由于当时中国出现的具体情况,"阿二伯"们在追寻与奉献了几十年之后,发现"故国""已去我";发现欲图在当地生存与发展不得不"归化"。所以,他把已经赴中国读书的大儿子申请到香港,把二儿子送往美国读书,自己也"归化"为了当地国籍。

第二,在这种"被迫"的心态主导之下,"阿二伯"们虽然经过了"当地政治常识考试",进行了"效忠宣誓,以至换上当地人名字",甚至"信奉"了在入籍国作为"主流意识"的宗教;但是,他们的身份意识难以与他们的国别身份一起实现同步转化。可以说,他们的行动与他们的心愿并非同步,多少存在着一些——身在入籍国,心系"唐山"的——纠葛。

由于是因"被迫"而入籍,又是身入心未入,这一时期华人的身份意识比较复杂与模糊——爱国爱乡的含义,变得暧昧甚至分离——常常是在法理的层面上指向入籍国,在心理的层面上仍然指向"已去我"的"故国"——中国。所以,作家们在生活与创作中,常常会有意无意地流露:就国籍而言,我属于东南亚;就精神而言,我属于"文化中国"。

华人身份意识的复杂、模糊、暧昧甚至分离,自然导致了两种创作观念的产生与流行:

其一,从"面向祖国"到"面向东南亚"。

应该说,作家的创作观念从"面向祖国"转变为"面向东南亚",对刚刚"被迫""归化"且在身份意识方面还充满矛盾的东南亚华人作家而言,已经是一次颇具规模的转向。但是,这次转向离东南亚华文文学发展的真正要求——"融于东南亚",甚至"我就是东南亚"的境界,还有一段比较漫长的距离。

---

① 黄东平:《远离故国的人们》,新加坡乌托出版社1996年版。

立足于将东南亚华文文学视为一个由华侨文学到华人文学、再到华族文学,这样一个较为复杂的发展过程的基础上;本文认为,这种由"面向祖国"到"面向东南亚"的观念转变,标志着的是真正意义上的东南亚华人文学的出现;而不是"标志着真正意义上的东南亚华文文学的出现"。

其二,从"爱国爱乡"到爱"文化中国"。

乡愁,是华文文学中一个不朽的主题,但不同地域、不同时期的文学家书写乡愁的方式和所赋予的内涵会有不同。

东南亚华侨文学时期的乡愁,多吟唱漂泊游子的孤独与苦闷;"故乡"一词,主要指向作家国籍所在与心灵所依的祖国——中国。在这个意义上,"故乡"也就是"故国","乡愁"也就是"国愁";"乡"与"国"具有重合性、一体性。

东南亚华人文学时期的乡愁,多吟唱的是东南亚华人文化失根的彷徨与苦闷;"故乡"一词变得"虚化",主要指向作家心灵与精神所依的处所——文化中国。

所以,大多数华人作家,有的已经是第二代、第三代华人;他们笔下的"故乡",不是他们在东南亚的出生地、成长处,而是义无反顾地指向"北方"——泰国梦莉文本中的"故事",总是中国"故事";菲律宾柯清淡文本中的"故乡",总是指向长城、泰山、武夷山;新加坡孙爱玲文本中的"故人",总是指向古老的、永恒的潮州、汕头……

这里,表面上显现的是"国"与"乡"的分离;实际上,投射出的是作家身份意识中——"身在之国"与"魂在之国"或称"灵在之国"的分离。

三、华族文学时期:东南亚的华族人

华族文学时期,萌动于 20 世纪 80 年代前后;20 世纪末至 21 世纪初,随着东南亚华人作家身份意识整体性的变化,华族文学发展的步伐——或者说，从华人文学向华族文学转换的步伐——开始加快。

80年代以来，有两件大事，对东南亚华人身份意识的整体性转化，具有较大推进作用：中国政府不再承认双重国籍，经济全球化进程的提速与扩展，双重国籍的退席，使得东南亚华人必须在入籍国多元民族的格局中，既现实又长远地思考——作为多民族国家中一员的华族的族群身份以及族群地位、族群责任。

因经济全球化进程提速所带来的全球化与民族化问题，又使东南亚华人对族群身份及其族群地位、族群责任的思考，更具有紧迫性与重要性。

可以说，经过长达20多年的孕育、磨合，在新世纪到来之际，东南亚华人对族群身份问题的思考，渐渐从华人文学时期的"被迫"性、过渡性中走出，转向自觉地、冷静地思考：作为东南亚各国多元民族之一的华人族群，如何真正融入东南亚，如何真正成为东南亚的华族人——而不是像前一时期：做一个"两栖"式的"华人"。

在这样一个新的思维过程中，东南亚华文文学出现了许多具有转型意味——我们称之为华族文学——的新特质。

其一，"融入东南亚"——与诸友族同甘共苦、共渡难关、共赴国"难"的"承担"意识。

东南亚处在中西观念与体系碰撞的最前沿，首当其冲地体验着全球化问题带来的机遇与困境。在全球化问题带来的极度焦灼与矛盾中，东南亚各国政府都先后根据自己的国情，主动或被动地改革，调整原有的政治、经济、文化、民族、宗教政策，以应对与适应现代化进程的需要。

其结果是，一方面，政府逐渐对华人族群采取了相对宽容与依靠的政策，以发展本国的经济、缓和本国的内部矛盾、增强在国际上的竞争性；另一方面，全球化的机遇、压力以及本国政府的举措，也刺激了作为入籍国多元民族之一的华人族群，对国家现代化进程表现出前所未有的热情与主动性的参与精神；刺激了作为入籍国多元民族之一的华人族群，逐渐意识到因华人族群的群体身份不够明晰、不够到位，阻碍华族"整体性"融入现代国家建设主潮的可能性；还刺激了作为入籍国多元民族之一的华人族群，与诸友族同甘共苦、共渡难关、共赴国"难"的"融入"意识与"承担"意识的形成。

例如，在1999年进行的马来西亚大选中，华人族群空前主动——几乎是"倾巢而出"的参与，争先恐后地抢投自己神圣的一票——将华族的"融入"意识与"承担"意识表现得非常突出。

在东南亚的文学创作中，华人族群同样是"倾巢而出"、主动性参与，同样也将华族的"融入"意识与"承担"意识表现得非常突出。

例如明澈的《赶路人》，生动地展现了华族作为当今菲律宾人，对菲律宾这个在全球化进程中被汪洋大海式的西方文化包围——而不仅仅是对菲律宾华族——的焦虑：

> 太阳已投海自杀了
> 黑暗从四面八方赶来
> 那些恐怖的眼睛
> 正在发光①

月曲了的《雾》，更是把"全球化"过程中的菲律宾人，对某些西方强国的"潜在危害"表现得淋漓尽致：

> 把世界
> 用塑胶袋包起来
> 上帝要 TAKE HOME②

---

① 见《菲华文艺选集（二）》，菲律宾菲华文艺总会学术丛书，1999年5月版。

② 见《正友文学》，菲律宾中正学院校友会1993年10月版。

蔡铭的《礁石的独白》，充分表现出作为国家多元民族之一的华族，在国"难"之时，义无反顾的"承担"之志：

> 既成为海面的一块礁石
> 就得面对风的吹刮
> 浪的打击，就得承受
> 退潮时浮现①

其二，"融入东南亚"——为华人族群重构：集"乡"、"国"观念于一体的"家园"意识。

与华人文学时期"国"与"乡"分离的复杂、模糊、暧昧的"家园"观念相比；华族文学时期一个重要特征，就是在"融入东南亚"思想指导下，通过文学中"故乡"的重构，表达华族心灵中"乡"、"国"观念已经集于一体——集于现实的东南亚的"家园"的新观念。

在这时期的文本中——"故乡"一词的所指发生了较大的变化：东南亚——入籍国，成为实体性与精神性二者合一的"故乡"与"母亲"；"文化中国"，被虚化、史料化、资源化；虚化为一个东南亚华族——"引以为傲、引以为荣的名字"。

"多么令人伤感的不愿承认的事实，原来，菲律宾才是我的乡愁……菲律宾，噢，无论您多贫穷，多破乱，您才是我们的家，我的乡愁。"

"中国，我含泪轻轻地叫着：当然，我还是会用我的一生来爱您，长江，黄河，仍是我子孙追寻回顾的源头，但，您只是我梦里的一条巨龙，一个富强，高贵，我们引以为傲，引以为荣的名字……"②

---

① 见《正友文学》，菲律宾中正学院校友会 1993 年 10 月版。
② 小四：《菲律宾才是我的乡愁》，见《菲华文学（四）》，菲律宾柯俊智文教基金会 1994 年 9 月 15 日版。

"漫长的岁月啊，在我心灵中，孕育了对印度尼西亚江山的热爱，我把千岛棕色的土地看成是我的母亲，我把原住民，看成是自己的亲骨肉。我的眼泪，奉献给母亲的欢乐和痛苦。"①

我们可以看到，尽管老一代作家在情感上还有些"伤感"、"不愿承认"，但文本中表达的"故乡"，已经由作家记忆深处的"文化中国"转变为现实生活中的东南亚；"故乡"一词的所指，已经由表意性的"文化中国"，转变为实指性的相对于东南亚都市的东南亚的"乡下"或"小镇"。

在老作家"伤感"性转变的同时，生于东南亚、长于东南亚的第三代、第四代，甚至第五代，还会有第六代、第七代……华人，或者称为华族的新作家，已经或者说只能，把自己的家族繁衍、童年记忆、生命足迹、亲情回忆与社会认同的"实体性故乡"——相对于东南亚都市的东南亚的"乡下"或"小镇"——当成了自己的故乡了：

"中国当然还是我们的故乡，但是那是由父兄承继而来的籍贯的故乡，而非我们感受中的'童年的故乡'，如果因此我们缺乏一份对中国的深切的感情，这应该不是我们的罪过"，"我们在感觉上觉得我们的家在菲律宾，因为这是我们'童年的故乡'，因为我们的父母兄弟都生活在这里，因此，我们热爱这个国家，希望它进步与繁荣。"②

在文学的文本中，作家对"故乡"的认定，与上述作家的直陈，也相当一致。王德威论及马来西亚青年作家黄锦树的创作时，曾说：

"他回首家乡人事，爬梳历史伤痕……胶林小镇总是他构思的原始场景。""黄锦树是忧郁的，但他'非写不可'。就像沈从文诉说他的湘西故事：'我老不安宁，因为我常要记起那些过去事情……有些

① 高鹰：《高鹰文集》，鹭江出版社 2000 年 12 月版，第 67 页。
② 周鼎：《童年与故乡》，菲律宾《东方日报》1980 年 2 月 26 日。

过去的事情永远咬着我的心'"。①

可见，"故乡"——"胶林小镇"对于作家黄锦树，就像"故乡"——"湘西边城"对于作家沈从文的意义一样。不同的是，黄锦树的"故乡"已经是东南亚的"胶林小镇"；沈从文的"故乡"，永远是中国的"湘西边城"。

起步于"伤感"地重构，拓展于"自然"地重构——"国"为东南亚，"乡"也为东南亚——"母亲"就是东南亚；华族文学就是这样通过文学中"乡"、"国"观念的重构与不断地述说，退却了华人文学时的犹疑、"两属"的色彩，转向为言说：我们是东南亚的华族人。

其三，"融入东南亚"——对第三种文化：相对于东南亚诸友族文化、相对于中华文化——对华族文化的憧憬与探寻。

世纪之交以来，"融入东南亚"、我是"东南亚的华族"的观念，无论是在生活中还是在文学中，都越来越深入人心。随着这种观念的自然推进与发展，一个新的憧憬与探寻——对第三种文化：相对于东南亚诸友族文化、相对于中华文化——对华族文化的憧憬与探寻开始显现。

作为东南亚国家多元民族之一的华族，在与友族的互相沟通并致力于共同建设现代国家时，深刻感受到文化是一个民族的精神支柱，也是一个民族的灵魂；感受到中华文化资源在华族身份中的重要与珍贵。

处于少数地位的东南亚华人族群，放弃"中华文化"或"文化中国"精神，就等于放弃了自己的族群身份与族群责任——"峇峇"们的教训已经成为前车之鉴：

同化当地社会的"峇峇"，"却仍然无法保障他们在一个新兴国度的权益"，"以马来族群为中心的同化政策缺乏诚意与横暴。它

----

① 王德威：《坏孩子黄锦树——黄锦树的马华论述与叙述》，见黄锦树《由岛至岛》，台北市麦田出版2001年11月版。

并没有保留一个弹性的选择空间以让华裔族群考虑（也即是没有给出条件），而是要华裔无条件的同化，虽然同化后一点好处也得不到。"①

与之同时，在多元民族国家中处于少数与边缘的华族，也感受到：如在入籍国大力弘扬"中华文化"或大力张扬"文化中国"，又有可能因"中华"、"中国"字样，影响与友族、与主流社会的正常沟通、交流，甚至有可能会引起误解。

在这样的两难处境中，一个新的憧憬与探寻——对第三种文化的憧憬与探寻，应时而滋生、滋长。

新加坡的例子，也许间接地为华族文化的建设及策略提供了一些经验。

在东南亚国家中，新加坡的华人所占比例最高。中华文化，在新加坡的华人及整个新加坡社会中的影响都较大。新加坡又是一个独立的国家，一个多元民族的国家。就国策而言，新加坡采用的是中西合璧的建设与发展政策：一方面，向西方发达国家汲取推进社会经济发展所需要的技术、方法、经验——其中，必然包含着西方的思想与文化；另一方面，从东方文化、中华文化中汲取推进社会精神建设所需要的养分；在此基础上，建立新加坡自己的文化。

如此一来，新加坡华人与华文文学的焦虑常常集中在：对正在本土运行的中华文化是否纯正、是否被西方文化"杂糅"问题的思考——诗化的说法，也就是对正在本土运行的中华文化会否变成"鱼尾狮"问题思考。

也正因此，他们面对的已经是华族文化乃至新加坡文化如何在本土的需要与选择中，更好地生成与生长的问题；而不是如何将中华文化"搬运"、"扎根"到东南亚的华族中——这样一个貌似简单却又非常敏感的"文化问题"。

---

① 黄锦树：《马华文学——内在中国、语言与文学史》，马来西亚华社资料研究中心 1996 年 2 月版，第 15 页、第 9 页。

某种程度上说，新加坡的"选择"，畅通了文化建设所依赖的中华文化资源的渠道；这种"转化"中华文化为新加坡文化或称新加坡文化资源的做法，对东南亚其他国家的华族文化建设，客观上产生了一定的启示意义。

是族群发展的需要，也是族群走出两难处境的需要，东南亚华人对华族文化的建设及策略作过不少探讨。例如，在东南亚国家华族中，持续以久的"本土性"、"原根性"、"外来性"的反复论争、以至"断奶说"的出现及其争论等等。

因为尚在憧憬与探寻，至今华族文化的内涵还未十分明晰；也许，在一个相当长的时间内，也难以十分明晰。但是，有两个言说中的取向，值得关注：

1. 相对于入籍国的友族文化——和而不同。

华族文化一旦形成，就是东南亚的本土性文化，与当地各友族文化具有共生性、相容性、互补性。而且，华族文化又应该具有自身的独特性："是中华文化的精髓——是从'祖先'处继承、遗留下来的民族精神与特性。"①

2. 相对于中华文化——同中有异。

华族文化作为东南亚的本土性文化，在继承中华文化的精髓的同时，也需要与当地华族传统、经验进行交糅；"精彩之处或许并不在它的本土性，而在于差异文化与个别经验交糅出的多重性"。②

综上所述，通过对初起步的"对华族文化的憧憬与探寻"、及其对文学中负载的华人族群的"承担"意识、家园意识的考察；可以认为华族文学中的族群身份，经过两次转型变得逐渐明晰；而且，华族文学中的对族群身份的探讨，有可能会随着"对华族文化的憧憬与

---

① 肖依剑：《这一代印尼华人》，见蔡仁龙主编《印尼华侨与华人概论》，香港南岛出版社 2000 年 5 月版，第 234 页。

② 黄锦树：《马华文学——内在中国、语言与文学史》，马来西亚华社资料研究中心 1996 年 2 月版，第 15 页、第 9 页。

探寻"继续深化与发展，而且会影响与带动东南亚华文文学的发展。

由于身份转变与身份意识的转变并非同步，加之东南亚不同国家之间——即便是同一国家中，华人身份意识的转换也存在着差异；所谓"你中有我，我中有你的"意识杂糅现象随时都会存在。所以，本文对华侨文学、华人文学、华族文学，这三个时期华人身份意识内涵与言说方式的阐述，只能是就文学的整体发展趋势而言，就东南亚华文文学为适应现代社会的转型而表现出的积极回应而言。

着眼于东南亚华文文学对东南亚国家现代化进程的积极参与，本文认为华族文学在发展途中因创作主体身份意识的变化，出现的第二次转型，规模更大、影响将更为深远。

（原文刊发于《文学评论》，2003年5月）

东南亚华文文学的"异族叙事"

——以菲律宾、马来西亚、印度尼西亚和泰国为例

菲律宾、马来西亚、印度尼西亚和泰国的华人族群，都是所在国的少数族群，"族群杂居经验"是他们最为重要的生存经验。东南亚华文文学的"异族"叙事，是指作为少数族裔的华人作家在"族群杂居"的语境中，对复杂、微妙的"杂居经验"的感受、想象与表述方式；和他们利用文学方式，与各种异己话语进行交流的一种积极努力和追求；也是指他们期望通过或者是利用文学方式，实现对作为少数族群之一的自我的一种言说策略与方式。

一、"异族叙事"的两种姿态

菲律宾、马来西亚、印度尼西亚和泰国，都属于东南亚国家，各自的国情却有不同：菲律宾、马来西亚、印度尼西亚曾经有过被"殖民"的历史，甚至被多次"殖民"的历史，泰国则不同。而且，即使一国之内的不同区域，被"殖民"的经历也不完全相同，如马来西亚的"西马"与"东马"。①

但是，作为所在国的少数族裔，菲律宾、马来西亚、印度尼西亚和泰国华人的"杂居经验"，有着一些相似之处：华人在经济活动方

① 傅承得：《西马是马，东马也是马》，世界华文文学研究网站 publishedat，原文为《婆罗洲》书系推介礼及"隔阂与沟通"座谈会开场白。

面的参与度较高，尤其在商贸领域的参与度较高，在政治活动方面的参与度较低，而且程度不同地都受到过来自主要族群的某些限制和压力，甚至是对华人族群整体性的诋毁和攻击。①

华文文学的"异族叙事"，因此也获得了一些相似之处：主要面对与叙说的对象都是与他们同在一个国土和同在一片蓝天下生活的非华人族群，尤其是当地的主要族群，这就是文本中的"菲律宾人"、"马来人"、"印尼人"和"泰人"；当然，也包括与他们身份相同或者在某些方面有着某些相似性的边缘族群、弱势族群，也就是文本中的达雅人、印度人等。

在面对与叙说当地主要族群与边缘族群、弱势族群时，东南亚华文文学"异族叙事"的族群姿态和书写姿态，表现出某些变化和差异。

1. 族群姿态：

面对与叙说主要族群时，"异族叙事"的一种主要姿态，是表达和言说华人族群与主要族群之间的你友我善、互为欣赏、互为扶持、互相信任、共为主人的故事；通过对这类故事的反复表述和言说，叙事者力求建构两者之间的一种具有互补与互动特性的族群关系。

马来西亚作家马仑的小说《槟榔花开》、《摆渡老人》，泰国陈博文的小说《咆哮森林》，菲律宾柯清淡的散文《五月花节》等都是这方面的代表作。《槟榔花开》以一个华人橡胶园为舞台，展现出华、巫两族关系融洽、毫无族群偏见的美好天地。《咆哮森林》借泰人乃

---

① 曹云华：《变异与保持——东南亚华人的文化适应》，中国华侨出版社2001年5月版第93页："可以把东南亚国家当地民族的华人观用一句话来概括，那就是对华人的优秀的民族特性有一种历史形成的恐惧感和对本民族在数世纪以来一直处于无权地位时形成的自卑心理，是一些东南亚国家制定带有偏见和仇视的华人政策的最深刻的思想根源。此外，在华人社会中普遍存在的那种病态的优越感，或者叫大民族沙文主义则从另一方面刺激了东南亚各国当地民族的对华人的恐惧心理，促成各国政府制定和推行对华人带有明显偏见的各项政策。"

功之口，表达出华人的心迹："现在还分什么唐人泰人？实际已经分不清了。"在《五月花节》中，作者通过叙说"我"如何从昔日的看客成为今天"异族文化节日"的领军人物——以高票当选为五月花节的 HERMANODEMAYOR——庆典的筹备人；讲述了一个"双方由陌生而产生敌对、相持、隔膜……由于长期相处而互相了解，达到了最终的融合，遂成为这另一群人中的成员"的故事。[①]

这类想象与叙事，多采用第一人称叙述方式，"我"既是叙述者，又是当事人，使得"我"与"他们"之间的关系显得更为真实、可信。叙述者还不时从故事中跳出来与读者直接对话，以文学的方式消解和驳斥各种对华人不利的种种负面话语。

面对与叙说其他边缘族群、弱势族群时，"异族叙事"呈现出的是一种较为复杂的姿态，曾经经历过叙事角度的反复调整：从"俯瞰"叙事——有意无意地携带某些偏见，到"反思"叙事——自觉清理与反省潜在的偏见，再到"平视"叙事——有意识地行走在"他们"中间。

菲律宾、马来西亚、印度尼西亚和泰国都是多民族国家，其中，包括与华人族群身份相近的其他移民族群和生活在边远地区的"土著"族群。他们不仅在政治活动方面的参与度较低，文化、经济的发展也较为落后。

相当长时间内，马华小说里的印度人，又称为"吉宁人"或者"吉林人"，通常是以"外形之丑、习性之恶"的基调被"叙说"："这位印度人平时就有点阴阳怪气的，连话都懒得和人说一句，除了看门，偷喝椰花酒外，就是睡觉。"[②]"吉宁仔"以诱惑加暴力的方式占有了在野外割茅草的单纯少女林亚格，还以下流的语言侮辱、伤害

---

① 柯清淡：《五月花节》，见《菲华散文选》，菲律宾新潮文艺社编选、海峡文艺出版社 1985 年版。

② 姚拓《捉鬼记》，《马华当代文学选（小说）》，马来西亚华人文化协会出版，第 46 页。

林亚格。①

"她若要来得早，她就有一肠肚理由嫌衣服多了几件，然后一路刷一路叽里咕噜地发牢骚，说要早点做完了这儿的好赶到秦家李家及一位女警官家去抹地板及洗床单，看情形又要迟了。刷子声音不比她的声音低，刘家的几件名牌衬衫就是这样叫她给报销掉"。在商晚筠的《洗衣妇》中，"她"是一个类似于"祥林嫂"的悲剧性人物：起初嫁了个好吃懒做的印度胶工，第二个丈夫"醉起来连老婆都可以大方地赔给人睡，第三个丈夫是个贪图享乐、而不负责任的男人，凭着一张嘴巴搭上她，把个女儿捏成形了从此便跑天下"。② 与"祥林嫂"不同的是，"她"的身上多了懒惰而少了勤劳；作为"下女"的痛苦，被叙述者嘲讽、戏谑的语气冲淡了。

梁放的《观音》、李永平的《婆罗洲之子》和《拉子妇》等作品，显示出族群姿态的调整。《观音》里有一位耐人寻味的人物——被视作"拉子婆"的阿狗姨。她身材矮小，皮肤黝黑，自小就穿着娘惹装，最终被福来姆寻衅赶出了泥屋。作者从阿狗姨的视角，观察、描述福来姆的言行举止，反观、见证的是华人的虚伪、守旧与冷酷，而不是"拉子婆"的"阴阳怪气"。《婆罗洲之子》，则是从达雅人的视角，叙述、反省负情的华人给自己混血的儿子——"半个拉子"和他的达雅人母亲带来的巨大的心灵创伤和人生悲剧。

在《拉子妇》中，叙述焦点集中在一个与华人结婚的达雅族女人——"拉子妇"身上。"拉子妇""是三叔娶的土妇"，"长相很好"，会讲"唐人"话。"三叔一路来在老远的拉子村里做买卖"，就娶了她做妻子。但是，"祖父从家乡出来，刚到沙捞越，听说三叔娶了一个土妇，便赫然震怒，认为三叔玷污了我们李家的门风"。"祖

---

① 温祥英：《角色》，《马华当代文学选（小说)》，马来西亚华人文化协会出版，第189—204页。

② 商晚筠：《洗衣妇》，《马华当代文学选（小说)》，马来西亚华人文化协会出版，第459—462页。

父在家里拍桌子，瞪眼睛，大骂三叔是'畜牲'"。"三婶敬茶时没有跪下去，祖父脸色突然一变，一手将茶盘拍翻，把茶泼了拉子婶一脸"。八年后，三叔为了再娶一个十八岁的"唐人"姑娘，决定把"拉子妇"和她的孩子送回长屋去，他竟然振振有词地说："拉子妇天生贱种，怎好做一世老婆？""生下的孩子，也是'半唐半拉，人家见了就吐口水，他妈的！'"又过了两年，拉子婶静静地死去了——死于病痛、死于孤独、死于遗弃。①

叙述者作为故事中的第三代华人，通过对"祖父"和"三叔"种种言行的描述，对"自我"在与"族群杂居"中的"丑恶"，而不是"拉子妇"的"丑恶"，进行了深刻地"反思"与批评。

驼铃的《下女》、碧澄的《迷茫》、陈绍安的《古巴列传》、风子的《长屋的哀伤》、沈庆旺《哭乡的图腾》等作品，则显示出"异族叙事"中族群姿态的再次调整：从"反思"与"异族"相处中"自我"的"丑恶"，调整到有意识地行走在"他们"中间。

《迷茫》里的印度青年古玛，是一个正直、有责任感、勤劳，爱家庭、爱妻子的男人。妻子受到惊吓时，"古玛握着她的手，柔声地说：'我是你的丈夫，我会保护你的，你不必怕，有什么事情，你只管说出来！'"②《古巴列传》则用一种诙谐的语气塑造了一个富有正义感和具有英雄气质的印度人形象：他正义、勇敢，追求平等又具有理性。在当局强行拆除华人的木屋——"槟榔阿当"的时候，"古巴一口流利英语、国语再加上什么人权、人道理论把政府官员噼里啪啦得一个个瞠目结舌，一举成为木屋居民以来的大柱子"，"一个在华人区崛起的黑皮英雄，以福建话纵横民间，以国、英语对抗官方，以

① 李永平：《拉子妇》，见《李永平作品集》，婆罗洲文化局出版局1978年版。
② 碧澄：《迷茫》，见《碧澄文集》，厦门鹭江出版社，1995年9月版，第140页。

半生不熟的华语争取华人的认同与亲近"。①

诗歌也以行走在他们中间的姿态，参与了"平行"叙事。《长屋的哀伤》，这样叙说着"他们"与"我们"：

没有籍贯的子孙
同饮一江的水
不同的泪
流着相同的哀伤

渗杂文明语的乡音
喝相同的酒
相同的醉
醺醺地躺在
被暴阳烤得骚热的长屋里②

以原住民为题材的诗集《哭乡的图腾》，"在马华文学中可能是第一部"。"诗集中的许多篇章，一方面写出山林族群在文明狂潮下的命运浮沉，一方面也写出他们的无助感和挫折感"。正如石问亭指出的：作者"除去其诗人身份，完全化入达雅克族群一边来看这次的'加威安都'，承担他们的忧愁、烦恼"。"作为一个头脑清醒的诗人，沈庆旺是带着同情心与不平心去描写山林族群在过渡向文明的荆棘路上所经历的惶惑与痛苦。这种同情心与不平心乃源于'共饮一江水'

---

① 陈绍安：《古巴列传》，选自《马华文学大系·短篇小说卷（二）1981—1996》，马来西亚作家协会、彩虹出版有限公司联合 2001 年版，第 71—84 页。

② 沈庆旺：《长屋的哀伤》，《犀鸟文艺电子文库》HornbillLiteraryElec-tronicLibrary，Sarawak，Sibu，Malaysia，http：//ftp. sarawak. com. my/org/hornbill.

的兄弟般感情"①。

这种以"承担他们的忧愁、烦恼"、"完全化入达雅克族群一边"为特征的"平视"叙事，明显不同于过去以"妖魔化"为特征的"俯瞰"叙事；即便与李永平为代表的"去妖魔化"为特征的"反思"叙事相比，就"族群姿态"而言，也展现出一些差异。

2. 书写姿态：

"异族叙事"中的族群姿态，必然会影响和反映在"异族叙事"的书写姿态之中；换句话说，"异族叙事"中的书写姿态，有可能也有必要反映与实现"异族叙事"的族群姿态。

首先，"书写""族群杂居"中的主要族群，叙述者往往会十分小心、谨慎：以"正面书写"为"主线"，"反面书写"即便存在，也往往会被安排和处理成"副线"。这种以"正面书写"为主，又内含"反面书写"的"迂回式"书写姿态，一方面，能够与"异族叙事"中的族群姿态密切配合，另一方面，又使得面对主要族群的异族"书写"，获得了较大的发挥空间，从而，有可能成功地创造出一大批异族的"浪子"故事，当然，从"书写"的"主线"来看，还是"回头浪子"的故事。

所谓"浪子"，一般分为两类：一为生活困窘、遭遇不幸的异族女性——"热情"、"奔放"，往往缺失贞操观念和家庭责任感，如菲律宾的查理《莉莉》中的莉莉、莘人《芒果》中的"她"——"像只成熟了的芒果"般美丽、热情，又像一只"烂熟的芒果"般茫然和随意："也许是又走到另一株芒果树下，或者是走到另一个男人的窗前"；② 二为胡作非为、称霸一方的异族男性——好吃懒做，缺乏

---

① 石问亭：《焉知舞者止于舞乎？——沈庆旺〈加威安都〉的表现与局限》，《犀鸟文艺电子文库》HorobillLiteraryElectronicLibrary, Sarawak, Sibu, Malaysiahttp: //ftp. sarawak. com. my/org/hornbill.

② 莘人：《芒果》，施颖洲主编《菲华文艺（三）》，菲律宾菲华文艺协会1992年版，第431页。

责任心，如陈经时的《留学梦》中的马溜，董君君《她从希腊归来》中的"丈夫"；印度尼西亚袁霓《叔公》中的"叔公"、高鹰《扎根》中的马占，陈博文《放下屠刀》中的"继父"，马来西亚碧澄《未写出的信》中的山尼等。

作为"书写"的"副线"，叙说"浪子"往往只是故事的前奏，叙说"浪子"的"回头"，尤其是叙说"浪子"如何"回头"，往往才是故事的"主线"。

"叔公"是一个"不停地惹事、打架、闹事"，甚至还"拦路抢劫"的"老江湖"。他率全家长期住在"我"家，房租、水电费全免，还常常"恩将仇报"。当"叔公"惹事时，"我父亲"却一次次去警局为他疏通。正所谓"日久见人心"，"叔公"终于良心发现，改邪归正后和"我们"由仇敌变成了亲人。

马占是当地出名的"地痞贼头"，杀人放火、明抢暗夺、无恶不作。他深夜行刺华人，身负重伤的智刚却以慈悲为怀，主动撤诉。马占被他人追杀时，智刚则以德报怨，伸手相助。这位无恶不作的"浪子"终于被智刚感化，成为"智刚"的朋友和助手。

通过这种"副线"、"主线"的书写，叙述的不仅是"浪子"的"回头"，更是"浪子"的如何"回头"；进一步而言，则是你友我善、互为欣赏、互为扶持、互相信任、共为主人之局面的来之不易，是华人在建构这种具有互补与互动特性的族群关系中的如何艰辛与如何努力。

其次，"书写""族群杂居"中的其他移民族群和"土著"族群，叙述者的心态往往较为舒展、自然，叙事手法也较为直接、多样：不论是"正面书写"还是"反面书写"，一般都会一条线索贯穿到底，如对"吉林人""丑恶"的书写，对造成"半个拉子"、"拉子妇"悲剧的华人的自身"丑恶"的书写，往往都会淋漓尽致、入木三分，给人以触目惊心之感。

二、"异族叙事"的文化身份

"我在哪里?"

"我是谁?"①

在《乌暗暝》中,黄锦树曾经这样追问。

放大了来看,这也可以是对东南亚华文文学中"异族叙事"的文化身份的一种思考和追问。

"我在哪里",就"异族叙事"而言,也许需要思考和追问的是作为叙事主体的"我"——"心"在哪里,也就是,面对、应对被叙之"事","我"的"心态"如何?

在面对、叙说边远族群和弱势族群时,"异族叙事"的种种"姿态",似乎已经自觉、不自觉地透露出华人在"族群杂居"境遇中的一些优越感。例如:对"吉宁人"、"吉林人"、"拉子"、"拉子妇",以致对混血儿"半个拉子"的习惯说法和描述——经济状况低下,"外形之丑、习性之恶":"他们——吉宁人——生活真可怜,竟和牛马没有什么两样。而工作效率又极小,整天辛劳,所做的寥寥无几"。②"他那蓬乱的头发,散在肩上,黝黑的肤肉,涂着油粘粘的液汁,说话像鬼叫的咽啼,还有,还有那五花十色的纱笼,如袈裟,简直像鬼一样可怕"。③这类贬抑性和决断性的词汇,暗示这种生理特征和习性,曾经一度成为某种想象的规范。这种想象方式与叙说方式,凸现的正是那个身为华人的那个"我"忽隐忽现的自我优越感。

"她是一个好人","一生中大约不曾大声地说过一句话"。这是《拉子妇》中的叙述者在"反思"过程中对"拉子妇"的评述。但

---

① 黄锦树:《乌暗暝》,台北:九歌出版社1997年版,第233页。

② 冷笑:《热闹人间》,1927年10月《南洋商报》副刊《海丝》。

③ 秋红:《旅星杂话·吉宁人》,1933年5月19日《南洋时报》副刊《狮声》。

是，"那时我还小，跟着哥哥姐姐们喊她拉子婶。一直到懂事，我才体会到这两个字所带来的轻蔑的意味。但是已经喊上口了，总是改不来；并且，倘若我不喊拉子，而用另外一个好听的，友善的名词代替它，中国人会感到很别扭的"；"我现在明白了。没有什么庄严伟大的原因，只因为拉子妇是一个拉子，一个微不足道的拉子！对一个死去的拉子妇表示过分的哀悼，有失高贵的中国人的身份呵！"①

透过《拉子妇》的这种"反思"，我们可以看到"我"的"优越感"，不仅由来已久，而且，已经到了何等盲目与病态的程度。

在面对、叙说主要族群时，"异族叙事"的种种"姿态"，则自觉、不自觉地透露出华人在"族群杂居"境遇中的某些恐惧感。

例如，小心翼翼、如履薄冰的族群姿态与书写姿态，已经泄露出了"我"的恐惧感；"异族叙事"中的一些"禁忌"和"诗意化"特色，更强化着"我"的恐惧感。

黄东平书写"战前"与"战时"的故事，充满自信与潇洒之气；书"战后"的故事，则变得小心翼翼，充满隐喻；黑、夜、海、血，这些常被展现在诗歌中的"意象"，反复地出现在他的作品中，呈现出一种明显的"诗意化"特征。

"黑暗"、"寒冷"、"鬼魅"、"死亡"等意象，也较为普遍地存在于"马华散文的诸多主题书写中，鬼魅意象成为许多作家不约而同的选择，它以强烈的隐喻性与文本的文化意义生产——除此之外，文本中频繁出现的相关的鬼魅意象就是"死亡"，"死亡"的主题或者意象在众多作家的笔下得到反复渲染、淋漓刻画，而且多与凄冷林立的墓碑、墓群和各种隐喻不同的仪式相连，或多或少带有阴森恐怖的色彩。②

① 李永平：《拉子妇》，见《李永平作品集》，婆罗洲文化局出版局1978年版。

② 李薇、袁勇麟：《盘旋的魅影——试论马华散文中的鬼魅意象》，华文文学2004年5月，总第64期。

　　黄锦树这样述说"胶林"与"恐惧"：

　　"收在集子里的《乌暗暝》和《非法移民》对我而言最大意义就在于相当程度地记录了我及其家人多年胶林生活灯火恐惧，……它凝结了极大的痛苦和无奈在里头。'胶林深处'的生活不正隐喻了大部分马华人长期生活在敌意的环境下的无名的恐惧？"①

　　这些"姿态"、"特色"和"说法"，共同透露与强化着的正是"我"在"异族叙事"中的无法掩饰与消解的一种心态——恐惧。王德威将之称为"原罪恐惧"："移民是否终将沦为夷民"，② 这样一种由华人的"身份"与"血缘"所决定，与生俱来的，多少有些类似"向死而生"的恐惧。

　　"我是谁"，就"异族叙事"而言，需要思考和追问的是作为叙事主体"我"的"身份"，和"我"对自我身份的感知。

　　在论及海外华人的处境时，王庚武曾经指出："请注意'困境'一词的使用，它来自于大多数作家都以这种或那种方式对自己变化的、暧昧的华人身份有自我意识的事实。""对海外华人来说，解决问题的出路之一就是回到中国去使压力降到最低。另一种办法就是干脆不当华人，彻底与入籍国同化。但是，只要他们坚持某种华人认同，或者允许其他人以某种方式给自己贴上华人的标签，他们就将继续生活在困境当中。"③

　　东南亚华文作家面对的也正是这种困境：一方面，他们利用各种机会极力诉说着，有时还是小心翼翼地述说着"我"对于本土化的愿望和喜悦、对于本土的热爱和效忠；另一方面，又无可奈何地，当然更是小心翼翼地述说如何备受限制、压力，明显地表现出"我"

---

　　① 黄锦树：《非写不可的理由（自序）》，见小说集《乌暗暝》，台北九歌出版社 1997 年 2 月版。

　　② 王德威：《原乡想象，浪子文学——李永平论》，江苏社会科学 2004 年 4 月。

　　③ 王庚武：《无以解脱的困境?》，《读书》2004 年第 10 期。

的无所适从——一种类似于"继子"的感受。

袁霓曾经这样表达"我"的情感和心声：

我想不明白怎么
我与我的上代又上上代
命运
竟被风雨
铸成相同的模式

一样的生活
一样的苦难
一样的忧伤

一波又一波
重复又重复了的
形形色色的非难

能够承受的都已承受
包括自尊
都已经典当尽了①

作为在印度尼西亚生活的第五代华人，经历了本土教育和长期的、实在的"同化"之路，却无法拥有一个稳固的本土身份，作者以"痛苦地忍受"、"在艰难中挣扎"这类意象，对一代又一代华人被驱逐到本土的边缘、成为社会"继子"的角色与命运，抱有深深的忧思。

现在，我们也许可以归纳一下对"异族叙事"中"我"的思考

① 袁霓：《男人是一幅画》，印尼文学社2001年9月版，第94页。

和追问：

"我在哪里？"——"我"，在由优越感和恐惧感织成的钢丝上行走。

"我是谁？"——"我"，是一个情感复杂且在钢丝上艰难行走的"继子"。

在相当长的时间内，"异族叙事"中的"我"，就是这样：在由优越感和恐惧感共同织成的钢丝上行走；以"继子"的心态和身份，在堪称"困境"的"高空"进行着高难度、高水准的"表演"。

三、"异族叙事"的艺术策略

与叙事"姿态"和叙事"身份"相适应，叙事者往往采取了一些特殊的艺术策略。

1. 通过"过滤"——内化与净化，自觉不自觉地将自己的审美理想渗透在叙述过程之中，使异族的"他者"形象具有华化色彩。

菲律宾黄梅的《齐人老康》中的玛利亚，是一个反映着"华侨文学""审美理想"的异族形象。番客老康的菲律宾妻子玛利亚，贤良淑德。为了让六个孩子都能顺利地完成学业，"亏得这个做母亲的四处奔走张罗，学校和宗亲会的贫寒补助金，她都去申请过"。[1] 得知丈夫的发妻要来菲律宾，玛利亚体贴地为他们夫妻俩收拾了一间房间，让他们可以重续旧情。这位菲律宾的玛利亚，身上不仅彰显的是中国传统妇女的温柔敦厚与善良驯服，还透露出华侨社会"番客们"对历史造就的"一夫二妻"现象合理化的愿望。

亚蓝的小说《英治吾妻》、《唐山来客》中的异族女性，也都带有某些"华化"的特质：她们身上都有一种中国传统妇女节俭持家的美德与吃苦耐劳的韧性，是华人在异地的生活上的理想伴侣。

---

① 黄梅：《齐人老康》，施颖洲主编《菲华文艺（三）》，菲律宾：菲华文艺协会，1992年版。

2. 在建构二元对立式关系过程中消解二元对立。

在泰国华文文学中，当华人与"泰人"相遇时，总是呈现出一种"思想"对立的关系：华人是启蒙者、同情者，"泰人"多是被启蒙者、被同情者。作品中的"我"，多以"雇主"、"经理"的身份，讲叙一个"共同经验"：在"杂居"环境中"泰人"生活的可悲与可怜。但是，二者之间的"经济"关系，有可能随着叙事的过程被适当消解。

当华人与"泰人"相遇时，多是呈现出一种"经济"对立的关系：要么是剥削者，要么是被剥削者。这时，华人自然站在受害者或被剥削者一边。

3. 双重肯定：对异族"弱者"充满同情，对华人既有批评也不失赞美。

郑金华的小说对社会痼疾有着强烈的批判意识，常能言他人之所不言。他采取的双重肯定的叙事策略，有着一定的代表性：在正视矛盾、揭示矛盾的同时，也化解着矛盾。

在《农村的故事》中，叙述者"我"目睹了一件尴尬的事情：少女西蒂被强奸了，整个山村就像一锅沸腾的水。经过众人的反复追问，西蒂的母亲阿米娜终于道出了真相，是碾米店老板华人杜老伯的儿子杜亚地"造的孽"。

杜老伯靠勤勉起家，同时还广施财物，有着较高的威望。西蒂一家人生活在贫困线上，靠他人救济。这篇小说触摸到了华人历史中隐秘的哀痛：某些华人依仗自己的经济实力，对社会的弱势群体有过不公，而这已渐渐在异族中形成一种负面的公众记忆。在自我反省意识之下，文本对华人的某些劣性进行了透视，并暗示如果不克制、改变，来自他族的烈焰就将燃成熊熊大火，伤及无辜者。

叙述者对事件的发展又作了策略性处理。首先，叙述者对这一事件的发生场域——山村的美好人性表现出由衷的眷念和赞美："村中的人情味浓得叫人化都化不开。"其次，对杜老伯和他的儿子也满怀赞誉："杜老伯热衷于教育事业，虽是文盲，钱倒捐了不少，村里人说，学校就是他的第二个家"；儿子杜亚地"这个中年汉子很直，但很善良"。①

当山村因强奸事件而沸腾时，叙述者的声音一定程度上控制了读者对文本的理解和接受，也成为杜亚地的护身符：山人的淳朴足以消除恶意的种族偏见，避免着事态的恶性发展；华人的美德则遮蔽了其身上的罪孽。并且，杜亚地被设定为一个弱智男人，西蒂也被描述成一个白痴少女，事件的道德因素被相对缓解；同时。男方主动要求缔结婚约，西蒂也就嫁给了杜亚地。原本"沸腾"的山村，在喜宴中恢复了往日的平静。叙述者含糊而又明晰的态度：对"我"和"他者"的双重肯定，既是消解矛盾的一种机智，也是以往高压环境所造就的谨慎之延续。

可见"异族叙事"的种种姿态、艺术策略，都与东南亚华人的现实"困境"与文化身份有着紧密的联系。需要补充的是，不应该忽视：一个以和平与发展为特征的中国的不断崛起、所在国族群政策可能的变化，以及华人不断调整自我"身份"的主观要求，已经为和将要为东南亚华文文学"异族叙事"带来冲击和变化。

换句话说："困境"与"身份"有可能发生的变化，将会对"异族叙事"的姿态、艺术策略产生重大的影响。例如，新近获得第八届花踪文学奖马华小说佳作奖的《人人需要博士夏》，从艺术上看，算不上非常出彩。但是，作品涉及的主题和所采用的叙事方式，却让人耳目一新。作品通过对议员"那兹兰"丑行的大胆叙说，"以调侃的笔调和荒谬的情节来写马来西亚种族政治的悲情"，"带出马来西亚华、巫族群课题或国情的荒谬、不公，夹带嘲讽与怜悯"。② 可以说，在这种大胆、直率的"异族叙事"中，"继子"的恐惧感明显减退，

---

① 郑金华：《农村的故事》，《金梅子短篇小说集》，曙光出版社1998年12月版。

② 傅承得：《第八届花踪文学奖马华小说奖决审记录——开政治的玩笑》，见《星洲日报/文艺春秋》2006年3月19日，林宝玲整理。

"我"已经开始以接近"亲子"的口吻、方式，叙说过去不能叙说和不敢叙说的敏感"故事"。

这些来自族群之外与来自族群之内的变化，将促使东南亚华文文学的"异族叙事"，既能够更好地"戴着""镣铐"舞蹈，又有可能"松开"或者是"拿着""镣铐"舞蹈，从而，变得更有艺术张力和魅力。

（原文刊发于《文学评论》，2007 年 6 月）

东南亚华文文学的「异族叙事」

东南亚华人文学的"望""乡"之路

一、有关的基本词语和主要概念

目前，学术界不仅对华侨文学、华人文学等概念有诸多的说法；而且，对华侨、华人、华裔等基本词语，也有诸多的用法与阐释。故而，在论题展开之前，有必要先对本文将要涉及的基本词语和主要概念作一些清理和界定。

1. 本文所谓的东南亚土生华人、华侨、华人、华裔

对东南亚土生华人、华侨、华人、华裔这几个基本词语的理解，至为重要。因为对这一组基本词语的理解，既决定着我们对创作主体的认定和认识，也决定着我们对东南亚华侨文学、华人文学等概念的认识和认定。

东南亚土生华人，是指 20 世纪中期以前已经在东南亚生活与繁衍了数代，在某种程度上已经同化于当地社会的早期土生华人。他们有着较为明显的特征：既有来自父系的华人血统，也有来自母系的当地居民血统；既从出生于中国的父亲那里继承了中国的风俗习惯，也从当地母亲那里承受了当地的文化与习俗；拥有倔强、勤劳和聪明的性格，并且崇尚教育和忠诚；与中国的联系不多，已融汇于当地社会之中；社会地位处在统治者和原住民之间。

东南亚华侨，是指侨居在东南亚而仍然保持中国国籍的中国公民："包括四个要素：①中华民族成分的要素。即具有广义的中华民

族血统及其民族共同特征的人（民族成分）。""②侨居海外的要素。主要是以经济、谋生为目的的海外侨民。""③中国国籍继续保持的要素。这是法的概念，是区别于外籍华人或外籍华族的根本依据。""④具有中华意识的要素。整体而言，华侨是一个有强烈中华民族意识的移民群体。就个体而论"，应该是具有"华侨意识的人才能称为华侨"。①

实际上，这四个要素，也是东南亚华侨的主要特性。尤其是其中侨居国外而保持着中国国籍、保持着强烈的中华民族意识这两个特性，使他们在相当长的历史时期中，与其他具有中华民族血统的群体保持着较大的差异。

东南亚华人，有着广义与狭义之分，有着指涉整体与部分的差别。

从广义上看，东南亚华人是泛指在东南亚历史与现实中，"具有广义的中华民族成分的人"。这里，所谓的"中华民族成分"，起码是包括了血统因素、文化与民族认同等含义。简单地说，就是不论是完全、部分或者少部分"具有中国血统"、认同中华文化、认同自己华人身份的人，我们都将其称为华人。如曹云华指出："怎么样来辨别一个人是否是华人呢？根据目前东南亚华人的具体情况，单纯从外表上、血统上、语言上或宗教信仰等方面都难以确认，唯一简单可行的办法，就是根据这个人的民族心理，即他本人的民族认同，他认为自己是华人，那么，他就是华人。作为东南亚的华人，这个提法包含了三层意思，首先，从国籍和政治认同的角度看，他是东南亚人，如泰国人、马来西亚人、新加坡人等等；其次，从民族认同的角度看，他是华族移民的后裔，或者具有华人血统；再次，是从文化认同的角

①　蔡苏龙、牛秋实：《"华侨""华人"的概念与定义：话语的变迁》，《云梦学刊》2002 年 11 月。

度看，他在文化方面仍然保留了华人的许多特色。"① 所以，广义的"东南亚华人"，是一个整体性的概念，既包括"东南亚华侨"和狭义的"东南亚华人"；也包括在狭义的"东南亚华人"概念尚未出现之前，与"东南亚华侨"概念相对应的"东南亚土生华人"——即居留在荷、英等殖民政权管制下的东南亚、与中国已经基本上失去联系，但在某种程度上"具有中华民族成分"的人。

从狭义上看，东南亚华人是特指 20 世纪中期以后，出现在东南亚新兴国家的具有中国血统的所在国国民；即"具有中国血统的外国国民"——"取得了外国籍而丧失了中国籍的具有中华民族成分的人"；"华人这个新概念，是用来形容第二次世界大战以后，东南亚新兴国家的华裔公民"；"在过去几百年中，这些华裔大多数是侨居者，但是在 20 世纪下半叶，这些侨居华人变成当地公民的过程，却是一种新颖的，也是重要的历史现象。"② 所以，狭义的"东南亚华人"，是广义的"东南亚华人"中的一部分；他们都是由东南亚华侨演变而来。狭义的"东南亚华人"的概念，是与"东南亚华侨"等概念相平行的属于第二层次的概念。

东南亚华裔，是指在居住国出生，并且拥有居住国国籍的华人。由于他们都是华人移民的后代，在居住国土生土长，因而往往是华人中"当地化程度更深者"。③

2. 本文所谓的东南亚华人文学

本文"东南亚华人文学"的概念，也有广义与狭义之分、指涉整体与部分之分。

广义的或者说是指涉整体的东南亚华人文学，是指在东南亚历史

---

① 曹云华：《变异与保持——东南亚华人的文化适应》，中国华侨出版社 2001 年版，第 9 页，第 366 页，第 93 页。

② 蔡苏龙、牛秋实：《"华侨""华人"的概念与定义：话语的变迁》，《云梦学刊》2002 年 11 月。

③ 蔡苏龙、牛秋实：《"华侨""华人"的概念与定义：话语的变迁》，《云梦学刊》2002 年 11 月。

与现实中，"具有广义的中华民族成分的人"——不论是完全、部分或者少部分"具有中国血统"、认同中华文化、认同自己华人身份的人的文学创作。所以，既包括"东南亚华侨文学"、狭义的"东南亚华人文学"和"东南亚华裔文学"；也包括由"东南亚华人"用汉语之外的语言——本地语言、殖民语言等进行的创作；如"东南亚土生华人文学"等。也就是说，广义的东南亚华人文学，强调创作主体是否为广义的"东南亚华人"。只要是广义的东南亚华人的创作，不论是用中文，还是"用'外语'发出的声音"，都应该归为东南亚华人文学。

东南亚与北美的华人写作，有着明显的地域性差异。东南亚华人写作的一个重要特点是，在"20世纪50年代以前，这个地区的华人作品有三类：最早是那些用本地语言写的作品，比如越南语、泰语和马来语（或者称中式马来语，以区别后来成为官方语言的马来西亚语和印度尼西亚语）"。"第二类是用殖民语言创作的作品，特别是菲律宾群岛上的西班牙语和英语作品，和英属马来亚（英属海峡殖民地和马来国家）中的英语作品。但他们没有作为华人写作而得到发展。""由于缺乏读者，它们没有发展起来。""第三类作品的后面有很长而且很有戏剧性的故事。这些中文作品是随着19世纪末中文报纸的到来而出现的。"所以，汉语之外的华人写作，可能时间不长、流传不广；但是，在整个东南亚华人文学中有着明显的特点与意义。

采用广义的东南亚华人文学的概念，就是试图能够对东南亚华人文学特殊的历史性、多样性、复杂性，进行一种较为深入的理解和叙事。

狭义的或者说是指涉部分的东南亚华人文学，生成于20世纪50至70年代前后。这是因为出于种种考虑，越来越多的东南亚华侨，加入了所在国的国籍，成为了东南亚华人。东南亚国家的华侨社会，也开始转型为华人社会。随着华人作家国别身份的转换，东南亚华人文学已经分属于了所在国文学，而不再是中国文学在海外的支流。

在这个意义上，狭义的东南亚华人文学，是东南亚华文文学在发展途中因创作主体身份变化，出现的一次较具规模的转型。但是，由于作家身份意识在转换中的复杂、模糊、矛盾——国籍属于东南亚，精神属于"文化中国"；又使得本次转型在整个东南亚华人文学发展中，具有过渡性——是创作主体对身份意识的思考由被动逐步转向主动，由个体性思考逐步转向整体性思考的调整与过渡。

采用狭义的东南亚华人文学的概念，就是试图能够对这种持续了将近半个世纪的转型与过渡的多样性、复杂性，进行一种较为深入的理解和叙事。

二、东南亚华人文学的隔海之"望"

东南亚国家为数众多，华人文学也各有千秋。本文仅选择隔海与中国遥遥相望的菲律宾、马来西亚、新加坡、印度尼西亚的华人文学为例——探讨何为他们所"望"，尤其是何为他们所"望"之"乡"。

作为东南亚华人，不论是土生华人、华侨，还是华人、华裔，最重要的一个共同特点，就是他们对自己具有的华人血统与华人传统的认同。正是在这个共同的"具有"基础之上的"认同"，使得东南亚华人，尽管生活在不同的时空，却拥有了一个共同的想象：对自己血统与传统的发源地——隔着南中国海的中国，作为"乡"的想象。而且，这种想象犹如大江东去，坚忍不拔；又如天马行空，时有意外、时有创造。日本学者荒井茂夫认为：东南亚"华文文学史上的波折主要是由对中国的向心力和离心力所造成的"。[①] 应该说，东南亚华人文学或者华文文学史上的许多"波折"，确实与东南亚华人想象中国的姿态有关；同时，也有许多"波折"，直至重大"波折"，与东南亚华人本身想象中国的姿态，甚至是否想象中国，关系并不太

---

① ［日］荒井茂夫：《试论微型小说在东南亚华文文学上的定位》，见司马攻主编《世界华文微型小说论文集》，泰国华文作家协会编印，1997 年 5 月版。

大。但是，荒井茂夫也算是从一个"第三者"的角度，提醒我们，在他们看来，东南亚华人文学把中国作为"乡"来想象的坚韧性与严重性。

东南亚华人的望乡之"望"，归根结底又是他们对自身现在的身份与未来的身份的探望与期望，或者说，是对他们与身份有关的心灵状态的一种探望。正像王庚武所说："对于以海外华人身份写作的人来说，每一个自我的内部都存在与地方社区、环境以及对中国的想象（包括对中国的文化、历史和文学传统的有意识借用）有关的不同层次。存在着一种与入籍国家的过去以及传统中国的过去保持连续性的更深的意识，这种意识有助于形成每个作家为自己选择的身份认同。"① 所以，东南亚的华人写作中的望乡之"望"，既具有客观性，更具有想象性：在可以客观之时就客观，在需要想象时就想象；甚至，在需要"原创"之时，就"原创"。有理由这样说：东南亚华人写作，之所以在东南亚华人社会产生力量与影响，并且获得生命力，不在于它的炒作与被炒作，不在于它的研究与被研究，更不在于它的商业价值；而主要就在于它持之以恒地具有"望乡"的冲动——在于它这种既立足于现实又瞩目于未来、既具有客观又具有"原创"意味的"望乡"之动能与动向。

三、东南亚华人文学的所"望"之"乡"

作为东南亚华人，不论是土生华人、华侨，还是华人、华裔，最重要的一个共同特点，就是他们对自己具有的华人血统与华人传统的认同。也就是说，不论是完全、部分还是少部分具有中国血统、认同中华文化、认同自己华人身份的人，我们都将其称为华人。同时，也正是因为，都是"具有"与"认同"，却又存在着"完全、部分或者少部分"的差异，所以，都是东南亚华人，就有了，或者说，却有了

---

① 王庚武：《无以解脱的困境？》，《读书》2004 年第 10 期。

土生华人、华侨、华人与华裔之分别；也就有了东南亚土生华人文学、华侨文学、华人文学与华裔文学之分别；与之同时，也就有了东南亚华人文学所"望"的不同之"乡"。

东南亚土生华人文学所"望"之"乡"，是一个与传统中国和现实中国都有着较大差距的想象之乡、创造之乡。

在东南亚华人中，东南亚土生华人所遗传和承传的中国血统与传统都较为"稀薄"。他们作为"双文化人"，成为华人社会中"比较特殊的一个次群体"，① 也成为殖民地社会中的一个比较特殊的群体。为了保持自己特殊的地位、利益、文化，东南亚土生华人有必要，也必须对欲回而又难回的"远乡"——中国，进行概括、想象和表现；否则，原有的"记忆"将会日渐稀薄，甚至枯竭。流行于 19 世纪 80 年代至 20 世纪中期的印尼土生华人文学，就是土生华人为了维护自己的特殊性——在文化上既不同于印度尼西亚人，也有别于中国人；作为中国人太像印度尼西亚人，作为印度尼西亚人则又太像中国人"② ——而诞生与发展的。

在这样的背景与语境中，改变"与中国的联系不多"的状况，努力寻找、发挥与想象日见稀薄的"中国传统"与"血统"，进而了解与明确自己，便自然地成为了土生华人创作的重要内容与使命。但是，由于种种条件的限制，譬如语言的限制——大多数土生华人失去了使用华语、华文的能力，有时候，只好到西方人的中国叙事中去了解中国。因此，经过了千辛万苦，印尼土生华人作家在自己的"望乡"之旅中，走出的却是：从转手"西方视野"中的"中国"，到"重写"记忆中的"情爱的中国"，再到打造与展现自己想象中的"中国"这样一条曲径。换句话说，他们试图接近也逐渐接近过中

---

① 曹云华：《变异与保持——东南亚华人的文化适应》，中国华侨出版社 2001 年版，第 9 页，第 366 页，第 93 页。

② ［新加坡］列奥·苏里亚迪纳达（廖建裕）著，李学民、陈华等译《爪哇土生华人政治》，中国友谊出版公司 1986 年版，第 3 页。

国；但是，到最后，大部分人所"望"与所近之"乡"，还只是一个与传统中国和现实中国都有着较大差距的想象之乡、创造之乡——是他们认为、想象，甚至是他们创造的"中国"——"远乡"。

东南亚华侨文学所"望"之"乡"，主要是一个赋予了他们童年与亲情，生命与人格，既是家又是国的实体之乡、召唤之乡。

东南亚华侨，多是来自中国的第一代或者第二代移民。在东南亚华人中，他们是保持着最鲜明的"中国人"特征的群体。虽然，"华侨社会主要是由梦想早日发财致富以便衣锦还乡的外出打工者组成的，它以经济为生活的重心。"① 然而，东南亚华侨不像土生华人文盲的"父辈"只知道"经济"；他们还带来并且传播着"文化"。在19世纪末至20世纪中期到达并侨居东南亚的"老移民"及其20世纪60—80年代到达东南亚的新移民中，已经有了像邱菽园这样在中国接受了系统的儒家教育的传统型知识分子，像谢馨这样在中国台湾接受过现代高等教育的知识女性，而且，还有了许许多多在中国受过教育的中小学生，直至旧时代的秀才，新时代的大学生。也就是说，东南亚华侨社会有了自己的在中国受过教育的知识阶层。

东南亚华侨文学，不是东南亚华侨社会生活的重心；但是，以自己的知识阶层作为核心的东南亚华侨文学，可以成为，事实上也已经成为了东南亚华侨社会演绎、强化、实践他们还"乡"之"梦想"的重要舞台，成为了他们演绎、强化、回归他们"梦想"之"乡"的重要舞台。

就"望"而言，东南亚华侨文学主要是以"挚爱"、"效忠"作为情感的主线；就"乡"而论，指涉的就是赋予了他们生命、童年与亲情的儿时之乡，和赋予了他们人格、身份、尊严的中国。在这样的背景与语境中，东南亚华侨文学对所"望"之"乡"的叙事，既是对作家自己的童年与亲情、生命与人格的叙事，也是对赋予了他们

---

① 蔡苏龙、牛秋实：《"华侨""华人"的概念与定义：话语的变迁》，《云梦学刊》2002 年 11 月。

童年与亲情，生命与人格的"家"与"国"的叙事。邱菽园的"流寓异乡、心属故乡、兼照两地、华化在地"，表述的也正是东南亚华侨文学"望""乡"叙事的心路历程。

在这个意义上，东南亚华侨文学的"望""乡"叙事，既是对东南亚土生华人文学"望""乡"叙事的一个反拨，也是为了确立与强化华侨文学主体身份的一种"主观"叙事。我们既可以把东南亚华侨文学看作东南亚华人文学发展中的一个重要阶段，某种程度上，也可以把它视为中国文学在海外的一种存在方式——"一个分支"。

狭义的东南亚华人文学所"望"之"乡"，是由给予了他们生命、童年、亲情、事业与政治身份的祖国——入籍国，以及赋予了他们血统与文化身份的故国——中国——构成的二元之乡。

20 世纪 50 至 70 年代前后，越来越多的东南亚华侨加入了所在国的国籍，成为了东南亚华人。从总体上看，"华人社会则是多元的，活跃于政治、文化、社会诸领域，加强与居住国的融合程度。从前者到后者的变化，是巨大的变化，也是土著化的进程。"① 然而，这种"融合"和"土著化的进程"，又是一个反复振荡、充满矛盾的缓慢的过程。

在很长一段时间内，许多华人并非主动，而是被迫入籍，甚至是身入心未入——在政治方面认同和效忠入籍国，在文化方面仍然认同与坚持来自中国的民族文化与传统；也就是，国籍属于东南亚，精神属于"文化中国"。

政治身份与文化身份的二重性，导致了狭义的东南亚华人文学所"望"之"乡"的分裂：东南亚的岛与村、镇与城，成为了名副其实的唯一的"故乡"，承载着作家的童年和亲情；作家所在的"新兴国家"，成为了他们唯一的祖国，承载着他们的事业和生命。但是，文化中国——具有"原根"意味的中国传统与文化，仍然是华人作家

---

① 蔡苏龙、牛秋实：《"华侨""华人"的概念与定义：话语的变迁》，《云梦学刊》2002 年 11 月。

的心灵与精神的归依与"故乡"。正如林俊欣所说："对我而言，回家是一个必然，背井离乡后的必然结果。……心中一个国家、一个故乡。"① 又如钟怡文指出："相对于曾经在中国大陆生活过的祖父或父亲辈，马来西亚第二代、第三代华人最直接的中国经验，就是到中国大陆去旅行或探亲……他们不像出生于中国的祖先想回到那块土地，这些第二代、第三代的华人，在生活习惯上已深深本土化，其实已具备多重认同的身份，他们所认同的中国，纯粹是以文化中国的形式而存在。"②

东南亚华侨文学时期的乡愁，多以一种相同的指向出现：吟唱漂泊游子的孤独与苦闷；"故乡"一词，主要指向作家国籍所在与心灵所依的祖国——中国。在这个意义上，"故乡"也就是"故国"，"乡愁"也是"国愁"；"乡"与"国"具有重合性、一体性。东南亚华人文学时期的乡愁，则多以一种双向的方式出现：吟唱自己离开童年的"岛与村、镇与城"之后或者自己出国之后的漂泊、思绪与苦闷；吟唱自己文化失根、文化思家的彷徨与苦闷。东南亚华侨文学时期的乡愁，可以理解为自然、真诚与嘈杂、造作的对抗，理解为自我放逐与放逐的抗衡；是作家的一种选择，也是一种诗学的立场。东南亚华人文学的乡愁，可以理解为"身在之国"与"魂在之国"或称"灵在之国"的分离。国与乡的含义，变得暧昧甚至分离，常常是在政治的层面上指向入籍国——经验或者经历中的故乡，在文化、心理的层面上指向"我已去"或"已去我"的"故乡"：中国——意念中的故乡。

归结起来，狭义的东南亚华人文学的"望""乡"叙事，可以

---

① 林俊欣：《背井：感觉与冥思》，载陈大为、钟怡文、胡金伦主编《赤道回声——马华文学读本2》，台北万卷楼图书股份有限公司2004年版。

② 钟怡文：《从追寻到伪装——马华散文的中国图像》，载陈大为、钟怡文、胡金伦主编《赤道回声——马华文学读本2》，台北万卷楼图书股份有限公司2004年1月版。

说，是对东南亚华侨文学"望""乡"叙事的再次反拨。狭义的东南亚华人文学的所"望"之"乡"，尽管具有二元性、过渡性、模糊性；但是，非常明确的是，它已经不再属于中国文学的海外"叙事"；已经以过渡的方式，走向了东南亚文学的"在地""叙事"。

东南亚华裔文学所"望"之"乡"，是一个新的一体化之"乡"：由给予了他们生命、童年、亲情、事业与政治身份的祖国，以及他们正在追寻、建构的国家文化框架中的华族文化，所构成的实体性与精神性二者合一的"故乡"。

东南亚华裔文学的浪潮，涌动于 20 世纪 80 年代，90 年代中后期，渐起波澜。作为在居住国出生，拥有居住国国籍的第三代、第四代，甚至有些还是第五代华人，他们不再像狭义的"东南亚华人"那样期望"两栖"，他们认为自己不是中国人，而是所在国的一个民族——华族中的一员；自觉地要求政治身份与文化身份的统一，要求能够较好地融入"在地"。他们试图以新的态势面对和处理一些特殊的事情：如在"同化"（assimilation）与"融合"（integration）之间做出自己的选择，重新调整与"祖国"——所在国和"祖籍国"——中国的关系；从而建构一种属于这个族群的新文化：既不被所在国文化完全同化，也不是他们认为的"中国文化的旁枝末节"；既要广泛吸纳东南亚社会各种非华人的价值观，以争取合法地、长久地生存下来；又要保持基本的华人文化认同，以确保在多元民族文化中独特的"华"性特征。正如王庚武所说："他们中的很多人是为各自的中文社区而用中文写作的，并不是作为中国公民而写，也没有必要针对中国的读者而写。其他一些以华人身份写作的作家，则用英语或其他语言，向更加广泛的非中国读者讲述自己的故事。……还有一些作家，尤其是不用中文写作的作家，探索了一种作为华人效忠正在为建立国家而奋斗的入籍国的新感受，或者强调他们必须重新确立自己作为华裔或者华裔国民的身份。"①

---

① 王庚武：《无以解脱的困境？》，《读书》2004 年第 10 期。

与这种主动选择、调整的要求相适应，"中国"在东南亚华裔文学的"望乡"叙事中，不再被视作华裔自己的故乡，而已经演化为华裔祖辈的"原乡"。这个"原乡"，曾经存在于祖辈们成长的经验与历史里，属于祖辈的记忆图像；现在已经虚化为一个"引以为傲、引以为荣的名字"。[1] 这个"原乡"，具有"神话"的意味，"在本质上意味着乐园形式的家乡"。[2] 这个"原乡"，作为一个抽象的历史背影，再难以承担起遥远的乡愁，更多的是作为一种见证：见证他们的祖辈从安土重迁的中国出走海外而至漂泊南洋的辛酸，也见证着他们在融入"在地"遭遇坎坷与挫折时的迷茫。

与之同时，"文化中国"也受到种种新的审视：他们对中国文学传统作了"远"与"近"的划分；采取的主要策略即为"舍近求远"——既要与中国新文学拉开距离，抗拒所谓大中原中心文化的影响，强调华族文学的国籍归属；又要从中华五千年来的历史、文化、艺术积淀中汲取营养，以使华族文学区别于马来西亚其他民族文学。所以，所谓"舍近"之"近"，主要指的是中国"五四"新文学传统。因而，既要要求"重审"中国经典，也要要求"重审"马华经典；既要要求"重审"经典作家，也要要求"重审"经典作品。所谓"求远"之"远"，指的是中国古代文学传统。就是说，中国古代的辉煌文明和悠久的历史积累，仍然被认为是巨大的资源深井；应该为海外华人世代所求、所用。

四、东南亚华人文学的"乡"与"路"

在经历了百多年的追求与抉择后，东南亚华人文学的所"望"

---

① 小四：《菲律宾才是我的乡愁》，见《菲华文学（四）》，菲律宾柯俊智文教基金会 1994 年 9 月 15 日版。

② 林幸谦：《狂欢与破碎——原乡神话》、《我及其他》，见钟怡雯主编，《马华当代散文选》1990—1995，台湾：文史哲 1996 年 3 月版，第 26 页。

之"乡",给人一个由虚到实,又由实到虚;由远到近,又由近到远的观感。然而,此"虚"不同于彼"虚",此"远"也不同于彼"远"。如果说,土生华人文学的所"望"之"乡",是"忘却"前的一种"回光返照"的话;华裔文学的所望之"乡",就应该是"坚持"中的一种选择了。正因如此,东南亚土生华人已经逐渐同化到了"在地"之中;东南亚华人则试图抵制同化,他们选择的是融汇——要以华族的身份,融汇到多民族组成的社会之中。

融汇不同于同化,融汇需要自己"给自己贴上华人的标签"——需要一种既虚又实,既近又远的所"望"之"乡"。然而,这种选择,实际上仍然使他们陷入一种"困境",而且是相伴始终的"困境"。王赓武认为:"虽然每一个时代都有各自特定的困境,他们每个作家群的困境的来源却是相同的……对海外华人来说,解决问题的出路之一就是回到中国去使压力降到最低。另一种办法就是干脆不当华人,彻底与入籍国同化。但是,只要他们坚持某种华人认同,或者允许其他人以某种方式给自己贴上华人的标签,他们就将继续生活在困境当中。只要他们以华人或者海外华人的身份写作,而不论他们是在东南亚还是北美,困境就不会得到解脱。"① 曹云华也指出:"可以把东南亚国家当地民族的华人观用一句话来概括,那就是对华人的优秀的民族特性有一种历史形成的恐惧感和对本民族在数世纪以来一直处于无权地位时形成的自卑心理,是一些东南亚国家制定带有偏见和仇视的华人政策的最深刻的思想根源。此外,在华人社会中普遍存在的那种病态的优越感,或者叫大民族沙文主义则从另一方面刺激了东南亚各国当地民族的对华人的恐惧心理,促成各国政府制定和推行对华人带有明显偏见的各项政策。"②

因此,东南亚华裔文学的"望乡"之"路",也仍然是一条崎岖

① 王赓武:《无以解脱的困境?》,《读书》2004年第10期。
② 曹云华:《变异与保持——东南亚华人的文化适应》,中国华侨出版社2001年版,第9页,第366页,第93页。

之路、艰辛之路。当地民族的"恐惧感"、"自卑心理"和华人社会"病态的优越感",都有可能牵动、冲击东南亚华裔文学的"望乡"之"路"。与之同时,来自西方的"东方主义"话语,来自"故乡"的情感性话语;也同样可能牵动、冲击东南亚华裔文学的"望乡"之"路"。

在牵挂中行走,在牵扯中摸索;东南亚华人文学的"望乡"之"路",将依然会以这样的姿态在种种"困境"中不断得到铺陈与展开。

[原文刊发于《暨南学报》(哲学社会科学版),2006 年 4 月]

存异与靠拢

——东南亚华文文学发展中的一种趋势

东南亚区域，国家众多，国情各异；华文文学的生存境遇、发展状况，也差异较大。这里，仅以华人都是作为所在国的少数族群，且文学创作相对繁荣的菲律宾、马来西亚，印度尼西亚和泰国为例，尝试性地进行某些探索与研究。

作为东南亚华人，不论是土生华人、华侨，还是华人、华裔，最重要的一个共同特点，就是他们对自己具有的华人血统与华人传统的认同。也就是说，不论是完全、部分还是少部分具有中国血统、认同中华文化、认同自己华人身份的人，我们都将其称为华人。同时，也正是因为，都是"具有"与"认同"，却又存在着"完全、部分或者少部分"的差异；所以，都是东南亚华人，就有了，或者说，却有了土生华人、华侨、华人与华裔之分别；也就有了东南亚土生华人文学、华侨文学、华人文学与华裔文学的同与不同。

一、华人文学、华裔文学、华人族裔文学

按照我们的理解，东南亚华文作家，已经经历了两次较具规模的转型，即从华侨文学到华人文学，从华人文学到华人族裔文学。

第一次转型，发生在 20 世纪 50 至 60 年代前后；转型的主要原因，是因为作家的国别身份发生了变化：由侨居当地的中国公民，变成了所在国的公民。随着作家入籍仪式的举行，几乎是在"一夜之

间"，华侨文学脱去了"中国文学在海外分支"的"衣衫"，成为了归属于所在国文学的华人文学。与之相适应，文学的主要艺术视野，也从"面向中国"转向为"面向东南亚"。

第二次转型，发生在 20 世纪 80 至 90 年代前后；转型的主要原因，是因为作家的身份意识发生了变化：由仪式性的入籍——身入心不入或者是身入心未入，转化为实质性的入籍——身心皆入或者是追求身心皆入。这一过程，从时间上看，几乎历经了 30 多年，正好是入籍仪式之后出生的一代新人——华裔，出生、成长并涌现为文坛新人的必须时间。从文学的观念看，转型中的文学，自觉地将自己定位为所在国多元文学中的一元——作为华人族群的少数族群文学。与之相适应，文学的主要艺术视野，也从"面向东南亚"转向为"融入东南亚"。如果将第一次转型视之为被动性转型的话，第二次转型，也许就可以被视之为主动性的转型。

在第二次转型中，可以发现许多新的气象：首先，是作家队伍的构成，发生了重大变化——土生、土长的华裔作家，以极具冲击力的方式"闪亮登场"，形成一种"新人"与"老人"、华裔作家与华人作家"同台共舞"的新格局。其二，在"同台共舞"的新格局中，由于华裔作家作为"新人"的"劲舞"，不断激起了许多新碰撞、新火花、新趋势；又由于华人作家作为"老人"的不甘示弱，争相以新的姿态、新的观念、新的方法作为回应；故而，"新人"与"老人"、华裔作家与华人作家之间，出现了互动、互促与互相靠拢的趋势。其三，在互动、互促与互相靠拢的大趋势中，由于多种原因，华裔作家与华人作家，是异中有同、同中有异；但是，就谋求作为所在国少数族群文学的生存、发展权利与质量，进而以谋求作为所在国少数族群文化的生存、发展权利与质量而言，二者则具有充分的共同性。

为了有别于 20 世纪 50 至 60 年代前后的第一次转型，我们将 20 世纪 80 至 90 年代前后的第二次转型，称之为当代转型；为了充分认识华裔作家与华人作家在"同台共舞"中显示出的新特征、新气象与新目的，我们试图将这种异中有同、同中有异，以谋求作为所在国少数族群文学的生存、发展权利与质量，进而谋求作为所在国少数族群的文化生存、发展权利与质量的文学潮流，称之为华人族裔文学。

应该说明的是，东南亚区域辽阔，国家众多，国情各异；华文文学的生存境遇、发展状况，也差异较大。即使，在华文文学相对繁荣，而且，华人族群在所在国同为少数族群的菲律宾，马来西亚，印度尼西亚和泰国，也存在着极大的差异。例如，佛教在泰国影响极大，伊斯兰教在马来西亚、印度尼西亚影响极大；而天主教在菲律宾影响极大。又如，同为所在国的少数族群，20 世纪 50 至 60 年代以来，印度尼西亚华人承受的打击和灾难，印度尼西亚华文文学承受的打击和灾难，都更为严峻。

总之，这两次转型的原因、特点，意义有所不同。

二、"自我"意识的存异与靠拢

以文学建构"自我"，以文学争取文化的地位乃至族群的地位，是华文文学的重要使命：既要广泛吸纳与应对东南亚社会各种非华人的价值观，以争取合法地、长久地生存下来；又要保持华人文化的基本认同，以确保在多元民族文化中独特的"华"性特征。因此，华人文学与华裔文学的不断互动、相互靠拢，首先表现为文学中"自我"意识的不断互动与相互靠拢。

华裔文学作家，在居住国出生、长大，从小便拥有居住国的国籍；他们很自然地认为自己生来就是所在国的国民——故乡不在中国，故乡就是他们的出生地、居住地。在他们的文学观念中，"家"与国，"乡"与国，已经较为自然地糅合在一起；而且，也应该糅合在一起。

华人文学，曾经带有浓厚的华侨文学气息。在一个相当长的时间内，许多华人作家，并非主动，而是被迫入籍，所以，往往是身入心未入。在他们的文学观念中，"家"与国，"乡"与国，往往呈现出一种游离或者分离。对于这样的华人文学作家而言，所谓"土著化的进程"，只能是一个反复振荡、充满矛盾的缓慢的过程。

然而，随着时间的流逝，东南亚的华人社会发生了变化，而且是多元的变化：他们"活跃于政治、文化、社会诸领域，加强与居住国的融合程度。从前者到后者的变化，是巨大的变化，也是土著化的进程"。① 他们以文学的方式，"探索了一种作为华人效忠正在为建立国家而奋斗的入籍国的新感受，或者强调他们必须重新确立自己作为华裔或者华裔国民的身份。"②

从菲律宾作家庄子明的两篇小说中，我们可以窥见这种"融合"前后所发生的"巨大的变化"，感受到在"土著化的进程"中，华人作家文学观念变化的轨迹。

在早年创作的短篇小说《卖身契》中，庄子明通过老华侨阿李，穿着"描笼大家乐"衣衫，在入籍宣誓前后的思想矛盾，以"卖身契"为题，形象地反映出当时华人的入籍心态。

入籍宣誓之前，"他静坐沉思，感触人生虽满百岁，如今已是活过大半数；还得重新做人，真是不甘心！一时情绪冲动，几乎要站起折回家去。可是，耳朵里却响起了老妻三番五次的唠叨：'老顽固啊，环境变迁啦；再不看风扯帆，抓住机会改换身份，日后只有一条路好走——你当和尚，我做尼姑去……'"

"连带想到靠薪水过日子，不是根本生计；许多年来筹措经营一间小店铺，还有孩子们考大学和就业……一大堆现实问题，入籍是唯一的答案。他轻轻叹息一声，还是坐在长凳上。"

入籍宣誓之后，阿李从检察官手中接受入籍的证书的一刹那，想起自己小学毕业时，从校长手中接过的文凭，代表全班同学演讲：

---

① 蔡苏龙、牛秋实：《"华侨""华人"的概念与定义：话语的变迁》，《云梦学刊》2002 年 11 月。

② 王庚武：《无以解脱的困境？》，《读书》2004 年第 10 期。

"我要做一个伟大的中国人，效法岳飞，尽忠报国……"① 这一颇具自嘲意味的情节，正如文志在诗中所描写的一样："两面被煎熬，都是鱼的骨肉"；② 折射出的是这一批华人无法表达的痛苦——既有对"挥别"中国的难舍，亦有对入籍当地的抗拒。从某种意义上说，如果，我们把作品中人物的"历史"，看作是作者本身心灵历程的反映的话，阿李的矛盾，也隐现着作者本身的矛盾。

时隔二十年，庄子明的小说《光荣的故事》与当年《卖身契》所表述的心境，形成了巨大的反差。小说中的主角阿兴，是一个开小杂货店的菲律宾华人；阿兴的故事，就是当年"阿李"故事的延续；阿兴这个人物，也可以说是"阿李"的当代"化身"。

凭着自己的勤奋与拼搏，阿兴的小杂货店不仅维持了一家人的生活，还供养儿子志强读了医科大学。志强接到征召，前往战地服务。在一次执行任务时，志强不幸误踩地雷，为国牺牲。在纪念殉难军人大会上，伤痛万分的阿兴，受到全体官兵的尊敬，陆军总司令也向阿兴致以最崇高的敬礼。这时的阿兴，"作为父亲他也感觉到无限的骄傲，最后他把国家颁发给他的抚恤金捐赠给其他殉难军人的遗属。阿兴在此已经不仅领悟到光荣的含义，更是一个菲律宾公民的职责与义务。"此时的阿兴，发出了新的感叹："自己的儿子为国牺牲，他尽了国民的责任和义务。"③

同样的主题，也表现在柯清淡的小说《两代人》中：读大学的儿子，正在参加军训，回到家中，向父亲"我"提出了一个尖锐的问题："当中菲两个对南沙的争执时，自己应该站在哪一方，究竟是要效忠菲律宾还是中国？""面对儿子的询问，"我"不禁回忆起当

---

① 庄子明：《卖身契》，见施颖洲《菲华文艺》，菲律宾：菲华文艺协会，1992 年版。

② 文志：《煎鱼》，见千岛诗社《千岛诗选》，菲律宾：千岛诗社，1991 年版。

③ 庄子明：《光荣的故事》，见吴似锦《菲华文艺选集第二辑》，菲律宾：菲华文经总会学术书业 1999 年版。

年，台湾与菲律宾为南沙群岛发生争夺的时候，"我"毅然将"可看五场电影和可吃五碗牛肉羹"的十块比索，捐给华侨社会，资助台湾当局派遣海军，"去镇守群岛中最大的'太平岛'"。然而今天，面对着儿子询问，"我"只能用颤抖的手燃起一根香烟，感慨地说："这个国家是你永远生活下去的地方，你应该跟土著不分彼此，亲如家人。""'你既然已成为一个菲律宾的学生军，照说要服从国家的号召！'"①

上述叙述，虽然始终围绕着的是一个假设的问题，但是，却是一个非常敏感的问题；是正在转变心态的东南亚华人最难言说，又不得不言说的问题。言说中的"我"，小心翼翼地使用的"照说要"这三个字，已然泄露出"我"的内心痛楚与无奈，与"学生军"的儿子的想法仍然存在有某些距离；但是，还是表明这时的"我"，已经不是刚入籍时的"我"；在一种不得不做出的选择中，已经选择了效忠菲律宾而不是中国。

就作为所在国国民的"效忠"而言，如果说，"我"可能代表着大多数华人，"儿子"可能代表着大多数华裔；那么，这"两代人"之间仍然有着某些差异，但是，这种差异正在日益缩小。而且，差异的关键，已经不是"效忠"与否，而只是在特定情形中，对"效忠"的表达，是自然，还是稍有犹豫。

三、文化意识的趋异与趋同

以文学参与文化建构，以文学争取文化的地位乃至族群的地位，是华文文学的重要使命：既要广泛吸纳与应对东南亚社会各种非华人的价值观，以争取合法地、长久地生存下来；又要保持华人文化的基本认同，以确保在多元民族文化中独特的"华"性特征。因此，华

---

① 柯清淡：《两代人》，见庄维民《菲华散文集》，菲律宾：菲华文艺出版社1994年版。

人文学与华裔文学的不断互动、靠拢，也带动了文学中文化意识的不断互动、碰撞，形成一种同中有异、异中有同的新气象。

随着社会的发展，华人族群在当地的生存与生活条件有了改善，获得了较好的发展前景。但是华人文学作家与华裔文学作家，同属所在国的少数族群——华人族群。作为一个"移植"而来的少数族群的"一员"，边缘处境、边缘化趋势，始终是他们在发展中的忧虑，在亮丽中的阴影；加之，他们头顶着一个共同的"华"字——只愿"融合"，不愿"同化"；既不可能"回到中国"，更不愿放弃华文写作；他们只能将自己"献身"于这样的双重"困境"之中。

为了走出边缘，退一步说，为了防止被进一步边缘化，华人文学作家与华裔文学作家，不得不共同站在所在国少数族裔——华人族裔的立场上，思考与谋求建设与发展华人的族裔文化与文学。为了保持华人文化的基本认同，以确保在多元民族文化中独特的"华"性特征，华人文学作家与华裔文学作家，显示着"同"中之"异"与"异"中之"同"。

例如，都是以文学的方式"望乡"：华人文学所"望"之"乡"，是由给予了他们童年、亲情、事业与政治身份的祖国——入籍国，以及赋予了他们血统与文化身份的故国——中国，构成的二元之乡。政治身份与文化身份的二重性，导致华人文学所"望"之"乡"的分裂。东南亚的岛与村、镇与城，虽然成为了名副其实的唯一的实体性"故乡"，承载着作家的童年和亲情；作家所在的"新兴国家"，虽然成为了他们唯一的祖国，承载着他们的事业和生命。但是，文化中国——具有"原根"意味的中国传统与文化，仍然是华人作家的心灵与精神的归依与"故乡"。需要注意的是，尽管华人文学的所"望"之"乡"，还具有某种二元性、过渡性、模糊性；但是，它已经不再属于中国文学的海外"叙事"；已经以过渡的方式，走向了东南亚文学的"在地""叙事"。

华裔文学所"望"之"乡"，是一个新的一体化之"乡"：由给予了他们生命、童年、亲情、事业与政治身份的祖国，以及他们正在追寻、建构的国家文化框架中的华族文化，所构成的实体性与精神性二者合一的"故乡"。在华裔文学的"望乡"叙事中，中国不再被视作华裔自己的故乡，而已经演化为华裔祖辈的"原乡"。这个"原乡"，曾经存在于祖辈们成长的经验与历史里，属于祖辈的记忆图像；现在已经虚化为一个"引以为傲、引以为荣的名字"。① 这个"原乡"，具有"神话"的意味，"在本质上意味着乐园形式的家乡"。② 这个"原乡"，作为一个抽象的历史背影，再难以承担起遥远的乡愁，更多的是作为一种见证：见证他们的祖辈从安土重迁的中国出走海外而至漂泊南洋的辛酸，也见证着他们在融入"在地"遭遇坎坷与挫折时的迷茫。也许可以认为，华裔文学的所"望"之"乡"，"放逐"了华人文学所"望"之"乡"中的那种二元性、过渡性与模糊性；以非常明确的方式表明，它在诞生之日，就成为了东南亚华文文学的"在地""叙事"。

与此同时，华裔文学作家，主张以"树"与"树"，而不是"树"与"根"，更不是"枝"与"树"的关系，来比喻正在建设中的华族文化与中华文化的关系。在这样一个变动着的文化视野中，"文化中国"受到种种新的审视；并且，辅之以"舍近求远"与"重审"经典的具体措施。

所谓"舍近求远"，就是与中国"五四"文学拉开距离，以抗拒所谓大中原中心文化的影响，强调华族文学的国籍归属；同时，又要从中华五千年来的历史、文化、艺术积淀中汲取营养，以使华族文学区别于其他族群文学；就是说，中国古代的辉煌文明和悠久的历史积累，被认为是巨大的资源深井，仍然为海外华人世代所求、所用。

所谓"重审"经典，就是既要"重审"中国经典，也要"重审"

---

① 小四：《菲律宾才是我的乡愁》，见《菲华文学（四）》，菲律宾柯俊智文教基金会 1994 年 9 月 15 日版。

② 林幸谦：《狂欢与破碎——原乡神话》、《我及其他》，见钟怡雯主编，《马华当代散文选（1990—1995）》。台湾：文史哲 1996 年 3 月版。

存异与靠拢

53

所在地经典；既要要求"重审"经典作家，也要要求"重审"经典作品；在"重审"的过程中，重新整合作为少数族群文学——华人族裔文学的在地与异地资源。

为了广泛吸纳与应对东南亚社会各种非华人的价值观，以争取合法地、长久地生存下来；华人文学作家与华裔文学作家，还在"异"中显示出"同"。

作为所在国的少数族群，东南亚华人的"困境"，还体现在遭遇着来自族群之外与族群之内的"病态"心理的两面夹击。曹云华指出："可以把东南亚国家当地民族的华人观用一句话来概括，那就是对华人的优秀的民族特性有一种历史形成的恐惧感和对本民族在数世纪以来一直处于无权地位时形成的自卑心理，是一些东南亚国家制定带有偏见和仇视的华人政策的最深刻的思想根源。此外，在华人社会中普遍存在的那种病态的优越感，或者叫大民族沙文主义则从另一方面刺激了东南亚各国当地民族的对华人的恐惧心理，促成各国政府制定和推行对华人带有明显偏见的各项政策。"①

在自觉反驳与清理这些"病态"心理，建立华人新形象、新观念，尤其是在建立华人族裔文学的文化意识的实践中，例如，对"父亲"的重写与对"异族叙事"姿态的调整等，都可以看出华人文学作家与华裔文学作家的携手奋斗、不断互动与相互靠拢。

在东南亚华文文学中，"父亲"故事，尤其是故事中的"父亲"，往往具有多重含义：既象征着，甚至是代表着着华人祖辈及其子孙身上携带着和心灵中流淌着的中国血缘与文化基因；同时，也蕴含着不同时期的作者对"父亲"所象征、所代表的思想内涵的种种看法、立场与心态。因此，从某种程度上看，华文文学中的"父亲"叙事，既是作者对"这一位父亲"具体、生动的描述和言说，更蕴含着作者对"这一位父亲"所代表的"父辈"文化的一种观察和态度。

---

① 曹云华：《变异与保持——东南亚华人的文化适应》，中国华侨出版社2001年版。

从"父亲"形象的演变来看，呈现出这样一个序列：强势的"父亲"、"弱势"的"父亲"、被审视的"父亲"。从叙述方式来看，强势的"父亲"往往被英雄化、被硬汉化；"弱势"的"父亲"，往往被老化、被弱化；被审视的"父亲"，往往被陌生化、被堕落化。从"父""子"关系的变化来看，早期较为常见的是高大的"父亲"与狭隘的"儿子"；"父亲"走向"弱势"之后，较为常见的是被"矮化"的"父亲"与成长中的"儿子"。

从高大、完美的父辈形象，到矮化、偏执的父辈形象，从小气、偏执的"子辈"形象，到旁观、理性的"子辈"形象，这一变化，多少带有了一些中国"五四"文学中"弑父"的含义。但是，东南亚华文文学中的"弑父"，不同于中国"五四"文学中的"弑父"。这不仅仅是由于半个多世纪的时间流逝，形成的时代差异，更是因为，由于空间转换，所谓"弑父"的目的性差异。"五四"文学中的"弑父"，目的是反对中国的封建主义；东南亚华文文学中的"弑父"，目的是消解华人中曾经流行、当今仍然阻碍着华人顺利地融入所在国族群的"病态的优越感"。因此，前者的"弑父"，针对的是制度、社会，是你死我活的，是异常决绝的；后者针对的是观念、思想，是逐渐摸索的，也是逐渐推进的。

在这样一个逐渐演进的所谓"弑父"的浪潮中，尽管"儿子"的成长，还有待时日；但是"父亲"的衰老、"儿子"的独立，以及"父与子"的换位，已经反映出作者文化意识的嬗变，反映出东南亚华人社会，包括华人作家与华裔作家对族群交往中"自我"意识的一种重新定位与反思。

总而言之，在 20 世纪 80 年代以来，尤其是 90 年代之后，东南亚华人文学与华裔文学，在文学观念、文学主题、创作方法等多方面，产生着互动：在不同中表现出相同，在存异中寻求着靠拢；共同以所在国少数族群文学的面貌，出现在拥有多元族群的东南亚国家之中。

[原文刊发于《暨南学报》（哲学社会科学版），2008 年 4 月]

马来西亚：华人文学、华裔文学的碰撞与互动

20 世纪 80 年代以来，尤其是 90 年代之后，在东南亚华文文学比较活跃的一些国家，尤其是在马来西亚、泰国、菲律宾、印尼的华文文学中，呈现出的一种新的发展趋势：华人文学与华裔文学，在文学观念、文学主题、创作方法等多方面，产生着碰撞与互动——在碰撞中表现出不同，在存异中寻求着互动；共同以所在国少数族群文学的面貌，出现在拥有多元族群的东南亚国家之中。

一、发展中的一种新趋势

作为东南亚华人，不论是土生华人、华侨，还是华人、华裔，最重要的一个共同点，就是他们对自己具有的华人血统与华人传统的认同。也就是说，不论是完全、部分还是少部分具有中国血统、认同中华文化、认同自己华人身份的人，我们都将其称为华人。同时，也正是因为，都是"具有"与"认同"，却又存在着"完全、部分或者少部分"的差异；所以，都是东南亚华人，就有了，或者说，却有了土生华人、华侨、华人与华裔之分别；也就有了东南亚土生华人文学、华侨文学、华人文学与华裔文学的同与不同。

东南亚华人文学，有广义与狭义之分、指涉整体与部分之分。

广义的东南亚华人文学，是指在东南亚历史与现实中，"具有广义的中华民族成分的人"——不论是完全、部分还是少部分"具有中国血统"、认同中华文化、认同自己华人身份的人的文学创作。所

以，既包括"东南亚华侨文学"、狭义的"东南亚华人文学"和"东南亚华裔文学"；也包括由"东南亚华人"用汉语之外的语言——本地语言、殖民语言等进行的创作；如"东南亚土生华人文学"等。也就是说，广义的东南亚华人文学，强调创作主体是否为广义的"东南亚华人"。只要是广义的东南亚华人的创作，不论是用中文，还是"用'外语'发出的声音"，都应该归为东南亚华人文学。采用广义的东南亚华人文学的概念，就是试图能够对东南亚华人文学特殊的历史性、多样性、复杂性，进行一种较为深入的理解和叙事。

狭义的东南亚华人文学，是指由于国籍的变化——由华侨身份变化为华人身份的东南亚华人作家所创作的文学。20世纪五六十年代以后，出于种种考虑，越来越多的东南亚华侨，入籍所在国。东南亚国家的华侨社会，也开始转型为华人社会。随着作家国别身份的转换，东南亚华人文学已经分别属于了所在国文学，而不再是中国文学在海外的支流。本文采用狭义的东南亚华人文学的概念，试图能够对这种持续了半个多世纪，因为创作主体的身份变化，导致的多种变化，尤其是其中的多样性、复杂性，进行一种较为深入的理解和叙事。

东南亚华裔文学，是指20世纪80年代以来，尤其是90年代中后期以来，由在居住国出生、拥有居住国国籍的第二代、第三代，甚至有些还是第四代、第五代华人的文学创作。华裔文学作家，在居住国出生、长大，从小便拥有居住国的国籍；他们很自然地认为自己生来就是所在国的国民，故乡不在中国，故乡就是他们的出生地、居住地。在他们的文学观念中，"家"与国，"乡"与国，已经较为自然地糅合在一起；而且，也应该糅合在一起。他们不像狭义的"东南亚华人"那样曾经期望"两栖"，他们认为自己不是中国人，而是入籍国的一个少数族群——华族中的一员；自觉地要求政治身份与文化身份的统一，要求能够较好地融入"在地"。华裔文学的所"望"之"乡"，"放逐"了华人文学所"望"之"乡"中的那种二元性、过渡性与模糊性；以非常明确的方式表明，它在诞生之日，就成为了东南亚华文文学的"在地""叙事"。

东南亚华人文学，曾经带有浓厚的华侨文学气息。在一个相当长的时间内，许多华人作家，并非主动，而是被迫入籍，所以，往往是身入心未入。在他们的文学观念中，"家"与国，"乡"与国，往往呈现出一种游离或者分离。对于这样的华人文学作家而言，所谓"土著化的进程"，只能是一个反复振荡、充满矛盾的缓慢的过程。然而，随着时间的流逝，东南亚的华人社会发生了变化，而且是多元的变化：他们"活跃于政治、文化、社会诸领域，加强与居住国的融合程度。从前者到后者的变化，是巨大的变化，也是土著化的进程"；①他们以文学的方式，"探索了一种作为华人效忠正在为建立国家而奋斗的入籍国的新感受，或者强调他们必须重新确立自己作为华裔或者华裔国民的身份。"②尽管，华人文学的所"望"之"乡"，还具有某种二元性、过渡性、模糊性；但是，非常明确的是，它已经不再属于中国文学的海外"叙事"；已经以过渡的方式，走向了东南亚华文文学的"在地""叙事"。从这个意义上看，华人文学与华裔文学中"自我"意识的不断碰撞、互动，也带动了华文文学中文化意识的不断碰撞、互动，形成一种有同有异、同中有异、异中有同的新气象。

二、碰撞与互动中的"父亲"叙事

作为所在国的少数族群，东南亚华人的"困境"，还体现在遭遇着来自族群之外与族群之内"病态"心理的两面夹击。正如曹云华指出："可以把东南亚国家当地民族的华人观用一句话来概括，那就是对华人的优秀的民族特性有一种历史形成的恐惧

---

① 蔡苏龙、牛秋实：《"华侨""华人"的概念与定义：话语的变迁》，《云梦学刊》2002 年 11 月。

② 王庚武：《无以解脱的困境？》，《读书》2004 年第 10 期。

感和对本民族在数世纪以来一直处于无权地位时形成的自卑心理，是一些东南亚国家制定带有偏见和仇视的华人政策的最深刻的思想根源。此外，在华人社会中普遍存在的那种病态的优越感，或者叫大民族沙文主义则从另一方面刺激了东南亚各国当地民族的对华人的恐惧心理，促成各国政府制定和推行对华人带有明显偏见的各项政策。"①

在自觉反驳与清理这些"病态"心理，建立华人新形象、新观念，尤其是在建立华人族裔文学的文化意识的实践中，例如，对"父亲"的重写中，可以看出华人文学作家与华裔文学作家的不断碰撞、互动，包括在不断碰撞、互动中的"同"与"异"；尤其是"异"中之"同"。

在华侨文学时期，"父亲"故事，尤其是故事中的"父亲"，都是作者关注与叙说的主要对象，而且，是被作为"强者"——"英雄"和"硬汉"，进行述说的一种对象。"父亲"故事，尤其是故事中的"父亲"，往往具有多重含义：既象征着，甚至是代表着华人祖辈及其子孙身上携带着和心灵中流淌着的中国血缘与文化基因；同时，也蕴含着作者对"父亲"所象征、所代表的思想内涵的种种看法、立场与心态。英雄化的"父亲"，大多都是商界的英雄，财力雄厚，气魄博大。马来西亚郑百年的《青云传奇》塑造的英雄，是华人甲必丹李为经。"其人财力之雄厚，气魄之博大，爱民之诚挚，实在令人佩服。"② 在《石叻风云》中，③ 出现了父亲的群体塑像，在危急关头，他们往往挺身而出，力挽狂澜，平息一场场蓄势待发的暴力冲突。硬汉化的"父亲"，多是挣扎在生活底层的，仍然需要艰苦

① 曹云华：《变异与保持——东南亚华人的文化适应》，中国华侨出版社2001年版，第93页。
② 郑百年：《青云传奇》，香港中文大学海外华人研究社1994年版。
③ 郑百年：《石叻风云》，香港中文大学海外华人研究社1994年版。

打拼方能养家糊口的低层次低收入的劳动者，如三轮车夫、出租车司机、渔夫、小学老师、农民等等。作者的叙述目的，在于重现华人自力更生的创业历程。无论父亲们是正当壮年，还是垂垂老矣，都不能影响他们的威严与声望。

20 世纪 60—70 年代以后，"父亲"开始变形，或者无可奈何地退化、老化，或者背上了传统的重负、步履艰难。从 1967 年的《愁雨》① 到 1991 年的《村之毁》，② "父亲"不断地以弱者、老者的形象出现：既不能承担开创历史的重任，也未能拥有一家之长的威望与凝聚力，他们一旦衰老便被无情的儿女和社会放逐。梁放的《观音》③ 则采用了象征、隐喻、反讽等手法叙述了一个南来家族的故事："父亲"让人失望，而他们身上的文化积习更让人难以理解。

20 世纪 80—90 年代以后，新生代作家群迅速崛起，他们试图以新的方式叙说历史与现实中的"父亲"。黄锦树试图变换各种角度，或亲或疏，或远或近，以逆游的方式向历史回溯，在与"历史"拉开距离的同时，也在情感上与"历史"，包括"父亲"进一步"疏离"。商晚筠的《卷帘》与黎紫书的《天国之门》，④ 都采用了第一人称叙述，都涉及与"父亲"的恩怨离合，都是"儿子"与"父亲"的故事。在这样的观察与审视之下，"父亲"意味着陌生、堕落，意味着一段羞于启齿的历史，也意味着一种沉重的负担与折磨。而"父亲"形象亦从熟悉转为陌生，从高大滑向委琐，从正面走向反面，成为子辈的不可承受之重。

从"父亲"叙事的演变看，呈现出这样一个序列：华侨文学：

---

① 李忆莙主编：《马华文学大系短篇小说（一）》，马来西亚：彩虹出版社出 2001 年版。

② 陈政欣主编：《马华文学大系短篇小说（二）》，马来西亚：彩虹出版社出 2001 年版。

③ 马仑主编：《马华文学大系中长篇小说选》，马来西亚：彩虹出版社2001 年版。

④ 黎紫书：《天国之门》，台北：麦田出版社 1999 年版。

强势的"父亲";华人文学:"弱势"的"父亲";华裔文学;被审视的"父亲"。从这个发展与变化过程中,也许,可以看到华人文学与华裔文学,在"父亲"叙事中的某些"同向性";虽然程度不尽相同,但是都具有某种相同的"弑父"倾向。

令人深思的是,当有些马华新生代作者,主张远离中国文化,尤其是主张淡化中国"新文学"的影响时候,当年并未继承中国"五四"文学"弑父"精神的马华文学,却在辗转几十年之后,又重新回到了与狂飙突进的"五四"文学相同的"弑父"轨道。当然,此"弑父",不能完全等同于彼"弑父"。中国"五四"文学的"弑父",是以一种既形象又特殊的文学方式,挑开了中国封建思想与传统的外衣,以建构一种新时代的文学与新时代的思想;马华文学的"弑父",则是以一种既形象又特殊的文学方式,试图通过否定旧的"自我",揭开构建新的华人族群文化及其文学的序幕。所以,在审视"父亲"之后,在"偶像"被打碎、被抛弃之后,在已经揭开的序幕之后,如何上演更加精彩的"故事",仍然还是一个有待观察、值得思考的问题。

三、碰撞与互动中的"异族"叙事

马来西亚、菲律宾、印度尼西亚和泰国的华人族群,都是所在国的少数族群,"族群杂居经验"是他们最为重要的生存经验。东南亚华文文学的"异族"叙事,是作为少数族裔的华人作家在"族群杂居"的语境中,对复杂、微妙的"杂居经验"的感受、想象与表述方式;是他们利用文学方式,与各种异己话语进行交流的一种积极努力和追求;也是他们期望通过或者是利用文学方式,实现对作为少数族群之一的自我的一种言说策略与方式。

在马华小说对印度人、达雅人等弱势族群的叙事方式中,可见一种从"魔化"到"华化"再到"还原"的变化;从而,也透露出作者从"俯视"到试图挣脱"俯视",再到试图"平视"的心路历程;

这同样也是消解在华人中曾经流行、当今仍然阻碍着华人顺利地融入所在国族群的"病态的优越感"的历程。

早期的"魔化"叙事，首先通过"视觉"上的"审丑"得以展现，主要体现在对异族的"可视"性特征——生理特征、生活习性，尤其是肤色特征、衣着方式的某种丑化与渲染。如在秋红的《旅星杂话·吉宁人》中，印度人黑色的皮肤和怪异的举止，让人觉得邪恶不堪："他那蓬乱的头发，散在肩上，黝黑的肤肉，涂着油粘粘的液汁，说话像鬼叫的咽啼，还有，还有那五花十色的纱笼，如袈裟，简直像鬼一样可怕。"

"魔化"叙事，又通过"动作"上的"审丑"得以延伸。在姚拓的《捉鬼记》中，由于印度人"山星佬"的捣乱，戏院的生意日渐冷清。于是，通过一场"头家"与"山星佬"的对话，充分展现出"山星佬"的丑态：

"混账的东西，"我咆哮着，"还说没喝酒，小心我拔去你脸上的狗毛！"

"头家，头家，"他慌慌忙忙地几乎是哭着说，"酒……酒，酒是喝了一点点——要是不喝点酒壮壮胆，我……我真的连站在这里都不敢了！"

"胡说，你守门了半辈子，还要喝酒壮你的胆！"

"魔化"叙事，还通过"二元化"的结构性"审视"得以"深化"。在姚拓的《捉鬼记》中，二元分流、二元对立的叙事结构十分明显：就地位而言："我"为一家东方戏院的经理部书记，"山星佬"是一个卑微的看门人；就能力而言："我"年轻有为，"山星佬"碌碌无为；就精神状态而言："我"朝气蓬勃，"山星佬"萎靡不振；就勇气而言："我"勇敢无畏，带领大家"捉鬼"，"山星佬"胆怯心虚，魂飞魄散。在这样一种泾渭分明的叙事结构中，清者自清、浊者自浊；"山星佬"的丑态，在与"我"的美德的比较中，不断得到强化和深化。

在这样的"魔化"叙事中，"视觉"上的"审视"，使印度人的外形"像鬼";"动作"上的"审视",使印度人的行为"像鬼";加之以"结构"性的"审视",在不知不觉中,印度人甚至"娘惹",都成为了"丑陋"与"邪恶"的化身。

由于作家观念的调整,"魔化"叙事逐渐淡化;随后而来的是"华化"叙事——在塑造"异族"形象、叙说"异族"故事时,作者有意无意地过滤或者部分过滤了异族的"他性"特征,使得他者不似"他",或者说成为了"我"的某种变体——"己他"。

"过滤""他性",首先是在叙事中有意无意地淡化、模糊异族的生理特征,以适合华人的审美习惯。在碧澄的小说《迷茫》里,作者塑造了一对勤劳、自立、恩爱的印度族年轻夫妻古马和勒兹美,叙述者只对古马做了如此的介绍:"两条肌肉坚硬、有几条粗筋突起的臂膀";虽然也提及了勒兹美"黑色"的肤色,但是尽量淡化"黑色",以避免在读者心里可能引起的不舒服的感觉。

"过滤""他性",还表现为叙事中有意无意地植入、强化华人的道德观念,以适合华人的审美追求。在《可可园的黄昏》里,马来青年阿旺与华人少女相爱;在强大的社会压力之下,只好选择了私奔。尽管"岳父"一味反对,对他不理不睬;当老人孤苦无助之时,阿旺义无反顾地选择了回归:任劳任怨,勤勤恳恳地尽一个晚辈的责任,直到最后得病死去。这样,阿旺这个马来青年身上闪耀着的是华人所推崇的美德:重孝道,讲责任,容忍敦厚。如果不是作者有意标出他的马来人身份,阿旺的所思所想、所作所为,倒更像是一个优秀的华人青年。

在不断"进行痛苦的调整"的过程中,作家还试图以新的姿态和心态面对"异族"、叙述"异族"——试图以多元化的审美眼光,来"还原"异族。

在石问亭的《梦萦巴里奥》小说中,华人青年"我"与土著少女瑞柳相爱;这种爱已经不是《拉子妇》中"三叔"对"三婶"的"权宜"之爱,也不同于《槟榔花开》中"贵清"那种精神之爱、理想之爱;而是彼此承认差异又互相妥协的现实之爱、平等之爱。叙述者在叙说"瑞柳"的时候，采取的是多元的审美视角——既是华人的，又是异族的。所以，"瑞柳"的族群特征十分明显，而且美丽动人："一对大耳垂、手上、脚上刺青"，"瑞柳为了隆重上我们家与父母这一次会面，特换上五两重的沙铃（sarring）金坠子。那是她祖先世袭的财产，一代传一代的遗物，这两粒沙铃垂到她两边肩上闪闪发亮，加上族人传统珠饰帽子，非常漂亮。这时，我方留意她的眉是纹的，就像诗词上的柳眉"；"她轻柔的手姿好似肯雅兰鸟于一场雨之后，制芰荷以为衣，集芙蓉以为裳，安然振翅起飞，从一个树头滑到另一个树头，没有目的也没有企图。两个乳房跟着舞步起伏如风之于山巅，十指轻盈上下翻动如鸟的飞翔，双脚碎步向前滑行。静止时一潭湖水"。大耳拉和文眉等异族特征，成了美的标志与象征——是土著少女健康、生气勃发、活力四射的标志。

叙述者在叙说"异族"文化特色的时候，也试图采取多元的审美视角——既是华人的观察、感受与批评，又有试图换位思考的辩解与"自白"。

在《色魔》中，黄锦树塑造了一个全新的马来青年形象，那就是警员阿末。当美丽而有着悲惨屈辱身世的华人少妇棉娘被印度黑皮在橡胶林里强奸之后，族人对她的不是同情，而是或幸灾乐祸或也想效仿来占她的便宜。她的丈夫也对她产生莫名的厌恶，并且对她进行报复般的性虐待和冷嘲热讽。面对这个不幸的少妇，阿末对她产生了爱怜，最后放弃了自己警察的身份而和棉娘一起私奔。尽管叙述者对马来青年阿末用笔不多，但是，这个年轻的马来青年正义、善良的形象却深刻地烙在读者的脑海中。

在"还原"他者的同时，作者也在重审"自我"——"自己家族的罪恶"。达雅人以本族女孩丽妹失踪为诱饵，将华人余家的孙子骗入丛林深处，希望得到他祖父的黄金。然而，在故事的叙述中，这个阴谋的恶性被逐渐缓解，曾祖的荒淫、"自己家族的罪恶"，却逐渐突出。"曾祖父"曾经残暴地强占和蹂躏了一个雇工的女儿小花印，撕碎、践踏了儿子——"祖父"的爱情梦想。而"祖父"，则继承了"曾祖父"的荒淫，买下了达雅人的女儿丽妹。丽妹产后在医院失踪，是阿班班、亚妮妮、巴都等达雅人的一个阴谋。祖父杀死了阿班班，巴都出现，杀死了祖父。在叙述中，华人的罪恶遮盖和淡化了这场达雅人的阴谋，早期华人身上的荒淫、丑恶：狎妓、抽鸦片、奸淫等，都被重笔呈现出来。

在某种意义上看，作者的叙事心态与叙事方式，决定着被叙之事的发展与结局，决定着被叙说着的人物的性格和命运。马华小说中对印度人、达雅人的叙事心态与叙事方式，既反映出作为少数族裔的印度人、达雅人，在不同历史时期的生活状况与精神面貌；更反映出不同时期的作者，对同处社会边缘的弱势兄弟的心态与看法。而马华小说中，对马来人的叙事心态与叙事方式，也不仅反映出作为个体的华人与马来人的密切关系与紧密联系；更反映出作为少数族裔的华人对主要族群的复杂心态与希冀。

东南亚华文作家，无论他们如何调整心态、调整文学的文化取向，从根本上看，他们仍然处在"困境"之中。恰如王庚武指出："虽然每一个时代都有各自特定的困境，他们每个作家群的困境的来源却是相同的……对海外华人来说，解决问题的出路之一就是回到中国去使压力降到最低。另一种办法就是干脆不当华人，彻底与入籍国同化。但是，只要他们坚持某种华人认同，或者允许其他人以某种方式给自己贴上华人的标签，他们就将继续生活在困境当中。只要他们以华人或者海外华人的身份写作，而不论他们是在东南亚还是北美，困境就不会得到解脱"。① 因此，东南亚华文文学与作家的所谓"困境"，既是来自他们的"内心"，又是来自他们作为所在国少数族群的华人的身份。

知难为而不得不为——在难以逆转的"困境"中，奋力而为；向外争权利、求公正，向内克"病态"、强自身；以华人族裔文学的面貌，以不断调整甚或转型的姿态，谋求作为所在国少数族群文学的

---

① 王庚武：《无以解脱的困境？》，《读书》2004 年第 10 期。

生存、发展权利与质量，谋求作为所在国少数族群的文化生存、发展权利与质量；这就是我们不断观察，并试图言说的——东南亚：从华人文学到华人族裔文学的当代转型。

马来西亚华文文学的文化个性

东南亚华文文学，作为世界华文文学中的一大板块，在许多方面有着共同性。但是，由于每一个国家，自然包括东南亚国家，在政治、经济、文化、民族、宗教等问题上，其历史与现实的状况有所不同。这些不同，必然会以各种各样的方式反映在每一个国家的华文文学之中。东南亚国家的华文文学，也不例外。这样一来，各个区域、各个国家的华文文学，便会在共同性之外，各自显示出自己多种多样的个性。本文仅就马来西亚华文文学，在文化困惑、文化选择、文化追求、文化策略等方面显示出来的一些个性，略作探讨。

一、对文学中"本土传统"的重视与强调

一般说来，东南亚一些国家的华文文学在发展过程中，都有过追溯"原根性"与强调"本土性"这样的两条线索。对此，日本学者荒井茂夫表述为："华文文学史上的波折主要是由对中国的向心力和离心力所造成的。这个波折就是酿成东南亚华文文学史特征的重要因素。向心力和离心力这两个推进力需要分开政治文化层面和文学创作本身的层面来看。"① 荒井茂夫把海外华文文学史上产生"波折"的原因，归结为"主要是由对中国的向心力和离心力所造成的"，显然

---

① ［日］荒井茂夫：《试论微型小说在东南亚华文文学上的定位》，见司马攻《世界华文微型小说论文集》，泰国华文作家协会1997年版。

在"直率"的同时，不免有些简单。但是，也从一个侧面说明一些国家的华文文学在发展过程中，确有过追溯"原根性"与强调"本土性"这样的两条线索。

这种情况在马来西亚华文文学发展的历史中，也不例外。即强调文化的"原根性"与文化的"本土性"，这两个关乎着文学的文化取向问题，或明或暗地在二十世纪马华文坛中，存在并论争了许多年。但是，随着历史的延续，尤其当历史迈向新的世纪之时，马来西亚华文文学在文化选择与取向上，似乎越来越注重对"本土传统"的大力呼唤。

这种文化动向，在二十世纪的最后二十年，表现得较为充分。

潘碧华《八十年代校园散文所呈现的忧患意识》一文中曾指出：八十年代，马华文坛曾出现过许多具有文化忧患意识的作家，其作品中常常带有"孤愤"的情绪。温任平在为祝家华的《熙攘在人间》作序时，也指出"这种孤愤之情，我并不陌生，因为家华的感受我也曾感受过"。在温瑞安的《龙苦千里》、何启良的《那一抹眼神》、方昂的《鸟权》、游川的《蓬莱米饭》、傅承得的《赶在风雨之前》等作品中，"文化使命感"都非常强烈。通过这些作品，人们不难体会到马华文学对文化"原根性"充满着忧患的情绪。

步入九十年代，就整体而言，这种对"原根性"的忧患，有所缓和。潘碧华称之为："华社忧愤渐减，悲愤日淡。"[①] 而作家、学者、官员论及文学的文化选择时，对"本土的文学传统"与文化的"本土性"的呼唤之声，有所加强。

在以"扎根本土、面向世界"为主题的第一届马华文学国际研讨会上，大会主席，国家能源、电讯及邮政部副部长、拿督陈广才致词时认为："马华文学虽然在历史渊源上继承了中国文学的传统，但

---

① 潘碧华：《八十年代校园散文所呈现的忧患意识》，见马来西亚作家协会、马来亚大学中文系毕业生协会《扎根本土、面向世界——第一届马华文学国际研讨会论文集》，1998 年版。

是马华文学是扎根于马来西亚，融合了本土的生活经验与其他文学传统，形成了'本土的文学传统'。因此马华文学既不同于中国文学，也不同于世界各国的华文文学，而是具有马来西亚色彩的具有独特内涵的一种文学。"①

出生于马来西亚、工作于新加坡的王润华，在本次马华文学国际研讨会的总结报告中，也指出："马华文学在走向二十一世纪时……由于中国、台湾文学市场之开放，距离之缩小，不少作家呈现急着要进入中国文学史或国际华文文学史，开始忘记扎根本土，因为他们急着要吸引中国、台湾地区的读者与批评家的注意，譬如陈蝶指出为中国而写的散文、近年来追随台湾文学潮流而得奖的一些马华作家的作品都有这种急功近利的倾向。这是一个美丽的陷阱。"②

这种对"本土性"——文学的本土性的独特内涵、文学的本土价值标准、文学的本土文化取向的呼唤，也曾出现在东南亚其他国家的华文文学之中。但是，即使是与马来西亚"共同性"更多的新加坡，同样是呼唤"本土性"，其意义、内容也有所不同。

新加坡与马来西亚毗邻，在"分治"之前乃至之后，两地的华文文学，曾有过许多共性。但是，由于新加坡的华人人口比例较高，华人文化事实上，是作为"强势文化"而存在。华文文学在发展中，面对多种文化的交融，当然要考虑文化的"本土化"问题。但是，从许多作品与论述中，可以看出，他们考虑得较多的还是中华文化的"原根性"，或称中华文化的"纯粹性"问题。对于新加坡华文文学来说，也许这既是在面对新世纪之前所采取的"生存策略"，也是在步入新世纪之时，所选择的"发展策略"。

---

① 陈广才：《致词》，见马来西亚作家协会、马来亚大学中文系毕业生协会，《扎根本土、面向世界——第一届马华文学国际研讨会论文集》，马来西亚，1998年。

② 王润华：《总结报告》，见马来西亚作家协会、马来亚大学中文系毕业生协会，《扎根本土、面向世界——第一届马华文学国际研讨会论文集》，马来西亚，1998年。

马来西亚是一个多民族国家，全国人口1900万，马来人占47%、印度人占10%、其他民族占9%、华人占34%。因此，相对于新加坡华人人口的比例而言，马来西亚的华人人口比例较低。更由于，马来西亚又有自己独特的国情。如规定：马来语为国语、以当地土著文化作为国家文化的核心、马来人用马来语写的作品构成国家文学的范畴，华裔、印度裔、英裔的马来西亚公民，用自己的母语写的作品叫移民文学等。所以，华人文化事实上是作为"弱势文化"而存在。

再加之，马来西亚各民族都有互不相同的文化传统、风俗习惯和宗教信仰。在这样一个文化背景特殊、民族关系复杂的国家里，如何平衡民族关系、文化关系以及政治关系，非常重要。也许对于马来西亚华文文学来说，大力召唤文学的本土性，也是在面对新世纪之前为保存与完善自我所采取的有别于新加坡的另一样"生存策略"；更是在步入新世纪之时，所选择的为实现进入国家文学这一目标而奋斗的"发展策略"。

二、"本土的文学传统"的文化内涵

马华文学所强调的"本土的文学传统"，确如黄万华所指出：关乎"马华文学的族裔性"问题，因而"是个相当特殊而复杂的问题"。它关系到"马华文学既要表达自己民族对于被同化的焦虑和抵制，又要传达出和异民族真正沟通的愿望"这样一个既特殊又复杂的文化问题。① 马相武也认为：马华文学中的"本土意识注重个人与族群居住国家/区域的本乡本土，以本土的文化、风俗和习惯为先，本土观念浓厚，重视本土区域社会关系"。②

---

① 黄万华：《新马百年华文小说史》，山东文艺出版社1999年版。
② 马相武：《当代马华小说的主体建构》，见马来西亚作家协会、马来亚大学中文系毕业生协会，《扎根本土、面向世界——第一届马华文学国际研讨会论文集》，马来西亚，1998年。

考虑到马华文学发展史中曾有过的强调"原根性"与强调"本土性"这样两条线索，也许可以认为：强调"本土的文学传统"，实际上不是强调马华文学中"中华文化"的纯粹性问题，而是强调浸透着中华文化"原根"意味的马华文学，应该有一个在马来西亚的多种文化之中进行反复的文化重组过程的问题。也就是说：强调"本土的文学传统"，首先，不是强调马华文学中"中华文化"的纯粹性，而是强调马华文学应该成为多元文化交流、融合后的"本土性"结晶体、复合体；其二，不是强调早先马华文学曾有过的单纯的中华文化优越感，而是强调马华文学、马化文化应有的本土的、本身的优越感。或者可以说：强调"本土的文学传统"，已不是强调马华文学早期论争中所提及的——突出特殊的山水、语言、民俗和技艺等问题那样简单；而是主动要求曾经以中华文化为中心意识的马华文学，向正在建构中的由马来西亚多种文化汇聚成的国家文化为中心意识的马华文学转化。这个转化过程，也许会相当艰苦、反复、漫长，也许还要经过不少曲曲折折。但是，无论是从上述已经提及的文学现象，还是从一些学者的论述中，我们都会感觉到这样一个主动性、探索性的建构要求与建构过程正在出现。

三、构建"本土的文学传统"的策略之一：凸现 "语言非本土性"的恶果、推进"语言本土性"的进程

从某种意义上看，"本土的文学传统"，一方面强调马华文学向以马来西亚国家文化为中心意识的文学转化；另一方面，也在要求马华文学、马华族群，积极参与马来西亚国家文化的建构。"本土的文学传统"的历史进程，只有在这样一个双重互动中的过程中，才能真正得以实现。

为达这一目的，马华文学作过多方尝试、多种努力，也采取过多种进取性的策略。其中，凸现"语言非本土性"的恶果、大力推进"语言的本土性"进程，就是加速构建"本土的文学传统"进程的一

种极为重要的策略。

马华族群、马华作家对"语言的本土性"这个问题的注视，其实从二三十年代就开始了。当时马华文坛对所谓"本地意识"的论争，以及四十年代为建立"本地传统"的论争等都是表征。在这些论争中，"语言的本土性"问题，都受到过较大程度的关注。

但是，明确地将推进"语言的本土性"进程，作为加速构建"本土的文学传统"进程的一种重要策略，还是经历了一个渐进的过程：

"语言的本土性……开始指的是文学中汉语方言与马来语言的夹杂，后来更指生活中汉语与马来语言的沟通。"这是："了解环境达到与其他民族和平共处的最好方法"，"这里有着马华民族生存策略的浓重投影，这是处于少数民族地位、支流文化地位的华文文学的一种选择。"① 应该说，正是随着马来西亚国家的发展，随着马华族群与马华文学的发展，随着新的世纪的到来，强调生活中与平等意义上的汉语与马来语言的沟通，才逐渐成为加速马华文学构建"本土的文学传统"进程中的一种主攻方向、一种重要策略。

这种动向与努力，可以从梁园的《土地》与张贵兴的《弯刀、兰花、左轮枪》这两篇作品中略见一斑。梁园的小说《土地》，可以说是对马华族群因"语言的非本土性"问题所带来的困境的一种辛酸的描述与严峻的解析。

小说叙说的对象是第一代的华人。

黄益伯自幼漂洋过海来到马来西亚，想学马来语言而没有能力学会。"政府、皇家几次出土地，我都去申请，花了钱去填表格，花了时间去排队口试，但是有什么用呢？我的马来话不通，见了官，心里一害怕，就什么也说不出来，就这样被赶了出来。"为了后代的生存，为了一块土地，他只得让儿子受割礼，进回教，娶马来姑娘。

黄益伯陷于困境，原因很多。作为第一代华人，他首先受限制于

---

① 黄万华：《新马百年华文小说史》，山东文艺出版社1999年版。

他本身的自然条件——没有文化，缺乏"学习"语言的能力。同时，又受限制于两个民族、两种文化间，存在的差距与隔膜。"黄益伯对马来族官员的恐惧、对马来话的疏离，其深层原因恐怕仍在于对马来文化的陌生、戒备。"① 在黄益伯的心灵深处，恐怕还多少有点华人所潜在的"华族文化中心意识"，"华族文化优越意识"，"具体即华人／华族将本群体的价值观念、信仰、生活方式、行为规范等视为最优文化的倾向，这种态度将本群体的文化当作中心或者标准，以此评价、衡量当地文化。"② 因为这些差距、局限、隔膜，黄益伯为了将后代的"生命"融入马来西亚这个"自然土壤"，付出了惨痛的代价——"失掉"儿子、被族人辱骂。

黄益伯之外的第一代华人，则更多是局限于"华族文化中心意识"与"华族文化优越意识"。他们不仅放逐了黄益伯，也放逐了自己——自我放逐于政治、社会、文化的边缘。因此，他们既不能将"生命"融入马来西亚这个"自然土壤"，更难以将"生命"融入马来西亚的"文化土壤"。可见，"语言非本土性"的恶果之巨大。但是，"语言的本土性"，不是"黄益伯"们所能做到、所能努力的。为了"黄益伯"们的"儿子们"的生存，为了华族的子孙，能将"生命"融入"自然土壤"、融入"文化土壤"，"语言的本土性"，已经成为一种迫不得已而必须采取的"生存策略"。

张贵兴的《弯刀、兰花、左轮枪》，叙说的主角是一个赴台留学生身份的显然属于"土生"的有"文化"的华人。但是，"语言的非本土性"问题更加严重，他的结局也更惨。作者通过一场误会，夸张性地将陷入"语言困境"的"他"，送入了死亡之境。

---

① 黄万华：《新马百年华文小说史》，山东文艺出版社 1999 年版，第 108 页。

② 马相武：《当代马华小说的主体建构》，见马来西亚作家协会、马来亚大学中文系毕业生协会，《扎根本土、面向世界——第一届马华文学国际研讨会论文集》，马来西亚，1998 年版。

这个马来西亚"土生"的华人留学生，不会听、说马来语；只会英语、华语。恰逢"一个马来家庭"与"马来警察"不会听、说英语及华语。马来家庭与马来警察，都误认为他——一个和平、守法的华人，正以弯刀和左轮枪——一把台湾产假左轮枪劫持马来人。"重重的误会及各自自我中心的设想，叙事者在没有可用于沟通的语言的情况下，只好用最原始的沟通方式——身体语言——弯刀和'假左轮枪'，而这全被对方翻译成所设想的情况。假左轮枪和假的劫持，达致的是叙事者真正的死亡。死于情境的不可翻译，死于象征上的失语，死于语言的异国，死于母语之无家。"① 应该说，作者有意凸现的这种"困境"与"死亡"，更具有批评性、象征性、警示性。

"他"与"黄益伯"相比，有许多优势，但是，结局更惨，这的确发人深省。

其一，时代不同、社会身份不同。"他"不是"漂流者"，而是"土生"华人，且处于当今时代。但是，对"语言本土性"的不自觉，使"他"走上了当初"黄益伯"同样的困境。这里，作者提出了一个值得华族深思的问题——入马来西亚国籍，不懂马来西亚"国语"——"它涉及了作为大马国民的'忠诚'问题。"② 不要说在所在国有大的发展，就是生存也不可能或者说相当艰难。

其二，文化身份不同。"他"不是没有学习语言能力的"黄益伯"，而是具有"留学生"身份，会英语、华语的文化人。在此，作者又提出了一个更深层次、更加尖锐的文化问题：殖民时代已经结束，马来西亚作为一个独立国家，英语已经退出了曾经有过的霸权地位，成为一种语言工具。但是，"他唯一学得的可以跟异族沟通的语言是殖民者的语言——英语——英殖民时代及马来西亚独立后十年内仍被接受的官方语言。""马来人也只有受过高等教育者才通英语。

---

① 黄锦树：《词的流亡——张贵兴和他的写作道路》，见《第一届马华文学国际研讨会论文集》，马来西亚，1988 年。

② 同上注。

换言之，大部分的情况下，华马之间要沟通，非依赖马来语不可。"①如果说这篇小说具有象征性的话，那就是——"他"及"他"所代表的华人，从对语言的"习惯"，流露出一种依然没有完全摆脱殖民时代的思维"习惯"的倾向。"黄益伯"他们当年所不能做到，所无法努力的事情——消除"困境"，时至今日，"他"们仍然未能做到。这就已经不是一个单纯的"能力"与外在"局限"所可解释的了，应该说更应归因于"他"们内在"局限"与自我的封闭了。

通过这些"语言非本土性"恶果的形象化、聚集化、夸张性凸现，可以说，作者们的意图无非是警示华人——语言的本土性，绝不可忽视；要想摆脱"困境"，首先应该从推进"语言本土性"开始。

语言不仅是文学的基本元素，也是文化的重要载体，或者说，就是文化本身。推动"语言的本土性"进程，实际上也就加速了构建"本土的文学传统"进程。所以，在构建"本土的文学传统"的过程中，"语言的本土性"问题，既成为马华族群、马华作家构建"本土的文学传统"的前提，又成为构建"本土的文学传统"过程中重要的一步。更成为马华文学向以马来西亚国家文化这个中心意识转化，积极参与建构马来西亚国家文化目标迈进的重要一步。

---

① 黄锦树：《词的流亡——张贵兴和他的写作道路》，见《第一届马华文学国际研讨会论文集》，马来西亚，1988 年。

对北婆罗洲殖民历史的一种回想与重构

——马来西亚华文作家李永平小说论

李永平学习华文并开始华文写作的时代，正好是马来西亚发生较大变化的时代：1957 年，马来亚独立；1963 年，马来亚，即西马——马来西亚的政治经济中心，与北婆罗洲的沙巴、沙捞越即东马，及新加坡共同组建为马来西亚联邦；1965 年，新加坡退出；马来西亚于是形成现在的国家格局。一句话，是一个逐渐由殖民地走向独立国家的时代。

李永平的小说，大多不是描写时代的巨变，而是描写时代巨变之前，也就是说在殖民地时期，发生在东马——北婆罗洲的沙巴、沙捞越的一些涉及族群间恩怨情仇的故事。

艾勒克·博埃默在《殖民与后殖民文学》一书中认为："任何一个新的独立实体——也许有人还要说，在争取独立过程的每一个新的阶段——都需要这个民族国家在人们的集体想象中重新加以建构；或者说，让这种属性化作新的象征形式。"[①] 依据这个说法，我们也可以把李永平小说中涉及族群间恩怨情仇的一些故事，看作是他对东马殖民主义历史进行的一种有意的回想与重构。

---

① ［英］艾勒克·博埃默著、盛宁 韩敏中译：《殖民与后殖民文学》，辽宁教育出版社1998年版，第211页、第164页。

一、殖民者：温和文雅的统治者

李永平在小说中对"英属婆罗洲"殖民历史的回想与重构，富有较为浓烈的个性化色彩。他所要描绘的殖民者，不是像我们在许多作品中常见的那种——无处不在、凶神恶煞的暴君；相反，殖民者，要么是尽量被推向"虚化"，要么是被描写得有点像，起码是在外表与行为举止方面，有点像温和文雅与友善类型的统治者。

由于李永平在《婆罗洲之子》、《拉子妇》等作品中，把作为"统治者"的"白种人"尽量推向"虚化"；有批评者曾经称这种做法是对殖民历史的"冻结"：

《婆罗洲之子》，"谈到殖民政府的地方只有一处：'后来我听拉达伊讲，那便衣的支那（即华裔警察）叫作暗牌的。拉达伊还说，这个时候，我们这个地方是被白种人管的。'除了这些代表殖民国家法律外，在作者的全文里都没有出现跟殖民政府有关的描述。""由于殖民情境是被隐藏的，所以，作者在铺设小说情节时，难免有将殖民者建构的'种族'意识形态具体化的嫌疑。"①

温和文雅与友善类型的统治者，较为典型地出现在短篇小说《支那人——围城的母亲》中。作为殖民地"主人"的"英国人"——"镇上洋行的经理"，长相外貌、行为举止，都较为温和、文雅和友善。

"他"有两个明显的外在特征：身材特别瘦长，喜欢咧着嘴向人笑。

"身材特别瘦长"，给人一种文弱而非强悍的感觉；

"喜欢咧着嘴向人笑"——"这个英国人平日咧着嘴向人笑，使

---

① 林开忠：《"异族"的再现？——从李永平的〈婆罗洲之子〉与〈拉子妇〉谈起》（上），马来西亚《星洲日报·文艺春秋、评论》2003 年 7 月 1 日。

他那两撇长长的黄胡子高高地翘起来"；则给人一种温和而非暴戾的印象。

这两个外在的特征，加之他喜欢与华人像朋友般交谈的"做派"，使"镇上的人都觉得，他和那些冷头冷脸的英国人不一样"——不是一个暴君型的统治者，而像一个温和文雅、笑容可掬、关心他人的"朋友"。

"他"是在一种非常紧张的情势之下——"拉子们已经将这个镇子围了三天"，"屠城"即将发生之时出场的：

"这一带纵横百里的河谷和连接的山地，遇到几十年不曾见过的大旱，接连三十多天一滴雨都不下来，那些疏疏落落地散布在河谷里和山地上的拉子村落，像发生了瘟疫一般。……拉子们的稻子都已死了。饥荒跟着便来到。……十几天前的半夜里，饿得发疯的拉子闯进河上游的一个小市镇，将一条街上的十多店铺放一把火烧了，所有可吃的东西都抢去。……镇上人心里明白，拉子们只等一个夜黑风高的晚上，便杀进城里来。"

天色已经接近黄昏，"他"出现在小镇的街面上，一边依旧"咧着嘴笑"，一边与"我"的"母亲"打着招呼、拉着家常。只有一副戎装——"头上，歪歪地戴着一顶灰色的帽子，身上穿着一件很不合身的赭黄色警官制服，腰间挂着一把手枪"，透露出"他"既为商人，亦为殖民地占领者的特殊身份。

"他"的第二次出现，是在"英国人的洋枪"和"雇用的马来警察"击溃了围城的"拉子们"之后："那个英国人又咧嘴笑起来，用一种轻快的声调"来给"我"的"母亲"报信：

"我们把拉子赶走啦！"

"他看着母亲，等待着，脸上带着愉快的表情。"

这个"白种人"的做派，显然与一般的"统治者"——人们在作品中常见的殖民地的"白种人"，不太相同——他与殖民地居民的关系，不像"臣民"，倒有点像"朋友"。

在对历史的回想与重构中，作家对"英属婆罗洲"的殖民者作如此特殊的"处置",必定会有多种考虑与原因。其中,也许既与"英属婆罗洲"的特殊历史有关,也与作家观察及回想、重构历史的方式有关。

"东南亚地区是一个多民族地区,西方殖民者总体上对东南亚本地人民采取白人至上的种族歧视政策,针对东南亚多民族的特点,还推行增加多民族程度和强化已存在的民族障碍的政策。前者表现为鼓励外国移民,后者表现为分而治之。"①

"分而治之",是殖民者的一个主要统治策略,也是殖民者的一个一贯性的统治策略。但是,当它表现在马来亚与落实在北婆罗洲时,有着一些重要的区别。

在马来西亚半岛(1963年马来西亚成立前称为马来亚),马来人、华人和印度人构成的三大族群占了人口的绝大多数。英国殖民者为了贯彻"分而治之"的策略,在那里主要是人为地制造三大族群之间的差别、矛盾,从政治、经济等方面分离与分隔马、华、印三大族群,以防止他们团结一致反对殖民统治。他们"一方面将马来人定为合法原住民,一面又通过法律将马来农民圈定于农村从事农耕劳动。与此同时,又大量引进华人和印度人到橡胶园和锡矿充当劳工,开发殖民地经济。他们在经济上利用华人和印度人,而在政治上培植马来人,只有马来人才能充任殖民地官吏:警察和军队,人为地制造种族差别,为马来亚的种族冲突埋下了祸根"。②

在北婆罗洲,族群的构成与"马来亚"不同——当地土著族群在人口比例中占压倒性多数。加之,北婆罗洲在英国的整个马来半岛殖民地中,是最后一个被侵占的地域,殖民统治本身就带有了一些特殊性。

"达雅克"人——又被称为"拉子",指生活在北婆罗洲的所有非穆斯林土著;因而,包含了伊班人、比达优人等诸多土著族群在

----

① 孙福生:《西方国家的东南亚殖民政策比较研究》。
② 同上注。

内。"早在 18 世纪，荷兰人就把婆罗洲内地的族群称为'达雅克'（Dajak）了（AveandKing1986：10）"。刚开始的时候，伊班人称为"海达雅克"人，而第一行政区的语言繁杂的一个内陆族群（今天称比达优人）则称为"陆达雅克"人。"达雅克"一词及其变体的意思是指内陆或者河流上游方向/地区。而"马来人"，指的则是马来族人和其他土著的穆斯林人口。

据 1991 年的人口普查资料显示，沙捞越的法定人口为 170 万，其中伊班人占 29.8%，华人占 28.0%，马来人占 21.2%，比达优人占 8.3%，美拉闹人占 5.7%，其他土著人为 6.1%，另外还有 0.9%的其他人口（DepartmentofStatistics，1995：41）。其他土著人包括比沙亚人、格达晏人、卡央人、格拉畢人、伦巴旺人、皮南人等等。可见，华人与马来人之和，在沙捞越的总人口中，依然也只是少数。[①]

从 18 世纪到 20 世纪初，英国用了 200 多年时间，才逐渐控制了整个马来半岛，北婆罗洲是最后一个被侵占的地域：

"1786 年，英国利用马来半岛吉打（Kedah）与邻国的纠纷侵占了槟榔屿（Penang），1824 年又占新加坡。1826 年，英国将槟榔屿、新加坡和根据 1824 年英荷条约得到的马六甲联合成立海峡殖民地。1874 年，英国强迫马来亚毗呐（Perak）土邦签订邦喀条约（Pangkor），建立了向土邦派驻驻扎官制度。1895 年，英国将接受驻扎官的毗劝、雪兰莪（Selangor）、森美兰（NegriSembllan）和彭亨（Pahang）合组为马来联邦（FederatedMalayStates）。1904 年，英国又强迫暹罗放弃对吉打、玻璃市（Perlis）、吉兰丹（Kelantan）、丁加奴（Trengganu）四土邦的宗主权。1914 年，上述四土邦与柔佛（Johor）邦合组马来属邦（UnfederatedMalayStates），英国设置顾问官控制政务。至此，英国在马来亚建立了殖民统治权。此外，到 1906 年，英国还相继侵占了婆罗洲上的广洲（Brunei）、沙捞越（sarawa）和北婆

①　陈志明著、罗左毅译：《族群认同与国家认同：以马来西亚为例》（上），《广西民族学院学报》2002 年 9 月。

罗洲（NorthBorneo）。[1]

逐渐控制了整个马来半岛的英国，并未在此建立统一的政治制度，而是将其分为海峡殖民地、马来联邦、马来属邦三大块，以直接与间接等不同方式进行统治。对于最后侵占的北婆罗洲，英国人的统治方式与手段，有可能更为特别——汲取前期的统治经验，在继续推行"分而治之"方略的前提下，变换其中的某些统治策略或手段。

所以，在李永平的小说中，我们看到：北婆罗洲的殖民者，在贯彻"分而治之"的策略时，一方面，从政治、经济等方面继续分离与分隔当地土著和马、华族群；另一方面，还变化了许多在马来亚惯用的手法——如，改以"联马和华压拉"的手法，来压制、打击人口众多的以"达雅克"人为代表的当地土著，制造和扩大种族差别与矛盾——尤其是制造和扩大华人与达雅克族群之间的矛盾，以达到维护殖民统治的目的。李永平创造的"温和文雅的统治者"，正是在"联马和华压拉"的殖民地背景之中，获得了具体的历史性内涵。

二、分而治之：族群间的猜疑、对立

在北婆罗洲，英国殖民者通过实施"联马和华压拉"策略，建立起一个权力的金字塔：立于塔尖的是在总人口中占极少数的英国殖民者；殖民者下端，是被殖民者所"联"之"马"与所"和"之"华"；处于金字塔最下端的，则是被殖民者所"压"的"拉子"——生活在北婆罗洲的所有非穆斯林的土著族群，也是生活在北婆罗洲的人口最多的族群。

李永平从小就注意观察作为外来者的"白种人"，特别注意观察、探究"英属婆罗洲"的"探险者"、"统治者"身上那些内在与潜在的复杂心理与情感：

"……那成群穿梭游走在闹哄哄的唐人街上，满脸好奇，观看支

① 孙福生：《西方国家的东南亚殖民政策比较研究》。

那人做买卖的白种男女。瞧，大日头下，他们圆睁着碧蓝翠绿的眼珠子，蹑手蹑脚探头探脑，只顾瞄望店檐上张挂的一幅幅龙飞凤舞金碧辉煌的支那招牌——合通发、（上帝下女）安堂、三江贸易公司、朱南记绸布庄——边观赏边交头接耳窃窃议论，脸上流露出又是迷惑，又是恐惧，又是轻蔑的神色。"

"出生于英属婆罗洲，成长于 ABCD 字母横行的世界，受西方殖民文化熏陶，耳濡目染"[①] 的李永平知道："迷惑"，"恐惧"，"轻蔑"，不仅是作为旅行者的"白种人"的一种"神色"与心理，而且，也是作为占领者的"白种人"对被占领者的根本"神色"与心理。只不过，作为旅行者的"白种人"，可以将这种"神色"与心理随意地挂在脸上；作为占领者的"白种人"，则有必要将这种"神色"与心理略加收藏，甚至加以伪装与变化。

身着"警官制服，腰间挂着一把手枪"，"身材特别瘦长，喜欢咧着嘴向人笑"的"洋行的经理"，就是这样一个作为占领者的"白种人"——他不仅用温和与文雅掩饰着占领者的"神色"与心理，还以"联马和华压拉"的策略和手法把自己变化为马来人、华人的朋友。但是，在种种掩饰与变化之后，不变的还是"分而治之"——这个殖民者的统治策略与法宝。

所以，作为占领者的英国人，无论是"身着制服，腰间挂着一把手枪"出现在前台，还是被"虚化"、被有意"隐藏"到幕后，他们都是军事、政治的首领和商务的巨头。也就是说，不论是"冷头冷脸"，或是"咧着嘴向人笑"，还是"藏头藏脸"，甚至是被虚化到"无头无脸"；在北婆罗洲，他们都是以占领者的身份，立于政治控制、社会运作、商务贸易，直至话语权力的顶端。

英国殖民者"手臂"的"延伸"，是作为被殖民和被"雇用"的"马来人""警察"——平时，四处捕人，危急关头，"在镇里镇外戒

---

① 李永平：《文字因缘》，马来西亚《星洲日报·文艺春秋、散文》2003 年 7 月 27 日。

备"；以及少数充任警察与官吏职务的华人——在马来西亚半岛，华人不能充任此类职务。

在李永平的小说视野中，由于殖民者的"预设"与"安排"，北婆罗洲种族间的矛盾，主要展现在华人族群与"达雅人"族群之间。

在殖民者"联马和华压拉"的"情景"之中，作为小商、小贩的大多数华人，既多方面受控于殖民者，也与"洋行的经理"们，有着较为经常的联系与交往。英国人对这些华人，也是竭尽所能进行拉拢，尽力造成一种"朋友"般的景象。

在《风雨霏霏，四牡骓骓》中，英国人，甚至是英国军人，为了帮助在婆罗洲丛林中迷路的两个中国小孩，竟然派遣"两个英军开着吉普，赶到长屋来，又好气又好笑，把这两个在丛林里流浪的中国小孩，押上车，送回古晋城"。

在《支那人——胡姬》中，"小孙子"对"老人"如此描述自己的父母与英国人之间的关系：

"公公，好多好多红毛人到我们家来玩呢。他们都是爸爸和妈妈的好朋友，爸爸要我们喊男的红毛人昂哥，喊女的红毛人昂地。爸爸跟他们一块喝酒，一块打羽毛球，妈妈也常常跟他们打羽毛球。"

英国人这种"和华"、"压拉"的做法，既加深了"中国人"对英国人的武力与话语的依赖，也导致并加剧了殖民地各族群间的猜疑与对立。

《支那人——围城的母亲》中的"洋行的经理"，在兼有"军人"、"官商"身份的同时，还兼具"朋友"加"新闻官"的身份。他不仅能够主导和发布各种各样的"战地消息"，还能证实那些"传到镇上的消息"的真伪，因而，在一定程度上，就左右了"围城"中许多华人的"去留"，左右了"围城"中许多华人对"拉子"的态度。

另一方面，殖民者对达雅人则是血腥镇压，滥杀无辜。英国人，英国军人甚至包括"洋行的经理"，他们的"洋枪早就摆好等着拉子们，他们雇用的马来警察，也抖擞着精神，在镇里镇外戒备着"。他们的"赫赫战果"，便是击毙了一名老拉子："在破席子上……像一只死去的老狗，仰天睡在那儿。席子上淌着一些猩红色的血；血从袒露的胸膛上淌下来，已经凝结，明亮的阳光晒在他的身上，使他的血发出晶莹的光来，要睁着眼睛，恐惧地瞪着灿烂的天空；嘴巴像痴人一般张着，露出一颗污黑的大牙。"

可是，这个老拉子，并不是一个来"围城"的强盗，他只不过是城中的一个乞丐，是一个已经老得直不起腰来的乞丐。"镇上谁都知道这个年老的拉子，从我懂事的时候起，我便知道有这个老人。他终日弓着身体，在街上走动，嘴里喃喃地说着只有他自己才明白的话，不曾停过嘴。有时他给人劈柴，有时给人在栈桥上搬货物，有时给学堂里的老师做一点杂事。晚上，他便睡在学堂里；晴天时，他常常铺着一张破席子，睡在街上，栈桥上……在我小时候，他便已经老得直不起腰来。"

英国人如此实施"压拉"策略，进一步加剧了华人与当地土著族群——"达雅"人，即所谓的"拉子"间的猜疑与对立。达雅人曾较为普遍地认为："支那不好做朋友，石头不好做枕头"；"支那人""刮达雅的钱"，"玩达雅女人"等等（见《婆罗洲之子》、《拉子妇》）。得利的，只有在人口总数中占极少数的殖民者——英国人。

三、有人出走："文明化的野蛮人"

艾勒克·博埃默曾经这样提出并论及过"文明化的野蛮人"："宗主国作家，如福斯特和劳伦斯，似乎很愿意按照他们自己的需要吸取其他的文化，然而，在探索新的表达方式时，这个他者则保留了许多程式化的特征，如野蛮人英雄或文明化的野蛮人，而且是刚刚发蒙，皮肤黧黑、举止怪异的野蛮人——我们仍然把它看成是一种后天的殖民话语"。①

---

① ［英］艾勒克·博埃默著、盛宁 韩敏中译：《殖民与后殖民文学》，辽宁教育出版社 1998 年版，第 211 页、第 164 页。

艾勒克·博埃默显然是从"宗主国作家"这一角度，提出并论及"文明化的野蛮人"——这个"他者"的；但是，如果我们从殖民地作家角度去考察这个"他者"——如从李永平小说去考察"少数充任警察与官吏职务的华人"——这一"出走"了的"文明化的野蛮人"，也会很有意味。

《支那人——胡姬》，就是一个以老华人的处境与心境为轴心，回想与重构殖民时代"出走"了的"文明化的野蛮人"的作品。

"老人"是渡海来北婆罗洲的第一代华人，过惯了"野蛮人"的生活，也做出了当一辈子"野蛮人"的选择——蛰居于乡村，"打着赤膊，只在腰上系着一件土蓝短裤，脚也赤着"；妻子逝世后，续娶了一个"更野蛮"的"拉子妇"——她"在娘家的时候，常常在晴朗的日子里，一个人在渺无人迹的野地上，放肆地伸展四肢躺下来，静静地睡半日"。

他最喜欢向人夸耀的是烹饪中国菜的手艺："说他当年从家乡到婆罗洲来时，最初是在四海通的老店管伙食，当了三年的火头军，才到别处去发财的。"为了迎接"出走"了的儿子、儿媳的"归来"，他准备了"一盘盘的菜，整整齐齐地摆在灶头边上，只等老人回头亲自下厨，烧出一盘盘拿手好菜来"。

老人的"儿子"，选择了"出走"——从乡村走进了都市，从田野走进了"机关"，从"野蛮"走进了"文明"。

他的外表与做派，都与父亲以及父亲所在的"野蛮人"极为不同：皮肤洁白，"身上穿着洁白的运动衫和洁白的运动裤，脚上是一双洁白的运动鞋和英国式的洁白长袜，方方正正的脸庞上戴着一副宽大的黑框眼镜。他的妻子站在他的身边，显得十分纤弱。她穿着一袭白底碎花的淡素洋装，撑着一把鹅黄的女装洋伞，十分的娴静，嘴角边挂着矜贵的微笑。"

他的"归来"，不是为了品尝父亲的"中国菜"，而恰恰相反，是为了拔掉自己作为"野蛮人"的"根"——"这老人的儿子，媳妇，想要老人到城里和他们住，但是，不想要拉子妇"。

"老人"已经无法拉回自己"出走了"的儿子，甚至已经无法让"出走了"的儿子再尝一尝自己所钟情的中国菜，只能是"发着脾气"，"把儿子和媳妇赶回城里去，说叫他们回城里去享他们自己的福，他并不稀罕，不必他们费心。"然后，他只有无奈地"听见园子外面响着汽车开动的声音"，看着"马路上扬起一圈圈的尘土，一圈追赶着一圈"，"目送着最后一圈尘土"，目送着"出走者"再次"离家出走"。

该走的，留不住；留下的，不会走。虽然，"老人"没有办法把"儿子"从"白人"堆里拉回来；但是，"老人"已经选择了统治者最不愿意看到的"野蛮"之举——与"拉子妇"在乡间共度余生。

英国殖民者，对"马来人"、"华人"与"达雅人"三个族群都是一样的"恐惧"与"轻蔑"，一样的把他们视作"野蛮人"。但是，英国人在北婆罗洲实施的"联马和华压拉"的策略，也确实蒙蔽了不少华人，甚至导致了少数华人——尤其是第二代华人中的某些人——"儿子"们的自愿"出走"，成为所谓的"文明化的野蛮人"——殖民地大多数华人的"他者"。这个"老人"与"儿子"的故事，扎根与出走的故事，可以说是生活在婆罗洲英国殖民地的华人族群的一个历史性的剪影，也是华人族群的自我在不断发展中走向自觉的一个象征。

用富有个性的回想与故事重构历史，用从本地历史中提取的象征再现历史，虽然李永平的小说的文字都很"平淡"，但这样的"历史"，使人感觉到曾经"存在"的严酷与真实；因此，这种"平淡"，也未尝不是"后殖民"的一种有效的写作策略。

全球化背景中菲律宾华文文学的文化取向

近二十年来，全球化与民族化问题的矛盾，突出地显现在世界各国、各地。尤其突出地显现在正在寻求现代化道路的发展中国家的各个领域之中。菲律宾处在中西文化碰撞的最前沿，菲律宾华文文学，首当其冲地体验着全球化与民族化问题带来的极度焦灼与矛盾，体验着"因明确意识到民族身份在持续的现代化追求中渐趋模糊乃至'丧失'而滋生的如此浓重的焦虑情绪"。[1] 正是在这种浓得无法化解的文化焦虑中，菲律宾华文文学，逐渐而固执地寻找着符合自己国情、民情、族情的发展道路———一条具有鲜明文化个性与特色的文学发展之路。

一、关注全球化背景中"菲律宾的焦虑"

所谓"全球化"过程，实质上是西方经济不断向全球扩展，也是西方政治、军事、文化不断向全球扩展的过程。发展中国家，为了适应现代化浪潮和发展自己的经济，一方面，不得不面对、接受与"参与"这种"全球化"；另一方面，又体验与忍受着"全球化"过程中种种的不平等待遇。也就是说，发展中国家，处在一种两难的处境之中：拒绝"全球化"，将会被抛出现代化浪潮之外；接受与"参

---

① 昌切：《民族身份认同的焦虑与汉语文学诉求的悖论》，《文学评论》2000 年第 1 期。

与""全球化",也不一定跟得上现代化浪潮,也许还要忍受更多的痛苦。

由于多种原因,菲律宾处在这种"全球化"的最前沿,几乎是毫无遮拦地裸露在西方的强大压力之下。漫长的西方殖民历史与依附型的政治、经济形态,教育的西方化、流行文化的西方化,加之宗教的西方化,都说明与强化着这种前沿性与裸露性。

在此背景之下,首先,菲律宾华文作家,作为菲律宾人,体验与倾诉着在"两难"处境之中菲律宾人的焦虑与痛苦,可以说,这是一种全民性的焦虑与痛苦,也是在当今世界——即"全球化"背景中,既有典型性更带普遍性的一种焦虑与痛苦。

明澈的《赶路人》,用诗人的语言、方式,非常形象、生动地展现了当今菲律宾的焦虑:

> 太阳已投海自杀了
> 黑暗从四面八方赶来
> 那些恐怖的眼睛
> 正在发光[1]

月曲了的《雾》,寥寥数语就把西方强国在"全球化"过程中的作为勾勒得清清楚楚:

> 把世界
> 用塑胶袋包起来
> 上帝要 TAKE HOME[2]

---

[1] 《菲华文艺选集(二)》,菲律宾柯俊智文教基金会 1991 年 8 月版,第 26 页。

[2] 《正友文学》,菲律宾中正学院校友会 1993 年 10 月版,第 23 页。

菲律宾与新加坡、泰国、马来西亚同属东南亚，都以相似的姿态"参与"着全球化的进程。但是，菲律宾的焦虑，可以说，远远胜过上述诸国。例如，就国策而言，新加坡采用的是中西合璧的建设与发展政策：一方面，向西方发达国家汲取推进社会经济发展所需要的技术、方法、经验；另一方面，从东方文化、中华文化中汲取推进社会精神建设所需要的养分。故而，新加坡的焦虑主要集中在，对正在本土运行的中华文化是否纯正、是否被西方文化"杂糅"问题的思考——诗化的说法，也就是对正在本土运行的中华文化会否变成"鱼尾狮"问题的焦虑。

在菲律宾，政治、经济、教育的取向几乎完全向西方倾倒，甚至是依附于美国。美国文化作为强势文化，渗透在包括国家政体直至民众的生活观念在内的方方面面。美国的"政治文化"、"经济文化"、"教育文化"、"物质文化"，构成了一个严密的"现实文化"之网——也就是月曲了所说的"塑胶"之袋。网袋的主人——时刻"要将'世界'打包 TAKE HOME"。这正是菲律宾人最真实的体验，是被裸露在"全球化"最"前沿"的"菲律宾人的焦虑"。

又例如，就宗教而言，泰国与马来西亚，在向西方发达国家学习的同时，明确地以东方的宗教——佛教、伊斯兰教作为自己的"国教"——文化的中坚与核心，以保持自己民族文化在外来文化冲击中的独特性。

而在菲律宾，宗教几乎也是完全向西方倾倒。天主教会、基督教文化，不仅深入人心，形成体系与网络，而且，已经形成一种强势的精神力量。这种来自西方的古典文化之网，正好与同样是来自西方的"现实文化"之网相互配合、互为调节。"塑胶"之袋，不仅"打包"了菲律宾的现实"世界"，还"打包"着菲律宾的文化之根。正所谓："黑暗从四面八方赶来"，"恐怖的眼睛""正在发光"。菲律宾的"太阳"——菲律宾文化的诗化说法，"已投海自杀了"。这正是菲律宾人最真实的体验，是被裸露在"全球化"最"前沿"的"菲律宾人的焦虑"。

全球化背景中菲律宾华文文学的文化取向

当然，菲律宾华文作家，作为菲律宾人，在焦虑与痛苦的"两难"处境之中，并非消极无为；相反，他们正因为坚韧不屈、希望承当，才进入到焦虑状态之中。

柯清淡曾经表述过在当今世界，一定要有"一种'今生无怨，此生无悔'的肯定态度和价值观。"① 这种表述，是菲律宾人乐观、坚韧、主动承担精神的概括。这种表述被许多作家诗化在作品中，如蔡铭的《礁石的独白》：

> 既成为海面的一块礁石
> 就得面对风的吹刮
> 浪的打击，就得承受
> 退潮时浮现②

又如和权的《落日药丸》：

> 忧思天下，或许
> 不是癌症一般的
> 难以治愈
> 只要
> 伸手取来落日药丸
> 就着汹涌的海
> 畅快地
> 送下喉咙③

---

① 柯清淡：《在北京菲律宾归侨联谊会成立五周年庆典大会上的讲话》，1996 年 11 月 15 日菲律宾华文《商报》，第 4 版。
② 蔡铭：《礁石的独白》，见《正友文学》，菲律宾中正学院校友会1993 年版，第 84 页。
③ 和权：《落日药丸》，见《菲华文学（三）》，柯俊智文教基金会发行1991 年版，第 49 页。

还是以明澈的《赶路人》来作结语：

> 好可怕的黑暗
> 那么多的魔掌
> 自你的背后伸过来
> 你却依然在赶路

可见，"菲律宾的焦虑"，是具有坚韧意志、主动承担精神的求索者的焦虑，是明知山有虎，"依然在赶路"者的焦虑。这种坚韧，也是在当今世界——即"全球化"背景中，既有典型性更带普遍性的一种不灭的坚韧。

二、关注全球化背景中"菲律宾华人的焦虑"

菲律宾华文作家，面对的是一个异常艰难的文化处境：既不可能改变国家的主流意识形态，也不可能塑造出一种宗教文化，更不可能削弱日趋强大的"全球化"背景；而且，还面对着一个弱势民族所不得不面对的华族文化的失根与"失我"问题。

作为菲律宾的华文作家，首先必须正视自己是菲律宾的国民，"生活的根，作为国民的根，系在菲律宾"。并且，对国家，负有义务与责任。① 正像柯清淡借《路》中人物之口所说："我的命运已同菲律宾连在一起了！""占华人多数的土生土长的后辈，则应争取在这国土上扎下根！""应该为这国家贡献一份力量。"在《五月花节》中，柯清淡还用诗的语言、画的意境具体描绘出三代华人如何逐渐将"命运""同菲律宾连在一起"：首先，由社会的外在——侨民，变为

---

① 林泥水：《由读〈水叔〉再谈侨民文学》，见刘纯真编：《片片异彩》，1993 年版，第 138、139 页。

社会的内在——国民；其次，由精神的外在——看客，变为精神的内在——"老大哥"；最后，由文化的外在——好奇与不解，变为文化的内在——深入其中、参与建设。

又如小四在《菲律宾才是我的乡愁》中所述："原来，菲律宾才是我的乡愁，我虽不生于斯，却长于斯，她也曾美丽过，也曾风光过，也曾富饶过，也曾像珍珠似的发出迷人的光辉，也曾给过我们好日子，我是啜饮她的乳汁长大的呢！""菲律宾，噢，无论您多贫穷，多破乱，您才是我们的家，我的乡愁。"①

作为菲律宾的华文作家，又必须重视自己民族文化的本性。即将"文化的根，作为华族的根，系在中华文化"。②

菲律宾是一个多民族的国家，全国七千多万人口中，85%以上是马来人，还有阿拉伯人、印度人等，华人仅占总人口的3%左右。西化的社会风气、商业时代的生存压力、民族融合过程中的变通与磨损；加之，国家对华文的限制等，都日积月累地消磨着华族的文化之根、消耗着华族的民族特性。正像白凌在《墙》中所言：

　　殊异的文化是思想的墙
　　分布在温柔的水上
　　深入心灵的泉头③

又如李惠秀在《清澈的源头活水》中所说：在"南辕北辙的东西不同文化的国度里，我们很不情愿的接受了西方的文明，但又极想维护旧有的中式传统文化。在这新旧与东西双重夹缝里，精神上的压

---

① 小四：《菲律宾才是我的乡愁》，见《菲华文学（四）》，菲律宾柯俊智文教基金会1994年版，第73页。

② 林泥水：《由读〈水叔〉再谈侨民文学》，见刘纯真编：《片片异彩》，1993年版，第138、139页。

③ 白凌：《墙》，见《菲华文艺选集》，菲华文艺总会学术丛书1996年版，第17页。

力与心理上的负担就更重了。""别让下一代做了失根的兰花，更不能让自己做了夹缝中的罪人。"①

"别让下一代做了失根的兰花，更不能让自己做了夹缝中的罪人"，非常典型地代表着"菲律宾华人的焦虑"——集中地表现为对民族特性、文化之根将会沦丧的焦虑。

民族间的通婚，是多民族共同生活的必然，也是海外华人在所在国生存与发展中的必然。但是，由于菲律宾的华人人口处于"极少数"，民族间通婚的结果，将直接导致下一代对华语与华人文化的疏离，成为所谓"失根的兰花"。故而，"菲律宾华人的焦虑"，首先就是对民族通婚带来的尴尬处境的焦虑。

林泥水在《片片异彩》中，曾评介过梵尔的短篇小说《水叔》。作品描写一位年已花甲的华侨，携带菲妻及四个幼小的混血儿，远居人烟稀少偏僻的小村，如何带着自责的心无可奈何地回忆华社、华人与华语。他的儿女——四个幼小的混血儿，根本不会华语，远离了"文化的根，作为华族的根"。如何能够既不加深民族的隔膜、有利于民族的融合，又能避免"失根"的尴尬；这将是华族作为一个弱势族群长久的焦虑与难以解决的问题。②

作为弱势民族、弱势文化，即使是保持住了血统的纯洁，也难保文化的根基与"自我"不被磨灭与损耗。故而，"菲律宾华人的焦虑"，更重要的是对"自我"有可能被强势文化淹没的焦虑。

菲律宾是个商业社会，经济利益是人们的主要追求。这些必然会影响并反映在华人社会之中。荷塘在《跨越太平洋》中忧心忡忡地指出："当今菲华社会，是个功利主义的商业社会"，"有时真是'功

①　李惠秀：《清澈的源头活水》，见《菲华文艺选集》，菲华文艺总会学术丛书1996年版，第55页。

②　林泥水：《由读〈水叔〉再谈侨民文学》，见刘纯真编：《片片异彩》，1993年版，第138、139页。

利当先，公义不彰，重钱财，轻道德'的社会"。① 许多作家，将这种忧虑叙说在自己的作品中。

正是出发于这种忧虑，一个与世俗对抗性的词语——"儒商"，受到了重视。林健民在《现代儒商的任务》中指出："'儒商'这两个字，顾名思义，应是学者或读书人，从事商业活动之谓。"其一，儒商应有"儒家"所要求的"美德与资格"——"儒家以人伦道德为本，讲究人道，实践仁义"，"洁身自爱"不能与"不择手段""用尽非法或不合理的勾当来赚钱"者"同流合污"；"儒是代表正义，每与恶势力与霸道抗衡"。其二，儒商"不忘自己是一个学者，……做事格外小心认真，……一切追随和争取现代化"。② 可见，"儒商"在菲律宾，被赋予了既现代又传统的两重意义：顺应商业社会，外扩商务、内修人格，以最大热情拥抱中华文化。以此，来对抗商业社会中"钱财"对"道德"的淹没，"习俗"对中华文化的淹没。

更严重的问题，是血统并不等于"文统"——文化传统。纯正的华人后代，受到当地文化、政治、教育、宗教等影响，重英文、轻中文，结果是"话"说不好、"字"不会写、"书"也不能读。华族的文化的根基与"自我"，面临着被自己的子孙所遗忘的危险。

柯清淡在《两代人》中，通过"我"诉说的对"儿子"的社会角色与文化角色的忧虑，典型地代表着当代华文作家的共同忧虑。从这个角度出发，汉字与汉语，具有了特殊的非凡的意义——延续了汉字、汉语，就传承了"自我"、传承了中华文化。故而，对中华文化、对"自我"有可能被强势文化淹没的焦虑，就被具象化为对"汉字"、"汉语"的焦虑。如小钧的《汉文铅字》：

---

① 荷塘：《跨越太平洋》，见《菲华文艺选集》，菲华文艺总会学术丛书1996年版，第62页。

② 林健民：《当代儒商的任务》，见《处世文学》，菲华文艺联合会1998年印行，第21—23页。

在报馆的铅字房里
看到
成堆的铅字
我用手掌按下去
印在掌心的是
殷红的中国字
那是我的血
畅流过的缘故①

又如江一涯的《菌之永恒》：

一种菌最珍奇
不是来自空气、阳光和水
也不是来自飘扬的尘埃
直接地——
从你的我的血液里
来，与躯体同在……
她，巨大而渺小，强而弱
存在，在你我的感觉中，或者是
灵魂深处②

如此相应，中国茶叶、中国功夫都带有特殊的文化意义：如郑丽玲的《品茗》：

---

① 小钧：《汉文铅字》，见《菲华文学（四）》，菲律宾柯俊智文教基金会1994年版，第14页。
② 江一涯：《菌之永恒》，菲律宾华文作家协会2000年版，第37—38页。

在喝惯
冰可乐的
岁月里

那一口
冒烟的铁观音
让我品出
氤氲里的武夷山①

　　汉字，代表着民族的灵魂，传承着民族的根基、文化的传统；铁观音，对抗着冰可乐；正可见，忧思之深、焦虑之切。

　　关注全球化背景中"菲律宾的焦虑"，关注全球化背景中"菲律宾华人的焦虑"，这是菲律宾华文作家，明确意识到民族身份渐趋模糊乃至"丧失"而有意而且也是极有意义的文化选择。这是一个在困境中奋发的文学选择，是一个对历史与现在负责任的选择。所以，"菲律宾的焦虑"，既是一种被动性的带有痛苦与无奈的焦虑，更是一种主动性的缘于承担者的焦虑。表现在文学中，就是忠实、鲜活地写出国家、个体，裸露在最前沿的"现在"状态——现实的"现在"状态与心理的"现在"状态。

　　"'现在'是不可复制的"、"谁写活了'现在'，谁就能展现其生命价值，因而也就能展现其民族性格"。② 菲律宾华文正是在这个意义上，在全球化与民族化的张力蹚出一条自己的路，并且，给世界华文文学增添新质与光彩，菲律宾处在中西文化碰撞的最前沿。菲律宾华文文学，首当其冲地体验着全球化与民族化问题带来的极度焦灼

---

　　①　郑丽玲：《品茗》，《菲华文学（三）》柯俊智文教基金会 1991 年版，第 67 页。
　　②　昌切：《民族身份认同的焦虑与汉语文学诉求的悖论》，《文学评论》2000 年第 1 期。

与矛盾。菲律宾华文作家，作为菲律宾人，体验与倾诉着在"两难"处境之中"菲律宾的焦虑"；作为菲律宾华人，体验与倾诉着在"两难"处境之中"菲律宾华人的焦虑"。菲律宾华文文学正是在这个意义上，在全球化与民族化的张力蹚出一条自己的路，并且，给世界华文文学增添新质与光彩。

[原文刊发于《海南大学学报》（人文社会科学版），2001 年5 月]

菲律宾华文文学中的"背影现象"

在中国现当代文学发展的历程中，出现过很多带倾向性或者说普遍性的文学潮流，研究者们常常称之为文学现象，诸如"赵树理现象"、"周扬现象"等。这种所谓的文学现象，通常是由某一位作家的文学思想或创作方法、创作经验，在文学界引起呼应与效仿，因而形成一种带有倾向性的文学氛围、创作潮流。

因为不同的文化环境与社会背景和不同的人生经历与心理构成，一些在中国现当代文学中构成"现象"的潮流，并未在海外华文文学中引起强烈的反响与呼应。相反，另一些在中国现当代文学中尚未构成"现象"的创作主张和文学名著，在海外则传播甚广，反响强烈，不少作家纷纷群起而效仿，并形成一种文学趋势与潮流，并创造性地寓以更深沉的文化与人生含义。朱自清的散文名作《背影》，在菲华文学界引起的效应就是如此。这里，我们姑且也套用"现象"这一术语，称之为菲华文学中的"背影现象"。

朱自清是中国现代文学中著名的散文家、诗人、教授，1925 年即任教于清华大学中文系，有多种文学作品与论著传世。如诗文集《踪迹》，散文集《背影》、《你我》、《欧游杂记》，文艺论著《诗言志辨》、《新诗杂话》、《论雅俗共赏》等。在他的多种文学成就中，尤以抒情散文著称，如《桨声灯影里的秦淮河》、《背影》、《荷塘月色》，都是现代文学中的名篇。

所谓菲华文学中的"背影现象"，指的是菲华作家沿着朱自清《背影》的创作路向，产生、演化且得到深化的一种描写父亲、父爱、父子情的文学创作趋势。

"五四"时代，是一个反叛性的时代。它反叛封建思想、反叛陈腐的文学形式。同时，"五四"时代，又是一个思想解放的时代，引进各种文学思潮，号召冲破各种束缚，追求个性解放，要求民主与自由。于是，走出家庭、反叛族权、父权，成为一代文学青年的普遍呼声。茅盾笔下的梅女士，巴金笔下的觉慧、觉民，都因反叛家庭、反叛父权的激烈精神与反封建色彩，受到人们的欢迎。

作为一个新文学作家，朱自清的成就不在于对"父亲"所代表的旧势力的反抗，而是因他成功地剔除了"父亲"身上的强暴成分，从而别开生面地开创了对与家庭"暴君"相反方向的慈父的歌颂。《背影》这一名作，即是从父送子别时，儿子眼中的父亲那"肥胖的"、"蹒跚"的背影这一平凡而又特殊视角，具体、细微而又温情地描绘出父子双方的爱子之心与敬父之情。

朱自清的文学作品，何时传入菲律宾，又获得读者的如何反应，现尚难考究。但从施颖洲的回忆中，可得到一些推论。"新文学潮流什么时候开始冲击菲华社会，现在已无从稽考。一九三二年，我升入菲律宾华侨中学时，学校图书馆中早已有丰富的新文学书刊，从胡适的《尝试集》到徐志摩的《志摩的诗》，从鲁迅的《阿Q正传》到老舍的《猫城记》，我都借过。贪婪阅读借不完的新文学作品"，"国内重要的文艺刊物，出版未久，便可在岷尼拉市书店买到。《文学》、《文学季刊》、《水星》、《译文》、《作家》、《光明》、《中流》、《文学》等刊物，我都是一本一本从书店里买来，收藏全套；其他次要的文艺刊物，也是见到就买。这可证明，新文学作品很早便已流入菲华社会。""抗战后，《烽火》、《文艺阵地》、《七月》、《文丛》、《西洋文学》等刊物，仍源源地输入菲律宾。"① 朱自清不仅在上述新文学期刊上，发表了诸多的作品，且他的散文《背影》刊出不久，便被编入中学语文课本。菲律宾华校建立之后，很长时间都是直接采用

① 施颖洲：《四十年间——〈菲华短篇小说选及散文选〉代序》。

国内课本。因而《背影》有多种途径传入菲律宾。

菲华作家大量描写父亲、父爱之作，多是沿着《背影》的情感路径，着力表现人间的至情——真挚的父子、父女之情，并极力主张为父爱正名。

陈恩的散文《父爱》，一开头即写道："我爱我的母亲，也爱我的父亲。世人写母爱的文章很多，而写父爱的却少了！其实，父爱并不亚于母爱，有慈母，也有慈父，颂扬应该公平，不能只说'母爱'，顺理成章，谈'父爱'好像不甚得体。"

正名之后，菲华作家，尤其是女作家，常常以非常动情的方式，描写父子之情、父女之情。默云的散文《苦雨凄风》、庄良有的散文《一封写不完的信》，都是以女儿的身份苦苦悼念逝去的父亲，追忆父亲博大的爱心，慈祥的音容。

庄良有写道："不管时光是怎样的急流着，时代是怎样的在变，我们心里永远感触到一种寂寞忧伤的滋味。时间不会是治疗创伤的药，相反的，它会加浓我们对您的怀念。爸爸，满腹的委屈，无限的辛酸，向哪儿去倾吐呢？"默云的《苦雨凄风》同样令人怆然泪下："爸爸：痛苦悲愁时，想念您，心灵的风雷来临时更想念您，而快乐幸福的时刻也同样思念您，因为没有您来分享，投您的声声赞儿好，我心有多遗憾、多落寞。"

这些菲华作家，真挚地在散文中呈示出儿女的敬父、尊父之情和永恒的依赖、依恋心态。他们笔下，父亲的慈祥超过严峻，父亲的慈爱完全"不亚于母爱"。恰如朱自清在《背影》中，描写作者面对父亲"背影"时止不住的泪水，菲华作家描写父亲，特别是追忆父亲在人生尽头留下的"背影"，亦常常是泪流满面。并如朱自清一样，含泪忏悔当时不能理解父亲的一片深情。

《背影》中，朱自清描写的父亲极其普通、平凡。"一个胖子"，一个"戴着黑布子帽，穿着黑布大马褂，深青布棉袍"，迈着"蹒跚"步履的老人。他为儿子所做的事情也很普通：去车站送行、拣座位、买橘子。但就是这个平凡的父亲，在平凡的小事中，显示出来的不平凡的爱心震撼了无数人的心灵。

菲华作家描写父亲、父爱的作品，在创作方法上也多沿用朱自清《背影》的手法与风格，瞩目平凡的生活小事，在平淡与平凡中显示父亲深沉的爱心。

王文选的散文《父亲》颇有代表性。文中的父亲是一间店铺的雇员，从来没有受过教育，而且，已经白发斑斑。作者15岁离开香港的母亲，到菲律宾与父亲一同生活至"进入研究院"。这中间，也许会有很多事情可写。但作品如同《背影》一样，也是重笔叙述了三件小事：父亲戴着老花镜为"我"缝衣服扣，父亲给"我"买了一个苹果，父亲破例请假专门赶到学校参加"我"的毕业典礼。连作者论事时情感的流露方式，也极像《背影》。比如，作者写泪：目睹父亲缝扣，"我的眼眶不禁有点湿润"；看着手中的苹果，"眼泪不禁又簌簌流了下来"；在毕业典礼上意外地看到父亲，我"喉咙已经给眼泪哽塞住了"。

作者还十分着意去写父亲的平凡，及自己对平凡的父亲怀有的无限爱心与敬意："每次有人问起父亲的名字，我总要大声地告诉他们，也正如我所预料的，听到的人大多摇摇头，表示不认识。"作者对此专门论述到："不错，在这个社会中，父亲不过是一个极平凡的小人物，平凡到只有很少人认识他。但是在我的心中，父亲却是一个最了不起的伟人，我为自己是他的儿子而感到骄傲。"

此外，陈恩的《父爱》，也是从点滴的生活小事中写在一个"小工艺作坊"干活的父亲，以及他在日常生活中显示出博大的爱心。林婷婷的散文《蓝色的湖》，则回忆父亲讲过的一个故事，以及父亲如何抱病坐在湖畔，他那瘦弱的臂膀、慈祥的面容，无不透露出深沉的爱心。

菲华作家如同朱自清一样，专注地描写父亲、父爱，并形成了一股文学潮流或称之为"背影现象"；除了《背影》这篇名作的影响之外，更有其深刻的社会背景、文化心态、价值观念等诸方面的原因。

首先，菲律宾投入"背影现象"的华文作家，大都是漂泊者的后代。或者他们的祖父、曾祖父，或者他们的父亲，赤手空拳从中国过海来到菲律宾，艰苦创业与谋生。描写具象的"父亲"、"父爱"，实际上写进了对菲律宾华人祖辈的厚爱与尊崇，具有从"个别"中窥见"一般"的社会内涵与人生意义，因而，容易引起读者的共鸣。

在福建泉州沿海一带，长久以来都是女人在家劳作，男人漂洋过海到菲律宾谋生。时至目前，菲律宾的华人，祖籍多为福建；福建籍者，又多为泉州。若艾在散文《路》中写道："历来我家所有的男丁统统是出洋的，祖父、父亲、伯叔们、哥哥。"女人在家侍奉老人名为媳妇，养育儿女名为母亲，当然十分辛劳。但是，出洋谋生的男人们更加辛酸与痛苦。"拿起破纸伞伴着羸弱的骨头出洋去，去接受人家无穷的奚落、白眼和鄙视，大中华的人民，变成'中国猪猡'的称呼。但是，南洋—吕宋，到底在人们的称呼里魔力是宏大的"，"典卖祖业，向亲友告贷，拿阎王的高利贷，冒称是人家的私生子，或带已死的华侨护照，横着心肠离开摇篮的故土，把自己的命运作一次冒险的赌注。"就是这些男人，慢慢地艰难地在菲律宾扎下了根，做了祖父、做了父亲。他们是菲华社会的开创者，也是菲律宾华族的功臣。因而，菲华作家描写各个时代的"父亲"，实际也是描写菲律宾华人的历史，赞颂各个时代的"父亲"，也寓含着赞颂华族在艰苦中求生存的不屈精神。

其次，菲律宾的华人，大多数是白手起家，一无所有，靠出卖劳动力为生的穷人，在社会上他们是无声无息的人。因此，菲华作家写平凡的人，描写平凡的"父亲"，真实地反映出华人的生存现状，触动了华人的心事，在华人社会激起了极大的反响，大受读者的欢迎。

虽然，不少资料显示，华人在菲律宾的经济领域中，占据了举足轻重的地位。但是，真正的华人富翁，毕竟只占华人人数的极少部分。大多数华人，都在为"休养生息"而奔忙。况且大多数老华人，都没有受过什么专门的教育，终生在争生存、求温饱、望发展的路径上奋争。因此菲华作家写平凡的"父亲"，观照的是华人中的多数，也是华人作家们最熟悉的题材与主题。

其三，菲华作家写"父亲"的平凡，写出的是华人基本的精神面貌。"父亲"们平凡的举止和情感，浸润着一股鲜明的中国文化的气息。

菲华社会中的"父亲"们，多是来自中国的农民。他们虽然没有文化，却在血液中流传着中国文化精神中最基本的因子。慈爱忠厚、生活俭朴、侍亲至孝、乐善好施，往往是他们最基本的行为准则，也是他们每天都在反复重复的"小事"。正像陈恩的《父爱》所言："父亲工作勤快，能吃苦耐劳，正如俗话所说的'鸡打胸，直干到老鼠敲钟'。他不知疲乏，好像'空闲就是受罪'。他是地道的中国劳动人民的典型。"王文选的《父亲》则指出："父亲白手成家，不但为自己开拓了一个新境界，也为我们下一代带来了幸福。"从"父亲"的平凡中找出中国文化的"根"，通过"父亲"的平凡光大中国文化的优秀品质，这种自觉、自发的文化意识也推动了"背影现象"的生成与拓展。

朱自清的《背影》在中国现代散文史中，占有重要一席，也在广大读者中交口传颂至今。但由于"五四"时代特殊的文化背景，名篇的传颂并未能形成一种"现象"效应。然而，在海外，在菲律宾的华人之中，却生成了一个至今不衰的"背影现象"。这也许会为文学的传播与接受研究提供些经验，为比较文学提供些新的问题和启示。

中国文学与菲律宾华文文学

一 从通商贸易、文教传承到文学交流

中菲两国是隔海相望的邻国，两国间的文化交流，自中国的唐代就已经开始。时至今日，两国间的文学交流，只是两国间文化交流的内容之一。但从两国间的文学关系史看，正是早期的文化交流，引发、促进了后来的文学交流。

关于文化一词，学术界有各种各样的解释。本文采用的是文化人类学家使用的所谓大文化的概念，即指的是人类创造的、赋有象征意义的所有产品的复合整体。据此，回溯中菲两国关系史，便可看出两国间从通商贸易、文教传承到文学交流的历史进程。这一进程大略可以划分为四个时期。

1. 早期：通商、劳务输出与文化传播（唐代至 1898 年）

从菲律宾对外关系史来看，中国与菲律宾的交通与贸易关系，发生得最早。三国时代，我国沿海的居民，就曾驾船到达菲律宾。而商务活动的兴起，则是在唐代之后。唐代的中国，国势强盛，造船技术进步，商人出海至南洋各地通商贸易者数量增多。1087 年，宋王朝在泉州设立市舶司，鼓励居民出海通商。在此之后，中菲两国间的通商与交流，虽然经历过一些挫折（如明代中叶，朝廷曾废止市舶司，实行海禁；西班牙统治者在菲律宾曾大肆屠杀华人），但总体来看，两国间的交流仍不断加强。有学者称："当黎牙实比（西班牙军队将

领）占领马尼拉的时候，发现这城市有数十位华商（可能不止此数），西班牙统治结束的时候，华侨估计有 9 万人。"①

大量华人的到来，不仅带来了中国的商品：瓷器、丝绸等生活用品，也带来了中国的农耕技术与土木工程技术直至烹饪方式。但是，尽管如此，中华文化在菲律宾的影响，远不及当时的西班牙与后来的美国。造成这种现象的主要原因有两个：其一，华人来菲的主要动机是谋求生计，属于私人的自发性行为。他们的通商与做工，都是为了谋生存，并未得到朝廷的重视与组织。而西班牙与美国，是为建立殖民地而来。在政府的组织之下，政治、经济、文化、军事、宗教的力量齐头并进，共同进行着思想与文化灌输。其二，华人来菲并无文化传播的自觉意识。更由于来自泉州地区的农民、技工、小商人，本身受教育甚微，难以发挥文化使者的作用。所以，早期中菲间的文化传播，是通商与侨居的产物，多局限于商务活动、技术交流、生活方式交流等领域。

2. 中期：商贸交流的兴旺与华人教育、文化事业的发展（1898—1927 年）

1898 年，美国军队与西班牙在马尼拉海湾一役，结束了西班牙的殖民统治，开始了 50 年的美国治菲时期。相比之下，美国政府的治菲政策比西班牙政权宽松。虽然此间也出现过所谓菲化运动等限制华侨、华人活动的事件，但总体看来，华人在菲律宾的商务活动趋向兴旺，教育与文化事业也逐渐发展。

美国治菲期间，施行过一些新的政策。其中之一，是积极推行普及教育。华人在菲律宾繁衍成族，并逐渐形成自为体系的华侨社会后，他们不仅在经济领域中崭露头角，在华文教育与文化事业方面也产生了新的要求。在此有利的主客观条件之下，菲律宾华人就步入了华校与华文报刊的开创时期。

---

① 陈烈甫：《东南亚洲的华侨、华人与华裔》，台湾中正书局 1979 年 5 月版，第 214 页。

从 1899 年中国驻非首任领事陈纲设立第一间华文学校——第一小学开始，华文教育受到华人的重视。截至第二次世界大战前，全非的华校已有六七十所。当时华校的教师和教材，大多来自国内，四书五经及中国的古典诗文与文学名著，从此正式进入了菲律宾华校的课堂。可以说，华校的建立改变了多年来华人赴菲经商劳作而不从文的状况与观念，使中国文学、文化获得了一个较为稳固的立足点和传播基地。

从 1888 年菲律宾第一家华文报纸——《华报》诞生起，华文报刊也在菲律宾层出不穷。各华文报刊，几乎都设有文艺副刊。这时的主要作者，大多受过良好的中国语言文学教育，深受中国文化典籍和唐诗宋词的影响，常在副刊上发表一些古诗古文，正如《菲华文艺60 年》的作者王礼溥所说："没有华文报，没有文艺园地，也就没有文艺的薪火传承。"此期华文副刊的创立和广泛发行，使中国文学的影响，从华校的课堂走向了民间、社会。

3. 现代时期：中国文学的广泛传播（1928—1950 年）

1928—1950 年间，中国文学在菲律宾的传播与影响，进入了一个全新的历史阶段。在这 20 余年时间内，以"五四"运动为起点的中国新文学思潮，与 30 年代在中国兴盛的抗战文艺，迅猛地传入菲律宾，并且在菲律宾社会中激起了巨大的波澜和回响。走"五四"新文学的道路，走抗战文艺的道路，成为这一时期菲华文学运动的发展之潮。因而，可以说，此期中国文学在菲律宾的传播与发展，逐渐与商务交流脱钩，成为一种独立的文化力量，并进入了自觉的传播与深入发展时期。

仅 1928—1937 年间，菲律宾华人社会出现了几件与中国新文学密切相关的大事。首先，许多中国新文学名著与新的文学思想，远渡重洋来到菲律宾，并且深得民心。菲华老作家施颖洲曾回忆道："1932 年，唯一完整中学的华侨中学图书馆中，却已有许多新文学名著，包括鲁迅、老舍等的作品。"[①] 其二，出现了形式与内容皆改革

---

① 施颖洲：《近年来的菲华文学》。

了的新文学副刊、新文学社团与大量反映现实人生的新文学作品。其三，菲华作家将在菲律宾创作的文艺作品寄回中国，刊登于新文学刊物上。如邝榕肇的散文，发表于林语堂主编的《宇宙风》，叶向晨的新诗发表于方治主编的《中国文艺》，施颖洲的《新诗与译诗》发表于巴金主编的《烽火》等。

抗日战争爆发后，中菲两国相同的现实环境，促使抗战文艺运动在两国互相传播、迅速发展。为适应抗战形势需要，一方面是大批菲华青年回国参加抗日斗争；另一方面，是中国抗战前后兴起的各种文学样式和产生的名作传播并流行于菲律宾。如潘德声等组建起"国防剧社"，公演过陈白尘的《升官图》、鲁迅的《阿Q正传》等名作。与此同时，菲华各界人士也创作了相当数量的以抗战为主题、题材的作品。如这时出现的3部诗集：李成之的《碧瑶集中营》、潘葵村的《达忍3年》、吴重生的《出生入死》。此外，第一本菲华青年文艺著作，亦在此期由臧克家为之作序并出版；仿照茅盾主编的《中国一日》，大型丛书《菲律宾一日》也向全国征稿并编选完成。

由此可见，时代的递进与召唤、共同的危机与生机、故国的情思与所在国的需要，形成了三四十年代中国文学在菲律宾深入、持续传播的社会历史和文化环境。受到中国进步文学影响而发展起来的菲华文学，连同声势颇大的中国新文学浪潮一起，从一个侧面促进与构成了菲律宾社会，尤其是菲华社会发展着的历史和文化环境。

4. 当代时期：中国文学的深入传播与华文文学创作的繁荣（1950—1992年）

新中国成立之后，中国政府非常重视中菲之间的友好关系。尤其60年代之后，中国曾邀请不少菲律宾人士，其中包括参议员、报界人士、大学教授等到中国访问。1975年中菲两国正式建交，尤其是菲律宾实施7年的全国戒严、军事统治结束和阿基诺夫人出任菲律宾总统之后，中菲两国政府与人民间的交往都进入了一个全新的历史时期。

这40余年间，中国文学在菲律宾的传播、影响，主要有两个特征。

首先，菲律宾文学界与中国海峡两岸的文学界交流频繁。中国文学的传播，正是在这些日趋频繁的文学交流中，走向深入。

长期以来，菲律宾华社文学界与台湾学者、文学界保持着较密切的联系，双方经常组团互相访问。60年代初始，菲律宾定期举办"菲华青年文艺讲习班"。台湾不少著名作家、学者如余光中、覃子豪、谢冰莹、纪弦、蓉子、尹雪曼等，均到过菲律宾讲学。讲题包括中国古典诗词、30年代中国文艺作家、诺贝尔文学奖与中国近代文学等。这些讲座，一方而将中国文学名家、名作介绍到菲律宾；另一方面，也为菲华文坛培养了大批作家、诗人与文艺团体的领导人。活跃于菲华文坛的王国栋、蓝廷骏、林婷婷、施约翰等40多人，都曾是青年文艺讲习班的学员。

中菲建交后，中国作协也组织了许多知名作家到菲律宾访问、交流。晓雪、唐达成、叶文玲、冯德英、陈国凯、流沙河等作家，都曾应邀访问过菲律宾，中菲文学界的互访，使中国古代文学、现代文学、当代文学均在菲律宾流传。

其次，菲华文学家自觉的文化承传意识，促进了中国文学的持续传播。

50年代之后，菲华文学经历了播种、萌芽、冬眠、成长4个时期，在曲折中走向了成熟和繁荣。菲华文学，是菲律宾国家文学的一个组成部分，又与中国现当代文学一样，源于中华文化传统。虽然海外华文文学因其特殊性，在承传中不断异化，在同化中有所背离。但首先有承传，然后才能论异化；首先有同化，然后才谈得上主动的背离。菲华文联的刊物曾宣言："菲华文联是一个团结海内外文艺工作者，推动中华文化在海外繁荣和发展，从事有关文艺的学习，研究和创作活动的业余民间文艺组织。"①

在弘扬中华文化的思想指导下，菲华文学界在繁荣创作的同时，

① 见菲华文联年刊《南北桥·编后话》，1988年10月版。

通过各种渠道介绍、译介中国文学。老诗人潘葵村的《诗经简译》、《伟大中华颂》，老作家林健民的《中国古诗今译》，都是这方面的代表。

二　中国现代文学与菲律宾华文文学

20 年代之后，中国现代文学在菲律宾影响甚广。从下列文学现象中，可以略见一斑。

1. 日见斑斓的"背影现象"

在中国现当代文学发展的历程中，出现过很多带倾向性或称普遍性的文学潮流，研究者们将其中一些称为"文学现象"。这种所谓的"现象"，通常是指由某一位作家的文学思想、创作方法或创作经验，在文学界引起呼应与效仿，所形成的一种带有倾向性的文学氛围、创作潮流。

由于文化环境与社会条件以及人生经历和心理体验的不同，一些在中国现当代文学中构成"现象"的潮流，在海外并未引起强烈的反响与呼应。相反，一些在中国现当代文学中并未构成"现象"的创作主张和文学名著，则在海外传播广，呼应强。朱自清的散文名作《背影》，在菲华文学界引起的效应就是如此。不少作家，有意无意间群起效仿，并创造性地寓以更深沉的文化与人生含义。这里，我们姑且也套用"现象"这个术语，称之为菲华文学中的"背影现象"。

"五四"时代，是一个思想解放的时代，也是一个反叛性的时代。引进各种文学思潮，冲破各种封建束缚，发现人的自由和权利，成为一代青年的共同呼声。茅盾笔下的梅女士，巴金笔下的觉慧、觉民，都因反叛父权，反叛封建的激烈精神，受到人们的欢迎。作为一个新时代的文学家，朱自清的文学个性有些特殊。他的成就不在于对"父亲"所代表的旧势力的反抗；而部分地在于他成功地剔除了"父亲"身上带有的封建色彩的强暴成分，别开生面地讴歌了与家庭暴君截然不同的慈父。《背影》这一名作，即是从父送子远行时，儿子眼中的父亲那"肥胖的""蹒跚"的背影这一平凡而又特殊的形象，具体、细微、温情地描绘出父慈子孝的人伦美境。

菲华作家描写父亲、父爱的作品，大多是沿着《背影》的情感路径向前推进。陈恩的散文《父爱》，一开头即为"父亲"、"父爱"正名："世人写母爱的文章很多，而写父爱的却少了！其实，父爱并不亚于母爱，有慈母，也有慈父，颂扬应该公平。"正名之后，菲华作家常以非常动情的方式，描写父子之情、父女之情。默云的《苦雨凄风》、庄良有的《一封写不完的信》、王文选的《父亲》、陈恩的《父爱》、林婷婷的《蓝色的湖》，多采用了《背影》式的艺术方式：描写父亲的平凡、爱心，从平凡小事中勾勒父爱、父子和父女之情。

菲华作家与朱自清一样，专注于讴歌父爱与父子、父女之情，一方面是源于《背影》的艺术力量，另一方面也是源自菲华社会独特的社会背景、文化心态和价值观念。

首先，父爱的讴歌者，大多是漂泊者的后代。或者他们的祖父、曾祖父，或者他们的父亲，从中国过海来到菲律宾，赤手空拳地创业谋生。描写具象的"父亲"、"父爱"，实际上寄寓了对菲律宾华人祖辈的厚爱与尊崇，具有从"个别"中窥见"一般"的社会内涵与人生意义。描写各个时代的"父亲"，实际也是描写菲律宾华人的历史；赞颂各个时代的"父亲"，也寓含着赞颂华族在艰苦中求生存的不屈精神。

其次，菲律宾华人大多数靠白手起家，且平凡地生存于社会。写平凡的人，描写平凡的父亲，既能真实地反映华人的生存现状与家庭伦理，又容易引起读者的认同与共鸣。

其三，写"父亲"的平凡，写出的是华族人士最基本的精神面貌。在"父亲"的平凡举止和情感中，流淌着的是一股鲜明的中华文化气息。

早期菲华社会中的"父亲"，多是来自中国的农民。他们虽然没有文化，血液中却流传着中国文化精神：忠义仁厚，俭朴勤奋，侍亲至孝，乐善好施等等。从"父亲"的平凡小事中，发现中华文化的根，通过"父亲"的平凡，光大中华文化的优秀品质，这种自发、自觉的文化意识，推动了"背影现象"的生成与拓展。

2. 意蕴愈深的"冰心情结"

中国新文学在发展途中，曾经涌现过一大批优秀的女作家。庐隐、沅君、丁玲、凌叔华、苏青、萧红、白薇、冰心，都是其中的代表。海外华文作家，在中国新文学女作家中，似乎特别尊崇冰心这个名字。在他们的心目中，冰心的名字，冰心的作品，冰心的情感，代表着一种温馨、神圣和虔诚。

冰心以《繁星》、《春水》等作品雄踞一个时代，又以塑造母亲、讴歌母爱贯串几十年的创作生涯。海外作家欣赏"冰心体"代表的小诗，更紧追不舍冰心"慈母童心"之艺术心境。

有学者认为："五四"时代，是一个亲子对立的时代。表现在文学中，集中体现于母亲形象与母女关系的双重性。即文学中的母亲、母爱、母女关系，既是家庭中美、善的最佳体现、化身，又因折射着复杂的社会关系、审父意识而蒙上阴影。这种摇移着的文学中的两重性，是反封建大潮到来时，作家们调正视度、检视家庭关系的结果；更是不少作家尤其是女作家与命运抗争、与家庭抗争后，矛盾而又复杂的心理与情感的写真。

冰心虽然同处在"亲子对立"的时代中，她仿佛真有些类同于所谓"天之骄女"，她所体验的亲子关系异常和谐，她描绘的亲子关系永远是慈母童心。也许正是由于这种特殊时代所受的特殊馈赠，和因此而造就的特殊心灵所创造出来的文学中的母亲、母爱，震撼、牵动、引发了一代人，甚至几代人的心灵，引发了菲律宾华文作家及广大海外华文作家的广泛呼应。

引起菲华作家瞩目和效仿的，首先是冰心心灵和文学思维中的母亲，母亲似乎象征着一种心理—生理上的本源和依托。冰心曾写道："心中的风雨来了，我躲进母亲怀里。"她还在另一首诗里写道：

造物者——

倘若在永久的生命中

只容有一次极高的应许

我要至诚地恳切着

我在母亲怀里

母亲在小舟里

小舟在月明的大海里

从这些诗中，人们不难刻骨铭心地感应到母子关系、母子情感、母爱精神的永恒，以及子对母亲这个生命、精神本源的永远感激的眷恋。

菲华作家，不少是童年或幼年离开故乡，漂洋过海来到菲律宾。如今或者已双鬓灰白，或者已长大成人，并且大多已加入菲律宾籍。但离开故乡前母亲的慈爱和离别故乡时母亲的眼泪与叮咛，乃至离别前母亲的眼神面容，都成为了永恒的至美至善的回忆与眷恋。走冰心的道路，呼应、延续冰心式的母子情感，成为一种自发性的文学要求。

王婉君的《童年琐记》、吴彦进的《慈母心》、施柳莺的《母亲随笔》、陈琼华的《又见童年》、曾文明的《母亲·辛苦了!》、蔡长贤的《母亲的眠床》、林丽容的《我不是水》等为代表的一大批作品，共同的特征就是追忆母爱，颂扬母亲，甚至渴望在母亲怀抱中寻回慰藉和人生真情。

《我不是水》写道："忘了第一次睁开眼时是不是觉得有太多太多的东西在浮动着。我想我能紧紧地去抓住一个意象，而妈便是那意象；那意象便是一个世界。"

此文的一个中心"意象"，即是"妈妈"——"便是一个世界"。这个贯串全文的中心"意象"与冰心上述诗歌中的意象群："子——母怀——小舟——大海"异曲同工。通过这两个聚焦点相同的意象，闪烁的都是子对母亲的这个生命、精神本源、心理依托的无尽眷恋和感激。

菲华作家虽然根在中国，但他们毕竟不是归根故园的冰心。从他们特定的环境和心境出发，他们所保持或延续的"冰心意象群"似乎有所波动，即将"子——母怀——小舟——大海——游子"的心灵感应模式，转为"母怀——小舟——大海——游子"这种现实感叹模式。在这种新的抒情感怀模式中，一头是赋予子以生命和精神的母怀，一头是离开母怀漂泊不已的游子，中间是小舟，是波涛汹涌的大海。昔日，小舟载着幼子离开母怀；今日，大海另一端伫立的游子，渴望着像冰心一样：心中的风雨来了，我躲进母亲的怀里。

其二，菲华作家十分注目的是冰心如何专注地以女儿的身份，去抒写内心情感、抒写母爱与童稚的欢乐。有学者认为：冰心"似乎只能是永远长不大的母亲的女儿"。[①] 这里永远"长不大"的不应该是"女儿"，而应是女儿那不变的童心。正因为冰心在作品中，永远保持着不变的童心，她才能持续地仰视与赞颂着母亲的慈祥与母爱的渊博。

冰心曾写道："假如我走了，梦一般的走了——母亲！我的太阳！70 年后我再回来。"诗中冰心说的是"假如我走了"。不少菲华作家则是真的"走了"，远远地离别了"母怀"。并且，真的需要"70 年后"才能"再回来"。这些快要回来和想象着回来的菲华作家，更愿意像冰心一样做一个永远长不大的儿女。明澈的《慈母心》、陈明勋的《月朦胧》，谨记与遵循的仍是多年前母亲的教诲，作者们的心态，固执地背离了作者的实际年龄与经验，心甘情愿地与冰心一样，做一个永远长不大的母亲的儿女。

走冰心的路，歌颂永恒的母爱；在情感世界中，终生不悔地做母亲的长不大的儿女，是菲华作家在文学实践中表现出来的共同心态与艺术追求，但是大海的隔离，也使得菲华作家的"冰心情意结"中，多了些忧戚与伤感；更使文学中的母亲与故国、母语这些广义的母亲概念混为一体。

---

① 孟悦等：《浮出历史地表》，河南人民出版社，第 72 页。

3."流寓文学"与跨海后的乡愁

20 世纪 20 年代前六七年的中国小说中，有一批作品映照出了那时中国农民的面貌。这就是植根乡野的"乡土文学"。如果从作者方面来看，这些作家常常都有着一番被生活驱逐到异地的经历。从某种意义上说，他们都是一些"流寓者"。

被生活所驱使流寓到异乡，在异乡又魂牵梦绕着故园；以小说为主要艺术形式，真切地展示出故乡特殊的生活风貌；在故乡小镇或悲壮或美丽或野蛮或伤感的故事之中，永远隐现着流寓者的不变的乡愁，这些，是"乡土文学"或称"流寓文学"的主要艺术特征。鲁迅是一个被生活驱逐到异地的流寓者的代表，也是现代"流寓文学"的创始人。他的《故乡》一开始，就以一种十分悲凉的方式，在无法诉说的伤感的氛围中，隐现出解不开的乡愁。

菲华新文学产生后，不仅应和着中国现代小说中的"乡土文学"的精神面貌，而且展现着多层次、多流向的乡愁。

强烈的流寓感，曾经是菲华作家在诗歌、散文等艺术形式中，流露与携带的一种带有普遍意义的情绪。塔柏里在《放逐的解剖》中曾言："一个人被迫离开家园，虽然驱迫他上路的力量可能来自政治、经济、甚至纯然是心理作用。但是否是肉体上感受的压力，或者是没有面临的压力而自己做决定，两者本质上没有什么差别。"① 有些华人，可能出于经济的无奈离别家园，有些华人可能抱着寻找"桃花源"的理想，也可能是追随族人中存在的"出洋的习惯"，而自动离别家园。不论何种原因，一旦他们离别之后，"被放逐"的感受都十分强烈。和权的《桨》一诗，颇具代表性地反映着这种被放逐和被遗弃的心态：

被遗弃于

外海

---

① 转引自杨匡汉：《飞鸟犹知恋故林》，《文艺研究》1992 年第 5 期。

我乃一根无用的

浮木

这些外海的"流寓者",随着年代的流逝,乡思、乡愁意识愈积愈厚。摆脱不掉的思乡梦,使菲华作家也像鲁迅在《故乡》中所言:只要忆及故乡,脑海里就会"忽然闪出一幅神异的图画来"。并且,以最大的热情和虔诚的心境,刻意雕琢这脑海中闪出的神奇的图画。若艾在《祖国恋歌——秋的记忆》中,描绘出了一幅美丽的故乡四季图。这里的故乡四季,不仅仅只是客现印象,而是像鲁迅描写故乡的月夜一样,注入了主观深沉的情思。

频年羁旅,赤焰远离乡关,有家归不得、故乡的秋景格外美丽,游子的秋思也就格外沉重。因而,在菲华作家四季的思乡梦中,故乡"秋梦"最为流行。吴潆云的《故乡秋忆》、若艾的《路》等,都触发于故乡之秋。

有继承就有衍变,要发展就须扩充新质。随着时代的演进,尤其随着海外华人落地生根、扎根于新的土壤意识的巩固,菲华文学中的乡愁也出现了新的含义。

首先,家国意识由落叶归根转为落地生根。

在吴天雾的诗作《家在千岛上》和南根的诗作《我是怎样长大给我的母国——菲律宾》中,诗人的血脉已自觉地汇入了菲律宾的土地。他们已不再是南洋的侨居者,而是家在千岛的主人,是扎根于此的主人。劳作与辛勤,对他们已不是过去意义的单纯谋生,而是参与国家建设,促进国家发展的一种主观努力。

其二,地域的乡愁转化为文化的乡愁。

早年侨寓作家的乡愁,多是落叶归根式的地域性乡愁,起于漂泊,止于回归。当菲华作家自觉将个人与文学,归于"千岛";自觉将菲律宾作为"唯一的家乡"之后,地域性乡愁就开始转化为文化的乡愁。而这文化的乡愁,是当年"乡土文学"作家无法体会的。

在多元民族、多元文化的国家中,任何一个民族,只有充分地保持自己的文化和个性，才能更好地融汇到国家的大家庭中，才能更蓬勃地显示出自己的生机与活力。菲律宾华族，要保持自己的文化个性，当然就要有自己的文化之根，在陈默的诗作《出世仔的话》中，作者叙述华人的子女不认识"中国"二字时，写道："爸爸双手蒙住脸/暗哑着声调：/学'人'倒学得好/怎么'中国'就学不来？"诗中的"中国"，不仅是一个地域的概念，更是一个民族的发源地，是一个文化的母体。这里包含着菲华作家，对文化中国的自觉认同和浸润于心的深深的"乡愁"。

文化的乡愁，往往伴随着深沉的忧郁之心。一个民族，失去了自己的固有文化，就有可能在社会发展中消失和被同化。愈是深爱脚下的国土，菲华作家愈希望通过振兴传统的文化以振兴自己的民族。因而，文化的寻根与文化的忧郁，也就愈发迫切。和权的名诗《桔子的话》用桔与枳的诗歌形象，显示了对民族文化变异的担忧和不尽的"乡愁"。"桔"在中国文学中，多被用作崇高人格的象征。和权在诗中借用了桔的"独立不迁"精神。不过，他希冀的是超越地理意义的文化意蕴上的"独立不迁"。他的"乡愁"，也正是"桔"在文化意蕴上的失根，"桔"在文化意义上的变味。

三 中国古代爱国诗人、诗作与菲律宾

在中菲两国的历史中，都存在过一个共同的重大问题：即民族的生存危机。中华民族，既受到过外国列强的军事威胁，也由于朝廷更迭、战乱不已，给人民群众带来了生活苦难和心灵危机。菲律宾亦是一个饱受战乱之苦的国家。近几百年中，经历了327年的西班牙统治，48年的美治时期，二次世界大战中又受到日军的入侵，面对重大的危机，中菲两国人民都选择了在抗争中求生存，在血与火中求独立、求自由的路径。

也许正是这些共性，加上某些时代性契机，如历史进入近现代以来，中菲两国人民间的交往，恰好开始由单纯的物质文化型向物质文

化与精神文化并行型方式过渡和发展。更加上华族人士坚定地弘扬中华文化的信心和努力，以及他们在民族和个人生死存亡关头，与中国古代爱国志士、诗人的言行、诗作主动认同的高风亮节，都极大地促进了中国文学，尤其是以表现爱国思想著称的中国古代诗人的业绩与诗作，在菲律宾的传播。

1. 中国古代诗文在菲律宾的基本传播方式

中国古代爱国诗作，在菲律宾的传播有多种形式。最常见的有直接传播、间接传播和译介传播三种。

直接传播：近现代以来，由于华校的兴旺与华文报纸的兴办，以及中菲两国的文化交流，使得中国古典文学作品直接传播到菲律宾。

间接传播：指菲律宾学者、文学家，尤其是华族学者、文学家，在充分理解和消化中国文学之后，用论文、诗文体等形式，对中国古代爱国诗人、诗作所进行的描述、介绍、评论。如教育家、诗人潘葵村就曾以《中华圣哲英杰颂》为题，发表过113首七律诗。每一篇诗作，集中介绍一位中国古代"圣哲英杰"的人格、文章、诗作。其中，以爱国爱民著称的有：屈原、岳飞、陆游、辛弃疾、文天祥等几十人。

译介传播：主要有两种译介方式。其一为今文译介，即将文言文转译为今文，以方便华族青年的阅读。其二为英文译介，目的在于扩展中华文化在多元文化的菲律宾社会中的影响，老作家林健民的《中国古诗英译》即为一例。

2. 传播与接受中的二链现象

中国的"士"阶层，向来有忧国忧民的传统。"先天下之忧而忧，后天下之乐而乐"、"舍身报国"，是无数爱国志士的座右铭。菲律宾历史上，也有爱国志士用血肉构建的爱国传统。民族英雄黎刹，就是这传统之链中，最光辉的一环。菲华学者、作家、教育家，既保存有中国传统的爱国主义精神，又充分汲取着菲律宾人民的爱国主义传统。因而，在他们身上，体现出"二链"并存，"二链"融汇的精神现象。菲华作家，常常将中菲两国的爱国伟人的业绩与精神相提并论，如吴普霖所作古体诗《孙中山黎刹两博士合咏》等。在他们所写的赞颂菲律宾伟人的爱国主义精神的作品中，常常受到中国艺术表现方式的影响和流露出中国传统爱国主义精神的特质。如王新秀的《黎刹纪念碑》一诗，采用的是古体诗形式，并且在歌颂黎刹时，不自觉地融入了"精忠报国"这样具有中国传统特质的诗句。作者的意绪，在一首诗中跨越着时代和国度。在爱国主题之下，自然地将黎刹的爱国与岳母刺字、岳飞报国，这些具有特别感召力的中国事件、中国精神结合了起来。

菲律宾的社会发展、社会思想，毕竟又与中国有异，菲律宾文学中的爱国主义思想内涵与中国古代文学中所体现的爱国主义精神，也有同有异。

直至辛亥革命前，中国文学家都生活在封建政体之下，封建皇权思想，也深深渗透到了文学家的思想观念之中。文人士子所言的家国之国，当然包含有国民之意。但是，在"普天之下莫非王土"之邦，君主、君权代表着一国一代的兴亡。中国古代文学作品中的爱国，便不得不具有效忠皇权、为君尽忠的含义。所以，"勤王"与"卫国"常常被视为一体。菲律宾与中国不同。统治菲律宾长达300多年的西班牙人，曾在菲律宾推行西方意识、宗教与文化。后来的美国人，又向菲律宾灌输过美国文化、西方宗教。文天祥与黎刹，是中菲各自文学爱国主义传统之链中具有代表性的人物。他们都在民族危难关头，毫无惧色地死在敌方刀枪之下。并且，都留有遗传千古的爱国诗作：《过零丁洋》与《我的诀别》。舍生取义，以身殉国，以死救国难，是他们在诗作中表现出来的共同精神。但他们欲取之"义"，打上了明显的社会与时代烙印。文天祥之"义"，《正气歌》中有所流露："地维赖以立，天柱赖以尊。三纲实系命，道义为之根。"文天祥视之为"命"的"三纲"和视为"根"的"道义"，实际上就是他精神的命根，是封建时代中国文人共同的意识之根。但黎刹已不是封建时代的忠臣。他欲取之"义"没有东方式的封建色彩，而是西方式的资本主义精神。诚如菲华作家亚薇指出：黎刹"对英国的培根和佩恩，法国的卢梭和伏尔泰，德国的叔本华、尼采等人的著作思想，都有相当的探研"，以"黎刹《我的诀别》，很明显地可以看出：乃以卢梭的'人权、平等、精神自由、人格表现'的思想为归依"。①

处在"二链"之间的菲华学者、文学家，显然感觉到了由于"时间链"的不对等等原因，在中国古代爱国诗人身上透露着某些封建因素；黎刹的思想和诗中传递着西方资产阶级的自由理想。他们在介绍"中国链"时，采取过一些选择和审视. 如潘葵村介绍文天祥时，略去了《正气歌》和《指南录后叙》中的"三纲"，重在强调他"愿将碧血光华族"的牺牲精神。介绍屈原、岳飞时，潘葵村也以现代思维挞伐着两位古代英雄维护过的封建君主："怀王"乃"误国昏君"；"风波亭狱'莫须有'，自坏长城社稷危"。

当代世界，总体趋势是进入以经济发展为中心的较和平的历史时期。即使如此，中国古典诗文，尤其中国古代爱国诗篇在菲律宾的传播，不仅没有减退，相反还进入了高峰期。菲华作家，不仅读中国古诗古文，且还成立了许多诗社，出版传统诗刊物，如《雅风》等。创作队伍也空前兴盛，仅《菲华诗选全集》一书，就拥有作者数十人，收入传统诗 600 余首。究其原因，是近些年来菲华人士中存在一种新的危机意识和文化危机。

菲华人士的文化危机论，绝非危言耸听。它有几个起码的实质性标记：西方文化的冲击、不少华人从商业角度出发重英文轻汉语的倾向、华人子弟与父辈在文化与意识上的代沟等。为了维护文化之根，菲华有识之士推进着中国古代诗文与古代爱国诗人诗作在菲律宾的传播。

中国古代爱国诗篇中的思想、情绪、意象，不仅出现在菲华作家的传统诗中，也呈现在菲华作家的现代诗中。月曲了的名诗《考试前夕——教儿子读〈满江红〉》就是一例。作家的情感，恰如当年的岳飞，面对文化中的"金兵"，满心忧虑，满腔激越。不过，月曲了忧

---

① 亚薇：《〈正气歌〉与〈我的诀别〉》。

的不是某个具体的朝代，而是中华的文化传统，是"中国链"能否在华人中代代传承。

从战争时代的保家卫国、舍身为国，到现时代的文化爱国、文化寻根，中国古代诗作，中国古代爱国诗人诗作，更具现实意义和吸引力。可以预见，在今后的和平时期，中国古代爱国诗人、诗作，在菲律宾乃至其他华人居住国的传播，将会愈见汹涌，意义愈加深刻。

论新加坡华文文学的文化取向

新加坡独立之后，经济不断发展，华文文学也表现出自己的独特性与活跃性。值得注意的是，本时期新加坡华文文学突出地表现着两方面的文化要求：其一，强调华文文学的本土性，强调"本土的文学传统"；其二，强调华文文学的原根性，强调"中国文学传统"。如何述说与认识这样的文化要求，言者众多。鉴于此论题，具有超越着时代与地域的意义，故亦试作一论。

一、文化意义上的"本土"与"原根"

对新华文学中强调华文文学的本土性、"本土的文学传统"，与强调华文文学的原根性、"中国文学传统"的二重文化取向，可用"互融论"来理解。本文则意欲对之作些区分、辨析。

强调华文文学的本土性、强调"本土的文学传统"，其关键所指在于"本土"二字。对于新加坡华文文学而言，什么是文化意义上的本土呢？有两点值得注意：其一，中西合璧的社会及文化发展观。其二，以提倡新加坡意识、叙说新加坡情感为要求的心灵认同观。

1965 年独立的新加坡，作为一个自主的亚洲国家，采用以中西合璧方式，建设、发展新兴国家的政策。也就是说，一方面，从西方发达国家汲取推进社会经济发展所需要的技术、方法、经验；另一方面，从东方文化、中华文化中汲取推进社会精神建设所需要的养分。作为一种国家意志、主流意识形态，中西合璧的社会发展观，必然要反映到文化建设中去，成为新加坡华人与新加坡华文文学的文化选择。一般来说，在经济初始发展期，以至高速发展的初期，这种文化选择的主导地位会更为明显。这样，中西合璧的社会发展观，以及由此而生的具有独特意味的，既西又中、不西不中的"整合"文化，将成为新加坡文化、新加坡文学、新加坡华文文学无法摆脱的"本土性"特征。

提倡新加坡意识、叙说新加坡情感的心灵认同观，也是新加坡文学、新加坡华文文学的必然选择，并且，获得过较强的社会共鸣。1982 年，新加坡政府重要官员王鼎昌，在主持"新马华文文学史展"开幕仪式时，曾建议开展"建国文学"运动：希望文学要反映我们在建国过程中的精神面貌、时代背景、社会潮流和发展经过。1989年末，在新加坡大会堂出席"建国三十周年新华文艺书刊展"时，他希望"在使我国避免演变成一个伪西方社会而步入优雅社会的进程中"，"与传统东方文学有血缘之亲的新华文学"，扮演着"重要角色"。① 诗人、学者王润华也说：新华文学，就是"新加坡公民或永久居民所写的戏剧、小说、诗歌、散文或其他文体，这些作品，在感情上、认同感上、取材上、社会关系上，都跟新加坡息息相关"。② 不论官方还是民间，国家与华族，都对自觉的心灵认同有着迫切要求，并且对之提出了具体的路径，即做新加坡人、提倡新加坡意识、叙说新加坡情感。归根到底，这些要求与路径，都是对新兴的国家、社会、文化的自觉拥戴与心灵认同。

强调华文文学的原根性、强调"中国文学传统"，其关键所指在于"原根"二字。对于新加坡华文文学而言，什么是文化意义上的"原根"呢？那就是华族的传统文化，包括"中国文学传统"中，所

---

① 黄万华：《新马百年华文小说史》，山东文艺出版社 1999 年版，第32 页。

② 王润华：《从新华文学到世界华文文学》，新加坡：新加坡潮州八邑会馆文教委员会出版组 1994 年版，第 69 页。

携带、所浓缩的具有"原根性"意味的中华文化价值观。所以,"原根"之意在于具有原根性意味的中国传统文化。

黄孟文在检讨新华文学低落的原因时,把文化观、价值观的动荡列为最根本的因素之一。他指出:随着新加坡的西化,人们变得更加功利主义,以金钱作为衡量一切的准绳,国人价值观念正在改变。[①] 可见,强调华文文学的原根性与"中国文学传统"的新加坡华文作家,对本土发生的文化"合璧"与随之而来的文化观、价值观的动荡,更愿采取一种检讨与反省的态度。这种态度促使他们到华族文化之"根"中,去寻找与现实"丑"相对应的美;到"中国文学传统"中,去寻找作为"衡量一切的准绳"的文化价值观。因此,我们可以理解,为什么生长在新加坡、求学于香港、信奉着基督之爱的孙爱玲,在小说中对中华传统文化的一枝一叶,均饱含热情、衷心赞美。同样,我们也可以理解,为什么深爱着新加坡的张挥,在《门槛上的吸烟者》中,借主人公之口追问:人生最后的归宿"为什么不是潮州的汕头"?可见,在新加坡华文作家心目中,中华传统文化的枝枝叶叶连系着中华传统文化的根;与"潮州的汕头"等类似的特殊文化地域,指代着文化"中国",这个精神价值上的最终朝向。

对文化意义的"本土"与"原根"略作区分,使我们可以看出:"本土性"话题之中所涉及的"中华文化",与"原根性"话题之中所涉及的"中华文化",虽然都称中华文化,但在实质上已有不同。

在"本土性"话题之中,"中华文化"是被拿来作为与西方文化"对接"的文化,是以"合璧"的方式在发源地之外被"整合"过的"中华文化"。

当今时代,推进社会经济发展所需要的技术、方法、经验,其作用绝不止于经济与物质,也必然作用于文化与精神。可以说,当新加坡从西方发达国家"拿来"推进社会经济发展所需要的技术、方法、

---

① 黄孟文:《新华文学评论集》,新加坡:云南园雅舍1996年版,第174—175页。

经验的时候；也不可避免地"拿来"了西方的文化与精神。这些西方的文化与精神，也不可避免地要进入从东方引入的中华文化之中。这样一来，"合璧"进程中的"中华文化"，是"整合"了西方文化的"中华文化"，是失了根的"中华文化"；或者说，是具有新加坡"本土性"特征的"中华文化"。

在"原根性"话题之中，"中华文化"是能够与西方文化相对垒、相抗衡，具有"根"的特性的中华传统文化；是未曾以"合璧"的方式在发源地之外被整合过的"中华文化"。

面对"合璧"进程中的物质成就与观念动荡，具有忧患意识的新加坡华文作家，深感茫然与不安。谢裕民说："80年代初期，社会其实已经改变了，不过还有一点理想……到了80年代中期，整个社会的观念起了变化，大家都不再谈抽象的理想，而只谈实际的理想——过更好的日子。"① 张曦娜说："20世纪的物质文明，无时无刻，无所不在。然而，父亲，比起你们那一代，我们富足了还是瘦损了？为什么我们偶一驻足，会有四顾茫然的感觉？"② 这种茫然与追问，迫使不少华文作家，跳出具有"本土性"的"中华文化"，直接去追寻"原根性"话题之中的中华文化：去追寻因呼应或追随"五四"新文化时，曾疏离、批判过的中华传统文化。

对文化的"本土"与"原根"进行如此清理，也许会有助于我们对新华文学中，所谓"中国文化"的多层含义的理解与把握。

二、两种文化意义上的批判

当代著名思想家哈贝马斯，在汲取前辈、同辈学人思想成果的基

---

① 谢裕民：《江湖气的知识分子》，见《世说新语》，新加坡：新加坡潮州八邑会馆1994年版，第153页。

② 张曦娜：《变调·遣悲怀代序》，新加坡：草根书室1989年版，第7页。

础上，曾经就文学的文化功能，或者说，就文学的批判功能，作过颇有启发性的阐述。他指出：在资本主义社会发展过程中，就文化意义而言，文学的批判功能，可分为道德性功能与审美性功能。换言之，也就是文学的启发性批判功能与文学的拯救性批判功能。

所谓文学的启发性批判功能，是指文学主要以"积极地虚构和约诺幸福、自由、和谐与满足的象征艺术"的方式，参与社会文化建构与批判。当资本主义社会处于初始时期，这种功能的作用十分明显。如《鲁宾逊漂流记》、《巴黎圣母院》等作品的问世。其后，这类作品还会反复出现。这种"象征艺术"，对现实中的"新"与"旧"都有所批判，但就主导趋向而言，它"巩固着这个环境的正义性、现代性"。所以，这种文化批判可被理解为对文明史的一种正面性的参与。①

哈贝马斯论说的主要对象，是西方资本主义社会。新加坡作为一个中西合璧的亚洲国家，与西方社会与文学有所不同。但是，哈贝马斯的论说，对析论新加坡华文文学的文化功能，也还具有某些借鉴意义。

如前所谓，"本土性"的旨意，不仅要求新加坡华文作家，自觉确认自己的生存身份，还要自觉认同自己的文化身份，担当起在缺乏"传统"时确立传统，在不西不中状况中"整合"传统的重任。这种选择，正是对文明史的一种正面性的参与。

新加坡建国之初，华文作家大多投入过这一文学潮流。其后，华文作家也没有完全放弃这一文化朝向。如贺兰宁的《鱼尾狮》，就以新加坡的象征物为对象，透过石狮子那双蕴满战火风烟和历史血泪的双眼，透视出新加坡这个由殖民地走向独立的历史发展过程，表达了诗人对新加坡这个"非鱼非兽的变体族类的海啸地震环围中／会随时

---

① ［德］哈贝马斯：《启发性的批判还是拯救性的批判》，见刘小枫《现代性中的审美精神》，学林出版社1997年版。

间成长的坚强信念"。① 在这首诗中，诗人尽管出发于形象、止于形象，未就文化问题直接"发言"；但是，他却用文学的声音，参与了文化"整合"的讨论。并以对"非鱼非兽的变体族类"的认同，以及对其"在海啸地震围中/会随时间成长"的信念，"巩固"着"文化整合"、"环境的正义性、现代性"，从而发挥出新华文学的启发性批判功能。

所谓文学的拯救性批判功能，主要指"表达着悲苦、压抑、对不和的和颠倒的东西的否定感受的寓意"，"表达了对一个更幸福的生活，对在日常生活中被束缚着的人性、友善和互助的渴望，并以此超越于现存事物之上"的文学努力。西方现代派文学，对西方现代文化的否定与挣扎，便是这样一种努力。这种艺术对主流意识形态虽有应和，但就主导趋向而言，重在以批判者的姿态"巩固""环境的非正义性"。

追寻"原根性"的"中华文化"，是为了以未曾在"合璧"中被整合过的中华文化，与西方文化相对垒、相抗衡，也是为了对被整合过的"中华文化"，进行反省与修正。所以，"这种批判"可"理解为对文明史的反思"，② 理解为对文明史的一种反思性的参与。

八十年代，新加坡文化发展出现波折。先是南方大学被停办和华文报馆合并，继而华文成为第二语文，华文学校成为历史名词。至此，与西方物质与精神文化相对接的"中华文化"，在被"整合"之后，又进一步被限定在用英语、英文进行阐述与理解的"再整合"之中。新华社会、新华作家，既是被迫、也是自觉地以批判者的姿态，奋起"巩固""环境的非正义性"了。同是以新加坡的象征物——鱼尾狮为对象，梁钺的声音有所不同：

---

① 陈贤茂：《海外华文文学史》，鹭江出版社1999年版，第641页。
② ［德］哈贝马斯：《启发性的批判还是拯救性的批判》，见刘小枫《现代性中的审美精神》，学林出版社1997年版。

说你是狮吧/你却无腿，无腿你就不能/纵横千山万岭之上/说你是鱼吧/你却无鳃，无鳃你就不能/遨游四海三洋之下/甚至，你也不是一只蛙/不能两栖水陆之间

前面是海，后面是陆/你呆立在栅栏里/什么也不是/什么都不像/不论天真的人们如何/赞赏你，如何美化你/终究你是荒谬的组合/鱼狮交配的怪胎

——梁铖《鱼尾狮》

与那种积极地虚构和约诺幸福、自由、和谐与满足的象征艺术相冲突，梁铖看到的是荒谬与怪诞，心中涌现的是忧郁与忧患。

伍木的《断奶》，批判性倾向与梁铖如出一辙：

千年恨事莫过于一朝断奶/不足岁/你是多代的单传，/太早遇到断奶的苦恼/临渊，临渊你顿成一头没有姓氏的兽/一把无从溯源的/灵魂

"婴儿"作为文化"整合"的象征，"不足岁"也好，"多代的单传"也好，它出自"根"文化，并与"根"文化有着同样的"姓氏"，甚至同样的"名"。但是，它毕竟已经不是"根"文化，也不可能是"根"文化。在异域、在与另一种文化的"整合"、"再整合"中，它可能徒有虚名，甚至丢掉姓氏、丧失灵魂。所以，结论是："顿成一头没有姓氏的兽""一把无从溯源的"灵魂。

值得一提的是，上述表现"悲苦、压抑、不和谐的和颠倒的东西的否定感受的寓意"，并不等于对"文化整合"本身的否定，而是对"文化整合"过程中某些偏颇与失误之处的反省与批判。与西方现代派不同的是，这种批判不是主要求助于非理性，而是"用一个现代环境所放弃了的更好秩序的图景"；用某种"传统"，即具有原根意味的中华文化传统，"来指责这些环境"。继而，希望有助于改善这些环境，使"在美的假象领域中的真理得到竟现"，同时也使新华作家

对文明史的一种反思性参与的愿望，转换为现实。

三、新鲜与重复

在西方资本主义国家，文学的启发性批判与文学的拯救性批判，总是相辅相成而存在，交替牵制而发展。在中西合璧的新加坡，文学的这两种批判，似乎也会在新鲜中进行重复，在重复中获得新鲜。

新华社会与新华作家都十分清楚，在新加坡，"中华文化"的被"整合"趋势不可避免。这既是由国家意志与主流文化所决定，也是由新加坡社会的"本土性"要求所决定。

对于中西文化而言，"本土性"要求无疑是一柄双刃剑。它需要的是多向与杂糅；而不是单向与纯正。这是因为，其一，"中西合璧"的本身已是多向；其二，"中西合璧"过程之中，中西文化与新加坡生活、情感的再合璧，更可谓多向。如此多向的合璧之举，其结果必然是中西混合、新外混合。所以，当新加坡在精神文化方面，包括在文学方面，过分依赖舶来品、新外混合。所以，当新加坡在精神文化方面，包括在文学方面，过分依赖舶来品、依赖外来影响而缺乏与本地色彩及与本地精神的"杂糅"时，文学的启发性批判必然要展现自己的功能。而且，当新加坡在精神文化方面，包括在文学方面，过分依赖某一种外来文化、某一种外来影响，而缺乏与另一种文化、外来影响"杂糅"时，文学的启发性批判功能也必然会自行启动。从这个意义上看，在西方主要展现为拯救性批判功能的西方现代派文学，移植到新加坡时，则有可能转化为以主要展现启发性批判为目的的批判——消解"杂糅"过程中，中华文化力量的过大、过纯，以维系"本土性"的持续发展、演进。所以，双刃的作用在于，既反对闭关自守，也反对过分依赖某一种外来文化。

新加坡文化"本土性"要求的不懈发展，又为新加坡文化的"原根性"要求，提供了存在与强化的理由。在忧患意识的推动下，新加坡华人社会与华文作家，面对文化"杂糅"过程中的某些负面影响，不能不在某种程度上去积极开展"文化的意识形态批判"。因为，"文化的意识形态批判概念有一个优点，即可以把文化传统顺理成章地作为社会进化的一部分加以采用"。① 对于他们来说，也就是一次又一次地，将中华传统文化输送到被"整合"过的"中华文化"之中去，以此实现文学的拯救性批判，以此表达他们试图维系"中华文化"、"原根性"的努力。

"本土性"要求中的"中华文化"，正处在一个不断变化与动荡的"整合"、"杂糅"过程之中，而且，其趋势不改。"原根性"要求中的"中华文化"，试图修正"本土性"要求中的"中华文化"的"杂糅"与"不纯"的努力，尽管无法改变文化"整合"、"杂糅"的总体趋势；但对"本土性"要求中的"中华文化"，均是一种强化与刺激。并且，能够使不断变化与动荡的新加坡文化，持续不断地焕发出新意与生机。故而，有理由相信，上述两种文化批判，将会在新华文学中不断交替、不断重复。这种交替与重复，既可说是新鲜中的重复，也可期待在重复中会更显得新鲜。

---

① ［德］哈贝马斯：《启发性的批判还是拯救性的批判》，见刘小枫《现代性中的审美精神》，学林出版社1997年版。

八十年代新加坡华文微型小说的一种文化策略

八十年代，新加坡华文微型小说出现了作者多、作品多的趋势。作为一种新兴文体，微型小说初步显示出自己独具的风貌与魅力。本文仅拟对此期新加坡华文微型小说所显露的一种文化策略，略作分析。

一、"接触地带"与微型小说的主要视野

关于"接触地带"，当代西方学者有过不少描述。玛丽·路易·普拉特将其描述为："殖民遭遇的空间，在地理和历史上分离的民族互相接触并建立持续关系的地带，通常涉及到压制、极端的不平等和难以消除的冲突的状况。"阿里夫·德里克说："接触地带并不仅仅是统治的地带，它也是交流的地带，即便是不平等的交流。"①

当代西方学者，运用"接触地带"之词语，似乎意在对以欧洲为中心的"东方主义"——这一西方话语霸权，进行清理与重估。他们试图通过东西方文化交流的前沿——"接触地带"，解读在西方人心目中业已建立并正在持续，而且影响到许多东方人的某种后殖民主义情意结。

归结起来，上述话语包括的含义是：1. "接触地带"，产生于

---

① ［美］阿里夫·德里克：《中国历史与东方主义问题》，见罗钢、刘象愚主编《后殖民主义文化理论》，中国社会科学出版社1999年4月版。

"殖民遭遇的空间",其影响超越了"殖民遭遇的空间"以及时间;2. 在形形色色的"接触地带",潜在并隐藏着一种不平等的文化交流模式;3. 这种不平等的文化交流模式,通常涉及到压制、极端的不平等,和难以消除的文化冲突;4. 这种所谓的"情意结",在当代世界的各个角落,都得到了充分的表达。其结果是使西方人、"西方化的东方人",以至东方人,在意识与无意识中,把欧美置于发展的核心和顶尖,从而使欧美的发展,成为一种在空间和时间上支配世界的标准。

1965 年,新加坡独立为一个自主的亚洲国家。独立后的新加坡,采用"中西合璧"的方式,建设和发展新兴国家的政策。也就是说,新加坡,一方面从西方发达国家汲取推进社会经济发展所需要的技术、方法、经验;另一方面,从东方文化、中华文化中汲取推进社会精神建设所需要的养分。作为一种国家意志,这种中西合璧的社会发展观,必然要反映到文化建设中去,成为新加坡文化的主要选择。一般来说,新加坡在经济初始发展期,以至高速发展的初期,这种文化选择的主导地位较为明显。

当今时代,推进社会经济发展所需要的技术、方法、经验,其作用绝不止于经济与物质,也必然作用于文化与精神。换句话说,推进社会经济发展所需要的技术、方法、经验,既来源于社会的文化与精神,也体现着社会的文化与精神,并且,作用于社会的文化与精神。可以说,当新加坡从西方发达国家"拿来"推进社会经济发展所需要的技术、方法、经验的时候;也不可避免地"拿来"了西方的文化与精神。这些西方的文化与精神,也不可避免地要进入从东方引入的中华文化之中。这样一来,"合璧"进程中的"中华文化",是"整合"了西方文化后的"中华文化",是被拿来作为与西方文化"对接"的文化,是失了根的"中华文化";或者说,是在发源地之外被"合璧"过了的"中华文化",是具有了某种新加坡"本土性"特征的"中华文化"了。

对八十年代的新加坡而言,殖民遭遇已是历史。但是,历史的潜在作用，与新一轮"接触"中的"文化冲突"状况，使得这个"接触带"中的文化关系更为复杂。一方面，是"中华文化"与西方文化的"整合"，甚至是被西方文化的"整合"；另一方面，是在"接触地带"，潜在、隐藏着的一种不平等的文化交流模式的自行运作，以及欧美话语霸权在意识与无意识层面的持续性表达。

对于这种极为复杂的文化关系及其后果，新加坡社会，从官方到民间，都有过明确的认识。1989年末，人民行动党在新加坡大会堂举办"建国三十周年新华文艺书刊展"，副首相王鼎昌在讲话时指出：要"使我国避免演变成一个伪西方社会"，并希望："与传统东方文学有血缘之亲的新华文学"扮演"重要角色"。①

八十年代，包括新加坡在内的东南亚国家及中国，开展过一场关于新儒学问题的热烈讨论。这次讨论的一个重要背景与支点，便是如何调整"接触地带"的文化关系，如何将儒学确认为现代化进程中的一股能动力量，以抵消西方文化的某种霸权地位与消极作用。

对此，西方学者非常敏感。他们称："近年来，诸如新加坡的李光耀和马来西亚首相马哈蒂尔都加入了反对西方的'亚洲主义'的新合唱——新加坡的李光耀、马来西亚的马哈蒂尔和中华人民共和国的领导人都断言'亚洲文化的差异'，尤其是在民主和人权问题上，与欧洲和美国弥漫的反欧洲中心情绪形成共鸣——过去十年中儒学复兴所表达的并不是无权力，而是一种新的权力感受，它伴随东亚社会经济成功而来，这些社会现已重申反对以前的欧美统治。在这个意义上，儒学复兴（和其他文化民族主义）也可以看作是土著文化（和一种本土主体性）反对欧美文化霸权的一种表达。"②

新加坡华文作家，较早就感受到了"接触地带"潜在并隐藏着

---

① 黄万华：《新马百年华文小说史》，山东文艺出版社1999年9月版，第32页。

② ［美］阿里夫·德里克：《中国历史与东方主义问题》，见罗钢、刘象愚主编《后殖民主义文化理论》，中国社会科学出版社1999年4月版。

的一种不平等的文化交流模式，并对这种交流模式之后的欧美文化霸权，及其新加坡有演变成一个"伪西方社会"的可能性表示了忧虑。

王润华说："华族文化面临的危机，从七十年代以来，可以说是最受关注的课题，因为人人将会变成鱼尾狮"，"新加坡正处在东西方之间的'三文治'社会里，自己是黄皮肤的华人，却没有中华思想文化的内涵——受英文教育，却没有西方文化的优秀涵养，只学到个人主义自私的缺点。"① 黄孟文也指出："随着新加坡的西化，人们变得更加功利主义，以金钱作为衡量一切的准绳。国人价值观正在改变"。② 许多作家都有类似的说法：谢裕民说："80 年代初期，社会其实已经改变了，不过还有一点理想——到了 80 年代中期，整个社会的观念起了变化，大家都不再谈抽象的理想，而只谈实际的理想——过更好的日子。"③ 张曦娜说："20 世纪的物质文明，无时无刻，无所不在。然而，父亲，比起你们那一代，我们富足了还是瘦损了？为什么我们偶一驻足，会有四顾茫然的感觉？"④

新加坡华文作家，更以文学的方式，对其所感受到的"接触地带"的忧虑，进行着不断地追问与表达。如诗歌中的代表作，就有梁钺的《鱼尾狮》和伍木的《断奶》等。微型小说，在新加坡正好兴起于七十年代，盛行于八十年代。于是，作为一种新兴文体，它适时地参与进这一历史性的追问与表达之中。

淳于汾在论及黄孟文和他的小说集《安乐窝》时，曾将黄孟文收在《安乐窝》中的十九篇微型小说，分为三类：

"第一类：有关国家意识、民族语文及传统文化问题的有：《安

---

① 黄万华：《新马百年华文小说史》，山东文艺出版社 1999 年 9 月版，第 32 页。

② 黄孟文：《新华文学评论集》，云南园雅舍 1996 年版，第 174—175 页。

③ 谢裕民：《江湖气的知识分子》，《世说新语》，新加坡潮州八邑会馆 1994 年版，第 153 页。

④ 张曦娜：《变调·遣悲怀代序》，草根书室 1989 年版，第 7 页。

乐窝》、《云漠万里》、《洋女孩》、《焚书》、和《最后一次扫墓》。

第二类：揭露西方文化堕落、腐败一面的有：《成人的世界》、《肉弹议员》、《自由女神》及《一朵玫瑰花》。

第三类：指出人们的劣根性和丑恶心理的有《窃听器》、《出国》、《官椅》、《机心》等。"①

上述分类中，第一、二类属于对"接触地带"文化忧虑的直接追问与表达，第三类虽然比较复杂，但有些作品也可归于对"接触地带"文化忧虑的间接追问与表达，如《出国》等。

黄孟文在《安乐窝》中所重点表现的"三类"主题，某种程度上，正是八十年代新加坡微型小说艺术视野的一个缩影。可以说，八十年代新加坡微型小说，以艺术的方式，感受着"接触地带"潜在并隐藏着的一种不平等的文化交流模式，并对这种交流模式之后的欧美文化霸权，及其新加坡有可能演变成一个"伪西方社会"表示了自己的忧虑。

二、反话语——微型小说的一种文化策略

欧美的许多文化经典，都反映着以欧美为世界中心的霸权话语。例如，《鲁宾逊漂流记》，不仅表现了资本主义上升时期的某种开拓与奋斗精神；更表达着西方中心话语对欧洲与"他者"的一种固定化了的关系：即文明与野蛮的关系，开化与被开化的关系，统治与被统治的关系，支配与被支配的关系。鲁宾逊代表的是文明、开化，代表的是居于统治者、支配者地位的西方人、西方精神、西方文化；星期五代表的则是野蛮、需要被开化，代表的是等待着被统治、被支配的非洲人，和一切西方之外的东方人及其精神、文化。而在这诸多关系中，最重要的是文明与野蛮的关系。正因为西方代表文明，西方之

---

① 淳于汾：《黄孟文和他的小说集〈安乐窝〉》，见黄孟文《安乐窝》，新加坡作家协会·新亚出版社联合出版，1991 年 2 月。

外的地方代表野蛮；所以，文明就应该去开化、统治、支配野蛮；野蛮也就应该被文明所开化、统治、支配。

经典文本一经确认，便会在多种文化关系中，持续、稳定地发挥"话语"效用。在新加坡这个具有前沿性的"接触地带"，西方"优胜"的"话语"效应，随着新加坡经济的大步前行，曾经表现得较为明显。

反话语，是指新加坡微型小说，对欧美文化经典所确立的霸权话语，尤其是对其中固定化了的文明与野蛮关系话语的颠覆与反拨。在八十年代新加坡微型小说中，最显著的一个特点，是将西方中心论的"文明与野蛮的关系"，颠覆与反拨为非西方中心论的"文明与污染的关系"。

如果说，如西方学者所说，这种颠覆与反拨，真的是一种体现着"新的权力感受"的话语，那么它也只是一种以文学建构与命名新的关系的"权力"：抛弃以往的"文明与野蛮的关系"的"权力"，重新建构"文明与污染的关系"的"权力"。经过颠覆与反拨之后，东方文化，尤其是中华传统文化，其主体意义被重新确认为"文明"；西方文化，其主体意义被重新定义为"对文明的污染"。

黄孟文揭露西方文化堕落、腐败面的微型小说，如《成人的世界》、《肉弹议员》、《自由女神》及《一朵玫瑰花》，底蕴都较为深远。其中一个主要亮点，就是对西方文化的重新定位：昔日西方人所谓的文明之源，今天在新加坡已经变成了污染之源。

董农政的《真迹》，南子的《幸福出售》，怀鹰的《秘密》、《谁认识凯特琳》等作品，更注重西方文化对"接触地带"污染状况及其后果的揭示。如《幸福出售》所言：西方的"幸福"真经，正水银泻地般地"出售"到新加坡的每一个角落。那就是鼓励、刺激每一个人，都要"手狠、心辣、脸皮厚、恬不知耻"，要不惜一切地"把自己的幸福，建立在别人的痛苦之上。"①

———————————

① 南子：《幸福出售》，见贺兰宁主编《幸福出售》，泛太平洋出版私人有限公司 1990 年 1 月版。

在"文明与污染"的总话题下，"文明受污染所逼迫"的分话题，也相当明显。

现代社会，经济对文化的影响作用十分强大。有时，经济力量，甚至直接制约或呈现为文化意识。八十年代，新加坡华文教育曾经出现波折：先是南大停办和华文报馆合并，继而华文成为第二语文，华文学校成为历史名词。民族的语言是民族文化的直接载体，华族语言是中华文化的直接载体。新加坡华人，正是力图通过大力推动华文教育，来推动中华文化的承续与传播。而西方文化，则通过经济的力量，挤压着在艰难中发展的华文教育。这种态势，多少有些类似怀鹰的微型小说《秘密》结尾时的一段描述："老板回到自己的办公室，划了一根火柴，把蓝图烧成了灰烬，他对上帝说：'我绝对不能让这张蓝图变成事实，那将破坏我们向落后地区进行的文明的战争，阿门！'"①

新加坡华文作家，对八十年代的华文教育在多种原因中，被迫走向过萎缩的状况十分忧虑。因为，华文教育的萎缩，实际上预示着华族语言的萎缩，预示着与西方物质与精神文化相对接的"中华文化"，在被"整合"之后，又将进一步被限定在用英语、英文进行阐述与理解的"再整合"之中。这样，"文明"不仅仅将受到"污染"，"文明"本身也已经被"污染"逼迫到社会的边缘了。新华社会、新华作家，尤其微型小说家，既是被迫，也是自觉地以批判者的姿态，奋起巩固"文明"的正义性与正当地位了。

韦西、苗秀、孟子、黄孟文、张挥等，都有许多华文教育题材的佳作问世。众多作者与作品集群出现，使得华文教育问题，适时成为小说中的又一个亮点。张挥的《45、45 会议机密》，堪称这方面的代表作：所谓"英文源流"，已经将所谓"非英文源流"，逼到了无法生存、走投无路的极端境地。在这部作品中，"机密"一词，显然已

---

① 怀鹰：《秘密》，见贺兰宁主编《幸福出售》，泛太平洋出版私人有限公司 1990 年 1 月版。

经具有强烈的"反话语"之意义——意味深长地揭示出：在新加坡，"文明受污染所逼迫"已经成为公开的秘密了。

可见，西方学者所谓"儒学复兴所表达的并不是无权力，而是一种新的权力感受"的说法，并非全无道理。与"儒学复兴"有类似之处的八十年代新加坡微型小说，一个重要文化指向或者称之为策略，就是在忧虑的心境中，颠覆与反拨以前的与当今的欧美文化霸权话语，尤其是颠覆与反拨为欧美文化经典所确立的霸权话语。

三、反话语的意义、走向与代价

八十年代新加坡微型小说中，以反话语方式出现的这种文化批判，对当今华文文学的发展以及世界文学新格局的形成，具有相当的启示意义。

首先，它使得微型小说，这种在海外华文文学中新兴的文体，诞生不久就得以参与到具有世界意义的解构经典、重构经典的文化批判之中。其二，它采用的这种反话语方式，为当今处于"接触地带"的弱势文学，提供了一种文化批判的思路与有效方式。其三，它使得新加坡微型小说，以积极的态势参与了使新加坡"避免演变成一个伪西方社会"的全国性努力之中。从而，使华文文学在争取"国家文学"的征途上，迈出了有力的一步。

从总的发展趋势来看，新加坡需要的仍然是：多向与杂糅；而不是单向与纯正。这是因为，新加坡所推行的"中西合璧"国策，本身已是多向；在"中西合璧"的过程之中，中西文化与新加坡生活、情感的再合璧，更可谓多向。如此多向的合璧之举，其结果必然是中西混合、新外混合。在这样的背景之下，中华文化的被"整合"的趋势，难以避免。但是，由于"整合"过程中，西方文化的"污染"不可避免、"伪西方"的苗头也必须谨慎预防；所以，新加坡微型小说中，以反话语方式出现的这种文化批判，也会不断发展，反复出现。

有必要指出，新加坡所推行的"中西合璧"国策，其中又带有"不中不西"的"本土性"含义。这对于中西文化而言，无疑都是一柄双刃剑。也就是说，新加坡作为一个独立的国家，其视野中的西方文化与中华文化，本质上都属于外来文化。在东方与西方，这个大的区域划分上，新加坡属于被西方所歧视与疏离的东方。在国家与国家的具体关系中，新加坡属于一个有着独特发展国策的独立国家。因而，当新加坡在精神文化，包括文学方面，过分依赖某一种外来文化、某一种外来影响，而缺乏与另一种文化、外来影响相杂糅与抵消时，文学的文化批判功能，必然会自行启动；如在西方文化极度泛滥之时的文化批判就是如此。当新加坡在精神文化方面，包括在文学方面，过分依赖外来影响，而缺乏与本地色彩及与本地精神相"杂糅"时，文学的另一种文化批判功能，必然也会自行启动。

从这个意义上看，当西方文化，在推动新加坡经济发展过程中，其霸权话语与污染作用泛滥成灾时，必当遭到严厉地批判。而一旦中华文化力量过纯、过于具有"原根"意味时，"本土性"这柄双刃剑的另一面，似乎也不会静止不动。

故而，在新加坡"本土"文化的摸索与形成时期，在忧患意识的推动下，新加坡华人社会与华文作家，面对文化"杂糅"过程中，西方文化的负面影响，不能不在某种程度上去积极开展"文化的意识形态批判"。对于他们来说，也就是一次又一次地，将中华传统文化输送到被"整合"过的"中华文化"之中去，以此表达他们试图维系"中华文化""原根性"的努力。

但是，还必须正视，"本土性"要求中的"中华文化"，正是一个处在不断变化与动荡，并且不断处于"整合"、"杂糅"过程之中的"中华文化"。华文作家的努力，只能是对"本土性"要求中的"中华文化"的一种强化与刺激。其意义主要在于，使不断变化与动荡的新加坡文化，焕发出一些新意与生机；而并非去改变文化"整合"、"杂糅"的总体趋势。换句话说，"反话语"的华文文学，只有在与西方文化的对峙中，在"双刃剑"的牵制下，才能获得生存与发展的意义。

八十年代新加坡华文微型小说，在做出了成绩、做出了贡献的同时，也因为准备的仓促与追求批判的锐利，付出了一些艺术的代价。

首先，微型小说将主要精力集中到文化的批判之后，有的作品，多少有些疏忽了艺术的营造或艺术"片段"的"抓取"。假设《谁能认识凯特琳》，能够更注重对具有较强"故事性"片段的"抓取"，减少些直接议论与抒情，有可能会更加感人、更有艺术生命力。

其二，因为创作的匆忙，有时作家本身的情感与情绪，未来得及经过反复地沉淀，而直接展现在作品中。故而，使得有的作品，游离了解构、重构"经典关系"——这个话语中心。如，"摩根先生"，仅仅因为谨守"教员"之责，便受到了讽刺与批评（《客卿教员》）。这样一来，似乎缺少了一些发自艺术本身的感染力。

综上所述，八十年代新加坡华文微型小说中，以反话语方式出现的这种文化批判，不仅显示了微型小说的艺术力量，也丰富了华文文学的思想内涵。它不仅将成为"接触地带"中，"弱势"者的文学资源；它的走向与所付代价，也将成为后续者的重要参考与借鉴。

（原文刊发于《世界华文文学论坛》，2000 年 2 月）

欲回而又难回的远乡

——印尼土生华人文学的"寻根"地图

印度尼西亚土生华人文学，诞生于 19 世纪末，发展、延续至 20 世纪 40 年代前后。大部分土生华人由于失去了使用汉语的能力，他们只好用自己的"流行"用语——"市场马来语"，又称马来由语进行文学创作。所以，印尼土生华人文学，又被称作华人马来由文学。从某种意义上看，印度尼西亚土生华人文学，是东南亚华文文学的先驱，也是东南亚华人文学的先驱及其重要组成部分。

为了继续保持与构想自己的文化特性，也是为了维护自己在殖民地社会的利益和地位，印尼土生华人在其民族主义思想支撑下，曾经以极大的热情，投入到以眺望"父亲"的远乡——中国为重要内容的"寻根"想象中。但是，由于种种限制，也包括既是中国人、又有别于中国人的特殊性所限制，土生华人曲折、艰辛的"寻根"之旅，在文学的地图上划出的是这样一条曲线：从转手"西方视野"中的"中国"起步，经过"重写""记忆"中的"中国"，再转到诉说欲回而又难回的"中国"。

一、"西方视野"中的"中国"

土生华人，是印度尼西亚华人社会中比较特殊的一个次群体。他们的"父亲"是中国人，他们的"母亲"是印度尼西亚人。所以，他们不同于印度尼西亚人，也有别于中国人。说他们是中国人，他们太像印度尼西亚人；说他们是印度尼西亚人，他们又太像中国人。但是，在荷印殖民政府的统治下，土生华人发现自己的特殊性，尤其是"太像中国人"的特殊性正在逐渐丧失。"直至大约在19世纪末期，土生华人还没有过分地关心诸如有关政治和文化的特性的问题。正是在此之前，他们差不多已经失去同中国的联系。"① 但是，到了20世纪初，由于对荷印政府的种族歧视政策不满，以及直接与间接地受到在海外宣传"维新"与"革命"的中国知识分子的影响，土生华人"差不多完全同中国失去联系"的状况，开始有了一些改变。

1910年，荷印政府颁布了一个所谓"有关荷兰属民地位的法令"，该法令规定：凡荷属殖民地的原有居民和出生于当地的非原居民都是荷兰属民。因此，居住在印度尼西亚的侨生（即土生华人）与华侨，就被片面地规定为荷兰属民。印度尼西亚的侨生与华侨，作为所谓的"属民"，"被荷兰殖民当局列为'东方外国人'，既不同于西方国家（包括日本）的侨民，又区别于当地的原住民，在政治上完全处于无权的地位"②。荷兰殖民当局施行的这种具有强烈种族歧视色彩的"属民"政策，势必要激起土生华人的强烈不满。但是，当他们意欲反抗的时候，他们却发现："华人作为一个分离的少数民族，处于非常困难的地位。他们被隔离于其他（种族或民族）集团。在荷兰人的后面，有荷兰本国；在本地人的后面，有三千万人民，他们不仅是强有力的，而且被认为是'原住民'（boemipoetra）。在东印度华人的后面，却什么也没有。"③ 于是，"他们想起中国，他们祖先的土地；他们想，在这块土地上，他们能够过着和平的、不存在种族问题的生活"。

这个时候，正值中国的"维新"与"革命"思潮在海外不断兴

① ［新加坡］列奥·苏里亚迪纳达（廖建裕）著，李学民、陈华译：《爪哇土生华人政治》，北京：中国友谊出版公司1986年版，第200页。

② 同上，第43页。

③ 同上，第34页。

起与广为传播。尽管土生华人"很少"直接"参加"海外华侨、华人的政治活动，他们还是从中感受到了来自中国的声音。而且，在土生华人中也出现了一些新的思潮，例如华人民族主义："在殖民地印度尼西亚的华人民族主义，不单纯是中华民族的思想感情的表现形式；它也被利用来改善他们自身在荷属东印度的社会条件和社会地位。"①"华族民族主义兴起，在吧城（现今雅加达）组织了中华会馆，创办了学校，给侨生子女提供了受教育的机会。报纸的相继出版又给当时的写作人提供了写作园地，所以创作小说这时期相继问世了。"在19世纪末之后的半个多世纪中，印尼土生华人文学出现了较为繁荣的局面：大量作家和作品不断涌现，小说、散文、诗歌、戏剧等各种文体争荣斗妍。据法国学者克劳婷·苏尔梦统计：这一时期涌现出的土生华人作家和翻译家806人，作品总数达3005部②。

　　由于大多数印尼土生华人都希望改变"与中国的联系不多"的状况，希望了解中国、进而了解与明确自己，应运而生的土生华人文学，自然也会受到这种观念的影响，作家们纷纷用文学的方式表达自己对中国的了解与想象。由于失去了使用中国方言及华语的能力，印尼土生华人作家就转道西方——通过西方的文本来了解中国，来沟通与中国的联系。"第一部用马来文写的有关孔子的书是1897年由李金福写的专书。此书在椰城出版。李金福是中华会馆的创办人之一。他原在西爪荷人教会学校受教育，对于中国文化的认识，尤其是对于儒家思想的了解，是通过西方书籍得来的。因为李氏不懂中文，他的孔子学说专著，都是根据一部荷文书籍改写而成的。"③"约在1897年，安汉的华人雷珍兰、杨春渊，根据《大学》、《中庸》和《伦语》的

---

　　① ［新加坡］列奥·苏里亚迪纳达（廖建裕著），李学民、陈华译：《爪哇土生华人政治》，北京：中国友谊出版公司1986年版，第200页。

　　② ［印尼］老兵：《试谈印华文学的历史发展与前景》，见《第一届印尼华文教育与文学研讨会论文集》，暨南大学华文学院2002年版。

　　③ 廖建裕：《印尼华人文化与社会》，新加坡亚洲研究学会1993年版，第83页。

荷文译本转译成马来文，分别在 1898 年和 1899 年出版。"①

　　印尼学者耶谷·苏玛尔卓曾将印尼土生华人文学分为五个阶段。他认为，第一个阶段，即开创时期（1875—1895），"真正的现代文学作品还没有出现"，土生华人文学的主要内容，就是"翻译来自西方和中国的文学作品"②。严唯真也指出，土生华人"作家有的受过荷兰文学艺术教育，有的到过欧洲留学，受过那里的文艺复兴与运动潮流的洗礼，有的从中国古典小说及唐宋诗词中得到文学养分③。也就是说，在土生华人文学的开创时期，不仅翻译者与作家受的是西方"教育"，经历的是西方文化的"洗礼"，而且，为了了解中国，他们不得不选择西方人描述中国的文本；这时的西方文学译本或称"改写本"中的"中国"，只能是"西方视野"中的"中国"，甚至是非常明显的"西方殖民主义视野"中的"中国"。比较有代表性的作品，是"在原来的书上没有标明改写者的姓名"，如"由法国作家邦·捷士（pONTJEST）的小说《.L, araigneeRouge》改写的《红蜘蛛》（1875）"。这部小说叙述的是一个中国官员错判造成冤案的故事，多亏英国人帮助及干预，冤案终于得到纠正。故事的背景是华南的广州，这里的中国官员、百姓，都非常自私、糊涂、愚蠢。多亏英国军官柏金斯上尉的到来、指点和直接插手，这座城市才有了一点"文明"的气息。可见，原著者与改写者对"中国"与"中国人"、"西方"与"西方人"，所作的是典型的西方殖民主义叙事—正义与非正义，人道与非人道都被歪曲颠倒，并被泾渭分明地表现在这种"关照"和"叙事"中。"这部小说比较突出的用意是替那些英国人鸦片走私者祖护，这个故事所发生的一切主脑是柏金斯上尉。他是推动一

　　① 许友年：《印尼华人马来语文学》，广州：花城出版社1992年版，第23页。
　　② ［印度尼西亚］耶谷·苏玛尔卓著，林万里译：《印尼侨生马来由文学研究》，香港：香港获益出版事业有限公司1998年版，第10页。
　　③ ［印尼］严唯真：《印华新诗行程简述——翡翠带上·序言》，见《第一届印尼华文教育与文学研讨会论文集》，暨南大学华文学院2002年版。

切的幕后操纵者。他的英勇机智胜过精通业务的警长和总督，小说似乎给人造成一种印象，即西洋人的思想更优越于亚洲人的思想。"①

希望接近中国，事实上却疏离了中国；希望了解中国，结果却曲解了中国。这种疏离和曲解，反过来还有可能制约、影响自己对中国的想像与表达。但是，对于逐步失去中国人特征、已经失去使用汉语能力的土生华人而言，这种疏离和曲解也是通过努力才获得的。它既是一段弯路，也是一条漫长的曲线的开始。

二、重写"记忆中的中国"

互文性理论认为，"神话总是被一再重申和无尽的使用"，"记忆总是指向对神话的记忆"。所以，从某种意义上看，"文学的主要参照范畴是文学，文本在这一范畴内部互动，就像更广泛的艺术之间的互动一样在文学话语独立于现实的这一事实之外，在它的自我参照之外，文学把文学看成是自己临摹的对象——作者们周而复始地叙述同样的故事，同样的人物也一再出现。"②

大多数印尼土生华人只能通过英语与荷兰语了解中国的历史，欠缺对真正意义上的中国与中国文化的了解，在他们的集体记忆之中，也很难找到真正的中国神话。但是，记忆中缺少真正的中国神话，不等于说他们没有自己认为的记忆中的中国神话，更不等于说他们不曾在试图寻求一种"可以是被一再重申和无尽的使用"的中国神话的可能。

"19世纪末叶的特点是在侨生华人的社会里产生了一种恢复中国文化的热情"——出现了一些以手抄与印刷形式的中国古典文学和中

---

① ［印度尼西亚］耶谷·苏玛尔卓著，林万里译：《印尼侨生马来由文学研究》，香港：香港获益出版事业有限公司1998年版，第6—7页。

② ［法］蒂费纳·萨莫瓦约著，邵炜译：《互文性研究》，天津：天津人民出版社2003年版，第65—66页，第105—106页。

国民间故事译作①。如《梁山伯与祝英台》、《陈三五娘之歌》、《琵琶记》、《西厢记》、《三国演义》等。"一个不可否认的事实是：这些华人用'岑害语文'翻译了大量的中国章回小说（所谓的'岑害语文'是指一种以马来语法为根据、以当地的闽语词汇，尤其是闽语而形成的一种独特的地方语文）。这种'翻译文学'曾经发挥过很大的影响力"②。

其中，《梁山伯与祝英台》流传最广泛、影响最深远。"梁祝的故事不仅有马来文本，还有爪哇文、巴厘文、马都拉文和乌戎潘当（即望加锡）文等版本。印尼学者奥托姆·台台称：'《梁祝》的马都拉文版本都有好几种。'"③ 梁祝故事，更以说唱形式，在民间众口相传、家喻户晓。在土生华人喜好梁祝故事的热潮推动下，"爪哇人自己则对源于中国的故事产生了一股强烈的兴趣"④，"已成为印度尼西亚家喻户晓的爱情故事"⑤。

土生华人这"一种恢复中国文化的热情"，客观上强化着他们潜藏于心底深处的回归梦想，强化着他们从祖辈身上遗传的——虽然在现实中可能性已经很小，却又潜藏于心底深处的回归记忆。正是在这种精神活动过程中，"神话化"了的梁祝故事，被有意识地转化为他们所认同的中国神话；或者说，被他们转化成为可以称其为一种记忆

① 基贝丁·哈莫尼克、克劳婷·苏尔梦：《译成望加锡文的中国小说》，[法]克劳婷·苏尔梦：《中国传统小说在亚洲》，国际文化出版公司1989年版。

② 黄锦树：《马华文学——内在中国、语言与文学史》，马来西亚华社资料研究中心，1996年，第20页。

③ 孔远志：《中国印度尼西亚文化交流》，北京大学出版社1999年版，第92页。

④ 乔治·奎恩：《梁山伯与祝英台：一部中国民间爱情故事在爪哇和巴厘》，[法]克劳婷·苏尔梦：《中国传统小说在亚洲》，国际文化出版公司1989年版。

⑤ 梁友兰：《用马来韵文体翻译中国文学》，许友年：《印尼华人马来语文学》，花城出版社1992年版，第172页。

的中国神话，一种他们可以反复"复制"的中国神话：男为爱生，女为爱死的情与爱的神话。

热带人的热情与多情，促使印尼土生华人创作了大量的爱情故事。在这些爱情故事中，人物的种族身份非常复杂。陈文金的《颜燕娘》、《三宝垄市花》，描写的是土生华人之间的爱情故事；张振文的《苏米拉姨太太》（1917）又名《永恒的爱》，描写的是两代土生华人与土著青年相爱的故事；郭德怀《花江的玫瑰》（1928）描写的是土生华人与混血青年之间的爱情故事。

如果借助乔治·奎恩对梁祝故事"叙事模式"的勾勒方式，我们也可以对爱情故事中的"叙事模式"作一个大略的勾勒：

其一，恋爱中的男女，都可以成为主动的追求者，不为名利——金钱、地位所打动，也不计较种族、出生等各种现实条件；不惧怕家长与外来的强权与暴力；一往情深，足智多谋，有见解，有独立性；不达目的，绝不罢休。

其二，"社会上的有势力者惯于压迫人，一旦欲望受挫，便会生黑心；官府是全能的"①；恋爱中男女的家长，主要是主动追求者一方的家长，常常站在压制或反对者的立场，有意、无意地起着阻碍作用。

其三，恋爱中较为弱势的一方，社会地位和经济地位低下，品格高尚，受尽苦难——或者"不免一死招人同情"，或者经历"九九八十一难"，但仍能无怨无悔，一心为对方着想；不惜一死，或者是出家修行，甚至甘愿屈居第二，做姨太太。

土生华人的小说，在描写土生华人之间以及他们与土著、荷兰、混血青年的爱情故事时，既描述了土生华人对爱情的渴望与追求，更充分设置与展示了"梁祝故事"式的困境。如张振文的《苏米拉姨

---

① 乔治·奎恩：《梁山伯与祝英台：一部中国民间爱情故事在爪哇和巴厘》，[法] 克劳婷·苏尔梦：《中国传统小说在亚洲》，国际文化出版公司 1989 年版。

太太》，描写两代土生华人与土著青年相爱的故事，其中，既有来自苏米拉母亲代表的土著群体与陈美良周围人代表的土生华人群体的阻拦，也有来自本是土著又亲历过爱情困境的苏米拉代表的"混血儿的母亲"群体的阻拦；而且，中间还遇到坏人作梗。早期，苏米拉不惜以死抗争，加上警察的介入，才使恶人得到应有惩罚，有情人成为了眷属。但是，当儿子禧捷长大爱上了土著姑娘罗加雅时，母亲苏米拉却站出来极力反对；陈美良也因此事，听了不少闲话，招来了不少麻烦。罗加雅深爱禧捷，在误以为禧捷车祸身亡时，服毒自尽，以示忠贞，因毒品事前被人调包，才幸免于死。最后，经过两人的不懈努力，他们终于结成了美满的姻缘。

与乔治·奎恩总结的梁祝故事的"叙事模式"比较，土生华人叙述自己的故事时稍有一些变化：如主动的追求者由女方变化为男女双方；同时，"官府是全能的"，"土著女性，或者混血女性，不惜甘愿屈居第二，即做姨太太"等殖民地的"消极色彩"也穿插和混合其中。但是，印尼土生华人作家的爱情故事，共同都指向着一种"记忆"中的"中国神话"——男为爱生，女为爱死。

许友年指出："所有这一切，可能都与早期的中国说唱文学中的爱情故事，如《梁山伯与祝英台》等在印度尼西亚的广为传播有着十分密切的关系。"郭约翰在《1880—1942 印度尼西亚土生华人的华人马来语文学》中也指出："中国的说唱文学梁祝的故事已深入爪哇、巴厘各族的文学之中，而土生华人的某些小说的主题都是借自爪哇班基小说。"① 可以说，在一段时间内，"神话化"了的梁祝故事，某种程度上也代表着印尼土生华人并不熟悉而又想去熟悉和记忆的中国——一个重情、重爱的"中国"。

---

① 许友年：《印尼华人马来语文学》，花城出版社 1992 年版，第 277 页。

三、欲回而又难回的"中国"

与之同时，土生华人还尝试着能够以更直接的方式"回归"中国，或者说是以想象的方式"直接回归"中国，即作家通过文学想象，使所叙述的事件与中国相联系，甚至就发生在中国。并且，从中还表现出一种较为明显的回归意向。如朱茂山的小说《人为财亡》，描写的是几个土生华人家庭，互相约定并计划离开荷兰殖民者统治下的印尼，准备一起返回中国的故事。H·Brigtsonh 的小说《沙伊能姆故事之诗或有德行的姑娘》（1924），描写的是一个中国青年与土著姑娘相爱，最后把这个土著姑娘带回中国，并且成功地使这个印尼的土著姑娘适应了中国生活的故事①。

应该说，土生华人的这些小说，较为真实地反映了在一个特殊的历史阶段中，他们的生活和思想——对自己"根源"所在的中国的向往，较为生动地勾勒出土生华人作为已经同化于当地社会的一个外来族群的"集体潜意识"——潜藏于心底深处、随时都有可能冒出来的回归梦想。或者说，是从祖辈身上遗传的萦绕于心灵深处的回归意念：有朝一日，不仅自己落叶归根，而且，还要带着土著的妻子回中国，让土著的妻子也"学会说中国话并适应那里的生活"。也正是因为这一点，他们"太像中国人"。

但是，在太像中国人的同时，他们又太像印度尼西亚人——缺乏对中国的了解，加之语言、生活习惯、风俗等诸多条件限制，他们中间的多数人并不打算真正"回归"，更难以"直接""回归"；少量现实中和"叙述"中回到中国的土生华人，也出现逆向的回流倾向。他们觉得"中国并不是他们梦想中的国家"，"中国对于土生华人来说是一个陌生的国家"；"土生华人有着不同于新客华人的思想基础，

---

① 许友年：《印尼华人马来语文学》，花城出版社 1992 年版，第 249 页。

他们生活在祖国并不感到是在自己的家中。他们发现，他们出生和成长的地方东印度，才是他们想在那里生活的地方"①。因此，这些"直接回归"类的作品，也较为真实地反映了土生华人的生存习惯与"集体意识"对这种"集体潜意识"：回归冲动与回归梦想的阻拦。故事往往可能"以悲剧收场"：如史立笔的《出家当和尚》的结局是"妻子自尽、父亲破产、恋人病死，他自己看破红尘，削发为僧"②。

当然，这个欲回而又难回的"中国"，对土生华人来说，不仅给他们带来了一些牵挂和矛盾，更重要的是也给他们带来了"缓和"一些牵挂和矛盾的方便，具有了一层形而上的意义——危难之时的心灵避难所，使陷入绝境的心灵在得到解救之前，能得到一个暂时的栖息与缓冲的余地。不少土生华人的作品都写到：人物如遇到较大的麻烦，就可能打算回国避难；但是，过了一段时间，事情有了转机，他们又都打消原来准备回国的念头。如在《花江的玫瑰》中，已经是几代在印尼生活、自己曾在哥伦比亚大学受过教育的华人勉群，因为恋人莉莉的死受到较大打击，"在绝望之余，想到回国参军，以战死在抗日的沙场上来求得精神上的解脱。他的父母也感到束手无策，不知如何来阻止儿子这样做"。后来，一个相貌与他的旧日恋人莉莉极为相似、别号玫瑰的姑娘罗斯敏出现了，"他们聘请了家庭教师教她学荷兰文和中文及其一切，使她转化成新莉莉。看到这一切，勉群感到似乎莉莉又重返人世，他打消了回国的念头"③。可见，勉群的"回国"打算，就和一个不可能出家的"出家"之人有些相似，"回国"与"出家"，都是一种权宜之计，是一种心灵危机的"缓和"机制和方式。

---

① ［新加坡］列奥·苏里亚迪纳达（廖建裕）：《爪哇土生华人政治》，中国友谊出版公司1986年版，第52页。

② 廖建裕：《印尼华人文化与社会》，新加坡亚洲研究学会，1993年，第83页。

③ 许友年：《印尼华人马来语文学》，花城出版社1992年版，第71、112、第138页。

　　正像克劳婷·苏尔梦所说："不能从文学批评的角度去阅读这些作品，因为阅读它们也许会使你感到失望，但你可以从语言学和历史学的角度去阅读。""可以认为，他们对故国祖先的传统文化存在一定的好奇心。""历史学家可以找到材料，并以此为根据进行分析，一个远离本国的少数民族是怎样重新创造自己的文化的，他们是怎样跟自己的祖国保持联系的，是怎样把握它的历史，又是怎样看待它的现状的。"①

　　印尼土生华人文学，现在已经消失、同化于印尼文学之中了。但是，作为东南亚华文文学的先驱、东南亚华人文学的先驱及其重要组成部分，印尼土生华人文学的"寻根"地图，不仅展现着东南亚华人文学的过去，也在某种程度上为今天与未来的东南亚华人文学提供着现身说法与某些启示。

---

　　① ［法］克劳婷·苏尔梦：《马来亚华人的马来语翻译及创作初探》，《中国传统小说在亚洲》，国际文化出版公司 1989 年版。

第二辑　越界书写与另类亲情

北美新移民文学中的"另类亲情"

亲情与爱情一样，也是文学书写中的一个永恒母题。本文所关注的亲情母题，不是文学中一般意义上的父母与子女、兄弟姊妹之间的血缘之亲、骨肉之情，而是北美新移民文学中所特别关注，而且特别扣人心弦的"另类亲情"。

"另类亲情"指由于家庭重组，尤其是隔海重组，形成的伦理意义上的亲情关系，如继父、继母，或者养父、养母与其继/养子女，及其无血缘关系的兄弟姐妹之间的牵扯与冲撞，当然，也包括着继父、继母自身在这个"另类亲情"空间中的种种牵扯与冲撞。

北美新移民文学所书写的"另类亲情"，大都建构在多族杂处、多种文化共在的特殊语境之中；因此，我们期望在解读"另类亲情"时，能够对北美新移民文学这种所谓"异族叙事"的特质加以特别的关注。

一、存在与荒诞："生拉硬扯"的"另类爱情"

"另类亲情"，大多都是起源于"生拉硬扯"的"另类爱情"——曾经有过，将来可能还有的"跨国婚姻"：一种主要不是源于爱情，而是因为某些需要或者欲望，而获得婚姻"名义"，又止于"名义"的婚姻。

在北美新移民文学中，"生拉硬扯"——"拉郎配"而成的婚姻，比比皆是。严歌苓《花儿与少年》、《红罗裙》、《约会》中的三位丈夫都是美籍华人;陈谦《覆水》中的丈夫老德,则是一个标准的美国白人。而且,他们都是年近古稀、富足的美国人。他们的妻子,都是隔海而来的大陆年青女人。

《约会》中的"丈夫"六十八岁,"开很大的房屋装修公司。人人都做这生意时他已做得上了路,人人都做失败时他就做成了'托拉斯'"。①

《红罗裙》中的"老东西"周先生七十二岁,妻子海云三十七岁。周先生住在一座"一五〇银灰的城堡里","一五〇是房价,不是街号。十年前它挂过一次出售牌,全街人都打电话问过它的价,回答是'一百五十万'。全街都安分了"②。

《花儿与少年》中的瀚夫瑞,已退休十年,曾是有名的律师,"一生恶狠狠地工作,恶狠狠地投资存钱"。③ 他比妻子晚江大三十岁,"十年前娶她进大屋",晚上看她的神情"如同不时点数钞票的守财奴般"。④

陈谦《覆水》中的丈夫老德,比妻子依群大三十岁,比依群的母亲树文还大三岁。

这种"生拉硬扯"到一起,且获得了"婚姻"名义的"另类爱情",充斥着需要或者欲望,唯独没有爱情:

——海云经人介绍见面的"第二天他们便结了婚"。"海云不是为钱嫁的。海云多半是为儿子嫁的"。⑤

——五娟对儿子晓峰所说:"要不为了你的前途,我会牺牲我自

---

① 严歌苓:《约会》,见《严歌苓作品集2:少女小渔》,陕西师大出版社2008年版,第84页。

② 严歌苓:《红罗裙》,见《严歌苓作品集2:少女小渔》,陕西师大出版社2008年版,第42页。

③ 严歌苓:《花儿与少年》,昆仑出版社2004年版,第5页。

④ 同上,第4页。

⑤ 同注②,第44页。

个儿，嫁他这么个人？"晓峰不言语了，突然意识到母亲牺牲得壮烈。①

——晚江"为了寻求'幸福'，一个女人离婚，再婚，来到大洋彼岸。但是她真的爱她原来的丈夫和孩子，于是，在十多年间，孩子一个一个来了，前夫也来了"。②

——依群嫁给老德，一半是为到美国治病，一半是为兄妹、母亲移民美国。正像她母亲树文所说："老德对你是有大恩的"，③ 依群也常常提醒自己"一个最为关键的事实：是老德改变了我们全家的命运"。④

在小说的叙述中，身处"另类爱情"的女人，都会不断地申言与辩白："不是为钱嫁的"；可是，在她们心灵深处，都清楚一个事实：不论是为了儿子、家人、前夫，还是为了自己"治病"；归根结底——必须嫁个有钱，舍得为自己掏钱的丈夫。正是这根她们十分讳言的金钱绳索的"生拉硬扯"，初次谋面的老男少妇，迅速获得了"婚姻"的名义，也引发了种种荒诞与悲剧。

依群不能忘记，他们的初夜，老德年迈到只能用手指去实现丈夫的权利。他"试出"依群还是"处女"，偶尔振奋；第二天，依群却发现，老德所卧之处竟有大片的遗尿。

海云也不能忘记：与周先生见面的第二天，"在王府饭店开了房"，"关上灯，海云感到一个人过来了，浑身抚摸她。那手将海云上下摸了一遍，又一遍，像是验货，仔细且客气"。⑤ 周先生比老德

---

① 严歌苓：《约会》，见《少女小渔》，陕西师大出版社 2008 年版，第 89 页。

② 李敬泽：《二十一世纪的"雷雨"》，见严歌苓：《花儿与少年》，昆仑出版社 2004 年版，第 1—2 页。

③ 陈谦：《覆水》，广西人民出版社 2004 年版，第 57 页。

④ 同上，第 78 页。

⑤ 严歌苓：《红罗裙》，见《少女小渔》，陕西师大出版社 2008 年版，第 45 页。

更加老迈，多年以后，直到海云"秀"着儿子健将打工买来的艳丽、性感的红罗裙，他才有了一次难得的振奋：

> 七十二岁的丈夫浑身赤裸"快！快！快脱！……"他喘着说，意思是这一记来得不易，弄不好就错过了。海云慌了，大把大把扯脱衣裤。他却仍催："快些！快些！……"他似乎竭力维护着他那珍奇的一次雄性证明，浑沌得眼珠亮起来，亮出欣喜、紧张、侥幸和恐惧。
>
> 这是海云头一次把肉体呈给丈夫。
>
> 她仔细躺平，尽可能不让他吃力。这是她本分的事，她没有道理不高兴做。海云什么也不去想，不去想卡罗，不去想健将，更不去想她爱过的篮球中锋和没爱过的少校。
>
> 丈夫的权利进入了她，大事情一样郑重地推动一下，再推动一下。
>
> 海云闭上眼，柔顺得像团泥。[①]

一方面，是近乎"无能"的丈夫的"欣喜、紧张、侥幸和恐惧"；另一方面，是再婚妻子的极度压抑、无奈与"柔顺"。这种"生拉硬扯"的"另类爱情"，包括其中最为敏感的"性"，说到底，还是一种21世纪北美"文明版"的金钱交易——在付出与获得中，双方都默认与维护着一种合乎"名义"、悖乎情感的交易。

二、冷漠、暧昧与罪恶："另类爱情"拖曳中的"另类亲情"

"另类爱情"拖曳出的是形形色色的"另类亲情"：充满疏离、惆怅甚至是暧昧，充满冷漠、敌意甚至是罪恶。

---

① 严歌苓：《红罗裙》，见《少女小渔》，陕西师大出版社2008年版，第57页。

首先，继父与继子之间如同天敌，水火不容。

"晓峰来到这家里的第六个月，丈夫对五娟说：'你儿子得出去。'她知道这事已经过他多日的谋划，已铁定求饶耍赖都没用处。"① 丈夫全然不顾晓峰如何"在空楼里孤零零害病"。② 在继父的逼迫下，在"异国的陌生，以及异族人的冷漠"③ 中"晓峰仍是个孤儿"。④

周先生与继子健将近乎冤家对头："凡是有健将的地方，一般是没有他的"，⑤ 健将与继父的亲子偶有冲突，"周先生一拳擂在桌上：'你嘴放干净点。不然我马上可以请你滚出去！'"⑥ 最终还是把健将赶到了五百里外的学校去寄宿。

《花儿与少年》中的继父子之间，走到了断指明志的绝路：九华用自己的血淋淋的断指宣告，从此离家出走、与继父恩断义绝。

其二，继父与继女之间充满危险，继父卑鄙无耻。

郁秀《美国旅店》中安妮的"美国继父"，是一个整天醉醺醺的无业游民，"对她极好，又亲又抱"。⑦ "她妈妈更好，跟了老美跑到美国，到了美国又跟别人跑了。连自己的亲生骨肉也不要，直接就丢给她的继父了。"⑧ 这个"美国继父"正好乘机对小女孩安妮痛下毒手："那衰老的身体所蕴藏着的对青春的贪婪与仇恨，终于成了罪恶。"⑨

---

① 严歌苓：《约会》，见《少女小渔》，陕西师大出版社 2008 年版，第 88 页。

② 同上，第 97 页。

③ 同上，第 93 页。

④ 同上，第 97 页。

⑤ 严歌苓：《红罗裙》，见《少女小渔》，陕西师大出版社 2008 年版，第 55 页。

⑥ 同上，第 53 页。

⑦ 郁秀：《美国旅店》，江苏文艺出版社 2004 年版，第 20 页。

⑧ 同上，第 26 页。

⑨ 同上，第 29 页。

张翎的《余震》中的继父王德清，公然打着"父亲"的旗号，碾过"亲情"伦理，亵渎小灯的心灵与身体："爸，爸只是太寂寞了，你妈，很，很久，没有……"①"王德清脱光了小灯的衣服，将脸近近地贴了上去。小灯的身体鱼一样地闪着青白色的光，照见了王德清扭成了一团的五官。突然，小灯觉得有一件东西杵了进来——是一根手指，那根手指如一团发着酵的面团，在自己的体内膨胀堵塞着，生出隐隐的痛意"，"那年小灯十三岁"。②

其三，继母与继子之间，弥漫着暧昧气息。

北美新移民文学所书写的"另类亲情"，大都建构在多族杂处、多元文化共在的特殊的语境之中——现任丈夫多有混血的儿女。继子的年龄与继母相近，且"擅长"与继母"调情"；"周萍与繁漪"式的危险"游戏"，便在"另类亲情"中一再上演。

晚江深爱儿子，"顺从"现在的丈夫，还与原来的丈夫保持着密切联系；却也不妨碍与继子路易保持暧昧之情：

"晚江发现路易眼睛的瞬间异样，……她感觉得到它们在瞬息间向她发射了什么，那种发射让晚江个人从内到外从心到身猛地膨胀了一下"。"无名分"不等于没事情；"无名分"之下，甜头是可以吃的，惬意是可以有的"。③

海云也深爱儿子、顺从丈夫，却与"一个粗大的金发妇人"，生下的"一个这么优美的杂种"，④"七十多的父亲"的二十几的"美国人"儿子卡罗暗中传情，甚至投怀送抱：

"对于她这三十七岁的继母，卡罗的存在原来是暗暗含着某

---

① 张翎：《余震》，《北京文学·中篇小说月报》，2007 年 2 月，第 22 页。
② 同上。
③ 严歌苓：《花儿与少年》，昆仑出版社 2004 年版，第 30—31 页。
④ 严歌苓：《红罗裙》，见《少女小渔》，陕西师大出版社 2008 年版，第 47 页。

种意义"①，"海云这三十七年没爱过男人，或者她爱的男人都不爱她。从来没有一个男人像卡罗这样往她眼里死找他。"②

"I……Love……You！"他啼溜着鼻涕，口中发出喝粥般的声响。"海云一动不动，但浑身都是邀请"，"海云甚至没留意儿子的明显消瘦和病马般迟钝的眼神。"③

痛苦中的儿子健将，"突然纵身，抄起地上碎作两半的瓷碗，向卡罗砍去，砍到了卡罗额上角，一个细红的月牙儿刹那间晕开，不一会，血从卡罗捂在伤处的手指缝溢出。"④

李敬泽评述《花儿与少年》时指出："这个女人有了两个家庭，过上了危险的双重生活"，⑤陷入了一种危险而又荒诞的"爱情"游戏。事实上，新移民文学所书写的这些女人，过上的甚至是"危险的"三重"生活"；不仅陷于了"危险的天伦险境"，（同上）而且，也陷于了危险的情感险境、舆论险境，甚至法律险境。

三、"险而不绝"的叙述："郁闷"中的"诗意"

在现实生活中，这类"两个家庭"、"危险的"三重情感"生活"，随时会遭遇"雷雨"。但是，在新移民文学中，多半却是一种"险而不绝"的叙述："一切都在郁闷地腐烂"，⑥"结局随时可能来

---

① 严歌苓：《红罗裙》，见《少女小渔》，陕西师大出版社2008年版，第50页。

② 同上，第51页。

③ 同上，第52页。

④ 同上，第54页。

⑤ 李敬泽：《二十一世纪的"雷雨"》，见严歌苓：《花儿与少年》，昆仑出版社2004年版，第2页。

⑥ 同上。

临，读者时时屏息等待，但结局永远不会来临"。① 这不仅是因为北美"二十一世纪的'雷雨'"，不同于二十世纪的中国《雷雨》；更因为叙事者置身于多族杂处、多元文化共在的特殊语境之中，在叙说"一种两性相隔的绝望"时，潜在着一种在"'不可能'中展示人性所具有的强烈张力"②的艺术追求。

人们在谈论诗歌时，常会论及诗歌的意象。所谓意象，就是客观物象经过创作主体独特的情感活动而创造出来的一种艺术形象。优秀的小说，也会蕴含强烈的诗意，也有可能营造出令人难以忘怀的"意象"。

在"险而不绝"的叙述中，有意无意地营造了一些意蕴性与暗示性极强的"意象"——电话、长跑、香气；正是有了这些蕴含强烈诗意的"意象"，"郁闷"气息中总会有一线"生机"；小说中的人物，也得以不懈地穿行过重重"郁闷"与危机。

不论是"两个家庭"，还是"危险的"三重"生活"，不论是与"儿子"，还是与原来的丈夫"私通款曲"，都离不开电话。以特写方式反复出现的电话，成为了一种重要的道具与暗示。

瀚夫瑞就像防盗、防火一样，防止晚江与儿子九华以及原来的丈夫洪敏见面与通话，包括旁听电话、以各种借口阻拦与跟踪。可是，晚江与九华、洪敏之间的电话从未中断，见面也从未中断。瀚夫瑞每次抢先接听，都是一些"老女人"找晚江；当着瀚夫瑞的面，晚江也会大谈黄油、白菜；瀚夫瑞一转身，晚江与洪敏就像一对不曾分离的"小夫妻"，窃窃私语：她从"吃过早饭没有"中听出牵念、疼爱、宠惯，还有那种异常夫妻的温暖。那种从未离散过的寻常小两口，昨夜说了一枕头的话，一早闻到彼此呼吸的小两口。包括电话中蕴含的"两人间从未明确过的黑暗合谋：瀚夫瑞毕竟七十了，若他们

---

① 李敬泽：《二十一世纪的"雷雨"》，见严歌苓：《花儿与少年》，昆仑出版社 2004 年版，，第 1 页。

② 陈瑞林：《横看成岭侧成峰》，成都时代出版社 2006 年版，第 33 页。

有足够的耐心和运气，将会等到那一天"。①

瀚夫瑞不懈地防范、监视，晚江、九华、洪敏却不断地变着法子在电话中"亲热"。其中的欺骗与被欺骗，欺骗与反欺骗，应合着"结局随时可能来临"，"结局永远不会来临""主题"的反复与拉锯。

不论是"两个家庭"，还是"危险的"三重"生活"，不论是与"儿子"，还是与原来的丈夫"私通款曲"，跑步，尤其是长跑，是又一种重要的"道具"与暗示。

晚江疯狂地迷恋长跑，瀚夫瑞也热衷于长跑。可是，年迈的瀚夫瑞永远追不上晚江。晚江总是把瀚夫瑞甩得很远，她的儿子在前面等她，她的前任丈夫也在前面等她；晚江的生命在路上，晚江的期望也在路上。瀚夫瑞跑不过晚江，可是他拼着命追赶，实在不行，就开着车去追赶。这种跑与陪跑，监视与摆脱，跟踪与反跟踪，也正应合着"结局随时可能来临"，"结局永远不会来临""主题"的反复与拉锯。

电话归电话，跑步归跑步，妻子对现任丈夫的"责任"总要维系。因而，在叙事中反复出现的"香气"，也具有了强烈的意蕴性与暗示性。

> 回到起居室，九点了。瀚夫瑞从楼上下来，身上一股香气。只要他在上床前涂香水，晚江就知道下面该发生什么了。这种"发生"并不频繁，一两个月一次，因此她没有道理抗拒。

> 昏暗中晚江暗自奇怪，她身体居然打得很好，也就是身体自己动作起来的。她惊讶这欲望的强烈：它从哪里来的……它从无数其他场合与对象那里吊起胃口，却在这里狠狠地满足。②

甚至到了晚江决定破釜沉舟、鱼死网破的时刻——她写信向瀚夫

---

①　严歌苓：《花儿与少年》，昆仑出版社 2004 年版，第 64 页。

②　同上，第 168 页。

北美新移民文学中的「另类亲情」

瑞坦陈了一切；只是，"挂号信仍没有到"。"香气"依然具有强烈的意蕴性与暗示性：

> 九点半她又闻到瀚夫瑞身上香喷喷的。她觉得自己简直不可思议，居然开始刷牙、淋浴。
>
> 她擦干身体，也轻抹一些香水。洪敏这会儿在家里了，趿着鞋，抽着烟，典型断肠人的样子。①

"香气"，在这里被赋予了丰富的想象与寓意。弥漫在"香气"背后的是挣扎与压抑、暗示与顺从、付出与索取；这种凄惨的"诗意"，又一次地应合着"结局随时可能来临"，"结局永远不会来临""主题"的反复与拉锯。

"香气"还有另一种意蕴与暗示。

在《戈登医生》中，王瑞芸始终渲染着一种奇怪的"香气"："我在凯西身上闻到过一种奇怪的香味，在戈登医生身上，我也闻到了同样的香味。"② 甚至，在戈登医生收养的中国幼女爱米的身上，也闻到了这种奇怪的"香味"。因此，"我"曾经怀疑戈登医生与仆人凯西，这个"像一头黑色的母猩猩一样挡在门口"③ 的"黑女人"甚至爱米，"一个白人、一个黑人、一个黄种人"，④ 三者的关系是否暧昧。

然而，这种令人狐疑的"香气"，在"暧昧"背后导向的是"郁闷"中的沁心，是"梅雨"中的一线"生机"。

原来这里隐藏着另外一种荒诞：戈登医生的中国太太去世了，痴心的戈登医生把她的尸体"偷"回家，用一种散发着特殊香味的药

---

① 严歌苓：《花儿与少年》，昆仑出版社 2004 年版，第 192 页。
② 王瑞云：《戈登医生》，广西人民出版社 2004 年版，第 12 页。
③ 同上，第 1 页。
④ 同上，第 12 页。

物"保全"太太的身体，并与养女爱米一起享受着团聚的甜蜜；凯西、戈登医生和爱米身上共有"香味"，就是因为他们都是"共谋"。面对着戈登对太太、养女"那股说不出的宠爱和呵护"，[①] "我"这个被临时雇用的局外人，都不由得生出了些许的妒意，"忍不住抱起爱米，大声用中文对她说：'爱米，你实在是个有福气的孩子，你是修了几世修来的？'"[②]

在这里，"香气"也被赋予了丰富的想象与寓意。弥漫在"香气"背后的是猜疑与隐瞒、多变与痴心；这种怪异与凄惨的"香气"，冲击着扑面而来的肉欲的"香气"，从另一个角度暗示着"郁闷"中的亮色与"诗意"。

如果说，"险而不绝"的叙述具有某些"诗意性"，或者说在某种程度上具有一些"史诗"的价值与特性的话；电话、长跑、香气这些具有诗意性的"意象"应该值得咀嚼与留意。

四、"险而不绝"的背后：悲凉、悲愤与悲悯

"另类亲情"中的人物，都在"险而不绝"的处境中煎熬与苟活；作家既无从改变这种仍在不断上演的悲剧，也无法将已经陷于"郁闷"中的"人物"拉出泥潭；因此，他们只能将自己内心的同情与悲凉默默地投射在"郁闷"之中。

然而，置身于中西文化交汇处，或者说置身于中西文化边缘处的新移民文学作家，展现出了"生命"与"心灵""移植"后的鲜明特色：既以悲凉的心态叙述"故事"，又以悲悯的胸怀容纳"故事"中的人物。

"周先生"、"丈夫"、瀚夫瑞及其小说中的许多丈夫，都是"另类亲情"中的压抑者、跟踪者；他们"实施暴力"、"压迫"妻子、

---

① 王瑞云：《戈登医生》，广西人民出版社2004年版，第18页。
② 同上，第5页。

拆散"亲情",造成了"另类亲情"中新的离散,甚至是血淋淋的"断指";导致出一幕幕悲剧。在叙述这样的"故事"时,小说渗透出难言的悲凉。

但是,"周先生"、"老东西"、瀚夫瑞及其小说中的许多丈夫,也是受伤者、被压抑者。他们付出了金钱,付出了全部心血与期望;他们的心灵也受到了极大的伤害,而且一再被伤害。例如,陈谦《覆水》的老德曾经拯救了依萍,是依萍及家人的"恩人"。随着岁月流逝,依萍手术后身体逐渐康复,事业蒸蒸日上;老德却越来越衰弱,心灵也变得脆弱。这时的依萍,却将情感逐渐投向了另一个男人——艾伦。老德承受不了这个事实,终于抑郁而终。

可见,生活在北美二十一世纪"雷雨"中的丈夫们,不是"周朴园"。一方面,作家以悲凉的笔法,具体、生动地描述了他们在"另类亲情"中的专横、霸道;另一方面,也以悲悯的胸怀对他们寄予了理解、宽容与同情。

海云、晚江、依群等及其小说中的许多继子,都是"另类亲情"中的被压抑者、被跟踪者;他们在"暴力"与"压迫"之下,忍气吞声、担惊受怕,还得柔顺迎合,"郁闷地腐烂"。在叙述这样的"故事"时,小说渗透出更加难言的悲凉。

但是,海云、晚江、依群等及其小说中的许多继子,也是欺骗者、压抑者。妻子委身于丈夫,继子在经济上倚仗着继父;因为各种原因,妻子却瞒骗丈夫,甚至过着"三重"的情感生活;继子视继父为"天敌",甚至帮助亲父哄骗继父。他们也不是"繁漪"与"周萍"。因此,一方面,作家以悲凉的笔法,具体、生动地描述了他们在"另类亲情"中的委屈与无奈;另一方面,也以悲悯的胸怀对他们时有含泪的揶揄、讽刺。

所谓"异族叙事",是指作为少数族裔的华人作家在"族群杂居"的语境中,对复杂、微妙的"杂居经验"的感受、想象与表述方式,以及他们利用文学方式,通过言说其他族群进而言说自我的一种方式与心态。

不同的华人作家群体，"异族叙事"的言说方式与心态有所不同。

老作家黄运基在《异乡三部曲》、《旧金山激情岁月》等小说中，"异族叙事"的基调，是抗争与悲愤。余念祖与美国移民局甚至五角大楼的抗争，既悲壮又悲愤。

留学生文学"异族叙事"的基调，是疏离与悲愤。在白先勇的《芝加哥之死》中，吴汉魂的毕业之日，就是他的自尽之时。摩天大楼、芝加哥街道全是恶的梦魇与化身；白人妓女，不仅是堕落的象征，也是吴汉魂报复的对象。在《安乐乡》中，主流族群以潜在的方式饱含排斥与敌意：依萍社交失败，小女儿遭到嘲笑，安乐乡卫生室般的市容，刀削斧凿过的草地，死水一般的寂静，实验室般的厨房，处处都让人触目惊心。

恰如陈瑞琳所言："无论是聂华苓的《桑青与桃红》，还是白先勇的《纽约客》、於梨华的《傅家的女儿们》，都是在面对陌生的新大陆的疏离隔膜，遥望故国，表达自己的那挥之不去的落寞孤独与血脉乡愁，以及对西方文明不能亲近又不能离弃的悲凉情感。"[①]

新移民文学"异族叙事"的基调，出现了一种嬗变：由对立、疏离走向对话。

"另类亲情"大都建构在多族杂处、多种文化共在的特殊语境之中；白人、黑人、黄种人、混血儿，同在一个屋脊下生活，因此，在"异族叙事"的过程中，也显现出同样鲜明的特色：既以悲凉的心态叙述"异族""故事"，又以悲悯的胸怀容纳"故事"中的"异族"人物。

王瑞芸的《戈登医生》与陈谦《覆水》，都渗透着悲凉、充满着悲悯。

戈登医生对逝去的中国妻子一往情深，痴心到社会不能容忍的程度，引发了舆论与公众的批评、围攻。小说通过"我"与舆论、公

① 陈瑞琳：《横看成林侧成峰》，成都时代出版社2006年版，第21页。

众，包括自己丈夫的对立、冲突，显现出对世俗的不满，对有着"怪异之举"的戈登医生的包容与悲悯。

老德曾经是一个强者，是依萍及全家的"恩人"。当老德越来越衰弱，心灵受到打击，猝死在家中时，带给读者的是无限的惆怅与悲凉，是对老德的同情与悲悯。母亲树文，虽然没有回答依萍的询问："你是不是一直爱着老德的？"① 在"故事"中，依萍的姨妈曾经疯狂地与老德相爱，树文一直默默地照顾着"老德"，直到他不幸去世；因为，他是一个值得爱护的男人。

在石小克的《美国公民》中，傅东民第一次被女人爱着——一个美国女人，伊莲娜，而且有着亲密的关系。然而，伊莲娜"伙同"情报部门以及别有用心的人，出卖了傅东民——把他推上了法庭，有可能被终身监禁。但是，不是伊莲娜无耻，而是她要忠于这个国家，她要恪守她的职责——她是傅东民所在保密项目的"保安主任"。真正无耻的是某些别有用心的政府官员，是与傅东民有着生死之交的朋友林山。作家以悲凉的心态叙说着这场巨大的阴谋，却以赞许的"语调"，叙述着伊莲娜的真诚：她坚持只说真话，即使有可能将恋人送进监狱；她坚决不说假话，即使面对"权贵"与金钱的利诱。

不仅以悲凉的心态叙述华族"故事"，也以悲凉的心态叙述"异族""故事"；不仅以悲悯的胸怀容纳"故事"中的华族人物，也以悲悯的胸怀容纳"故事"中的"异族"人物；新移民文学展现出了不同于老辈华人文学、留学生文学的鲜明特色。在这个意义上，严歌苓的《也是亚当，也是夏娃》多少有些寓言的味道：不同族群之间，可以由对话过渡到平等交往；互相隔膜、排斥的心灵，最终有可能在对话中互相靠拢。

从悲愤与对立、悲愤与疏离，嬗变为悲凉与悲悯；新移民文学作家在对"出生成长国与再成长国"双重的爱与痛中，展现出了逐渐自己成长的身影与心灵。这个过程已经开始，这个过程也许还很曲

---

① 陈谦：《覆水》，广西人民出版社2004年版，第88页。

折、漫长；但是，新移民文学已经由此揭开了北美华文文学新的篇章，并且，正在北美二十一世纪"雷雨"的阵痛中，锻造着自己充满诗意的生命与饱含新质的灵魂。

（原文刊发于《文学评论》，2009 年 6 月）

越"界"书写: 熟悉的陌生人

——曾晓文、陈河小说之比较

曾晓文与陈河都是加拿大新移民作家,都属于"多伦多"作家群,也都有曾经在"第三国""漂流"的辛酸苦难甚至传奇性经历———个在阿尔巴尼亚被绑架,一个在美国被监禁;又都极为"发烧"于小说创作,目前,都处于小说创作的高峰期——不断有短篇、中篇以及长篇小说密集问世。

由于多重跨文化经验、"血迹斑斑"的"心理性伤痕",他们的小说在题材选择上十分独特:陈河的《被绑架者说》系列,"重温"着在阿尔巴尼亚的那场浴血动乱中,一个中国商人被绑架八天七夜的"噩梦"人生;曾晓文的《梦断得克萨斯》系列,叙说一个中国留学生"穿越美国监狱"的苦难经历;"故事"之中,充满着惊愕、惊险与血泪。

曾晓文与陈河的小说,具有较为鲜明的探索性;尤其是在《苏格兰短裙和三叶草》、《卡萨布兰卡百合》与《夜巡》、《西尼罗症》中,作家着力尝试着创造寻常生活中不寻常的文学人物:熟悉的陌生人。

一、纯粹的小人物与"骨子"里的小人物

比较曾晓文《苏格兰短裙和三叶草》、《卡萨布兰卡百合》与陈河《夜巡》、《西尼罗症》,可以发现:曾晓文的小说,写的都是纯粹

的小人物；陈河的小说，写的都是表面上有些风光、体面，"骨子"里却仍然渗透出凄凉的小人物。

曾晓文善于书写纯粹的小人物：被遗弃者、被监禁者、生活与情感双重的漂泊者——他们孤苦无依以及相互之间的怜惜、"断臂"。《苏格兰短裙和三叶草》中的蕾，是一个"移民多伦多快两年"、"一直没有固定工作"，缺乏亲情、缺乏关爱的漂泊者；肖恩是一个遭母亲训斥、被爱人抛弃、患有"自闭症"的水手。虽然一个是白人雇主，一个是华人雇工，相同的寂寞和互相的尊重，使他们从亲近走向亲昵。《卡萨布兰卡百合》中的蒙妮卡，是一个遭受背叛的同性恋者；为让女友波拉威尔成名而印制假币、银铛入狱；俪俪是一个命运悲惨的东方女性，不仅经常遭受丈夫的毒打、戕害，更在按摩院里备受侮辱并蒙冤入狱。监狱中的黑暗与冷漠，使两个不同肤色、不同背景的小人物惺惺相惜，互为依靠。

陈河似乎更善于写"骨子里"的小人物；表面上的监视者，中产者、安居者；实际上的被驱使者、被流放者，精神漂泊者、情感孤独者。

《夜巡》中的镇球，作为那个特殊时代的"治安联防队员"，可以"合法"地窥探别人的生活；他也曾经相当充分地运用过这种"合法性"。所以，在某种程度上，他充当着强权意志的"马前卒"。但是，"才十七岁"的他，也是一个被社会巨澜所裹挟着的小人物，一个被驱使者："在镇球的朋友和邻居印象里，他那段时间变得沉默寡言"；当他发现深宅大院里那一丝光亮，想到"这屋子里的人要遇上一点麻烦了"，"心里不知为何袭上一阵苦闷"。而且，一旦"权利"不再需要，他随时都会失掉这个"合法"身份，落入与陈茶鹤一家相似的被监视、被窥探的处境。同时，镇球也是一个被扭曲者、被愚弄者。当他知道陈茶鹤的名字时，"感觉中立即有一只洁白的仙鹤迎着如雨的金色阳光飞去。他想起的是小时候用纸折成的一只纸鹤"。当镇球突然意识到自己的"合法"身份时，这种"感觉"立即就被堵塞了。在那个喧嚣狂热的社会巨澜中，他的正常情感，甚至正常思维，都遭到了被暂时"派"定的"身份"的巨大压抑和扭曲，甚至是愚弄。

《西尼罗症》中的"我"，"财务状况尚可"，不必为一日三餐所困扰，可以"买一座房子"、"有时去钓鱼，有时会去图书馆、博物馆、美术馆"；俨然已有中产者、安居者的感觉。但是，"我"的心理状况仍然堪忧：既"不知如何和邻居的白人交往"，也不知如何安顿自己作为新移民的孤独心与漂泊感。因而，作为一个"移民加拿大的第二年"的"新客"；"我"在生活上，已经勉强步入了中产者、安居者，在"骨子"里，依然是一个精神上的漂泊者，一个处在社会边缘的孤独者。

二、交错的心理指向：欲望与恐惧

在具有压抑感的时空之中生活，尤其是在一个并不熟悉的多元族群、多元文化的异域空间之中生活，不论是纯粹的小人物，还是"骨子"里的小人物，要想能够顽强地存活下去，心灵深处必然有着一种超常的个人欲望；这既是他们生命的内在驱动力，也是他们尚在艰难跋涉中的生命象征。

曾晓文更多写逆境之中的小人物，写他们在冷漠与残酷处境中，那点可怜兮兮的欲望以及如影随形的恐惧。在《苏格兰短裙和三叶草》中，蕾与肖恩虽然肤色不同、生活处境不同；但是寂寞对他们身心的绞杀方式与摧残程度，却非常相同。他们都有母亲，一个母亲只会为要钱而伸手，一个母亲只会为训斥而开口；他们都渴望着爱情，一个被爱所遗忘，一个被爱人背叛与抛弃；他们各自忍受着寂寞的煎熬，几乎每天都在自问："寂寞会杀人吗？""心中有了期待，才懂得寂寞。"他们的心中充满着来自生理与心理本能的欲望——对爱人与被爱的欲望；对人与人相互靠近、相互温暖的欲望。蕾与肖恩，由于寂寞相同，爱好相同——爱书、爱花、爱草、向往"暧昧的诱惑"；"它们仿佛两块魔板，连接起肖恩的世界和我的世界"。但是，倾诉之后、亲昵之后，不期而至的是极度的恐惧——肖恩始终紧闭自己的卧室，逃避"我""与他的过分亲近，向婚姻靠拢"，直至仓皇逃匿——"辞退了'我'"并失去行踪。他宁愿在形形色色的色情杂志中自弃、自残，直至临终他还恐惧万分地呻吟着："请不要让我和这个世界再有任何牵挂"；以致，蕾也受到传染并哀叹："亲近，常是令人恐惧的。"

陈河更善写"顺境"之中的小人物，写他们在冷漠与平凡的社会中，人性深处的模棱两可与自相矛盾的欲望与恐惧。

《夜巡》中的镇球，在"拥有了红袖章的合法性之后，尤其是碰上了身体丰腴的小鹤之后"，"隐秘的生理欲望于是被不可避免地点燃了，并导致了他对那个'北方男人'不依不饶的追踪。""令人感佩的是，作者并没有赋予镇球更多的勇猛和无畏，而是让这个少年多少还心存一份潜在的畏惧。小说结尾那充满神秘与象征意味的"一组红心同花顺子"，更强化了这种恐惧的意味。"所以，当老太太说他是一个没有教养的孩子，并且威逼他留下了陪她们玩牌时，他感到了'毛骨悚然'"。①

《西尼罗症》始终演绎着对诱惑的欲望和对诱惑的恐惧。"我"和妻子"看了几十套房子，都觉得一处不如一处"；是因为在妻子的潜意识中，充满了对在"我"心灵深处野草般生长着的欲望的恐惧。"她告诉我火车来了整个屋子都会震动"，"再说她也不喜欢大湖，大湖里容易长水怪精灵，夜里跑到岸上来怎么办？""凡是我中意的房子我妻子总会找出不好的地方，可是我说这房子不合适，她倒是有了兴趣。""我"作为欲望的主体，欲望与恐惧，一开始就在潜意识中剑拔弩张地较量与拉锯。心灵深处期期艾艾地期盼着被诱惑；表面上对妻子不厌其烦的挑剔百般顺从，实际上，只是对在自己潜意识中蛇行着的那点欲望的恐惧。因此，"总是有一种想转身逃跑的欲望"。

---

① 洪治纲：《个体自由与历史意志的隐秘对视——读陈河的〈夜巡〉》，《上海文学》2009 年 1 月。

越「界」书写：熟悉的陌生人

雅·拉康认为："以欲望为基础的文体结构本身总是给人类欲望的客体打上一个不可能的印记。"① 这种说法，也许可以引申为，在欲望与恐惧复杂交错的文体结构中，欲望往往不可能实现，因而，欲望便更加顽强；在欲望的身后，则是恐惧的蛇行。正是由于欲望与恐惧在作品中不懈地反复与纠结——既同行又对抗；使得作家可以更加灵动、更加个性化地再现生活与再现心灵。

三、"欲望结构"中的内在要素：痴迷与隐晦

小说与传记的最大区别，在于小说可以最大限度地利用想象与虚构，"在人生的呈现中把不可言诠和交流之事推向极致"。如果，可以将曾晓文与陈河这组小说，归结为"欲望结构"的话；那么，在这个"欲望结构"中，作者将"不可言诠和交流之事""推向极致"的两个重要的内在要素就是：痴迷与隐晦。

沉溺在欲望中的蒙妮卡，极为痴迷：

"手链只是一段精致的麻绳，穿过一朵小小的水粉色的玻璃花，在两端被打了个结儿。蒙妮卡认出那花是卡萨布兰卡百合。"

"认出"卡萨布兰卡百合花的蒙妮卡，为让深爱着的女友波拉威尔出人头地，她不惜铤而走险印制假币。当大红大紫的波拉威尔，"马上要和里德结婚了，那个专演阳刚小生的电影明星"；她在狱中依然沉溺在对欲望对象的痴迷之中。

肖恩对欲望的痴迷，近于畸形与病态。他无限地眷恋着那条曾经"挂在"餐馆墙上的莎朗的苏格兰短裙——甚至在与蕾亲昵的前后，也不能释怀餐馆的那个"老位置"；堆积在紧闭的卧室中的"《花花公子》、《画廊》、《夜总会》"等"过去二十年出版的色情杂志"，也都暗暗地指向着对莎朗"丰乳肥臀"的痴迷。这似乎多少有些验印

---

① ［法］雅·拉康著，陈越译：《欲望及对〈哈姆雷特〉中欲望的阐释》，载《世界电影》1996 年 3 月。

了雅·拉康在分析《哈姆雷特》时的一个论断：当"欲望的客体成了一个不可能得到的客体时，他才能再度成为他欲望的客体"；因为莎朗的背叛与绝情，"这个客体已经赢得了一种更加绝对的存在"；①成为肖恩痴迷之欲望的一种绝对动能。

肖恩的隐晦，与痴迷如影随形。他把对莎朗痴迷的欲望，处心积虑地"隐蔽"为对那个挂有苏格兰短裙的餐馆的牵挂；他把对"丰乳肥臀"的迷恋，"隐蔽"为对"书本"的痴迷："每到一处城市，就要买几本书，搞得家里快成旧书店了。"如果说，肖恩的痴迷起源于他对"更加绝对的存在"的"欲望"；他的隐晦，则联接着他在"绝对"失望之后，那绝望者可怜的痴迷与对"绝对"的恐惧。以致，与他亲近过、亲昵过的蕾，也不得这样哀叹："对于我，他似乎永远是一个熟悉的陌生人。"

镇球"隐秘的心灵镜像"之一，就是对女性美的痴迷。"他灵魂出窍地看着""胸部突出，圆圆的脸绯红绯红"的鹤子姑娘，"就像是一枚木楔子深深打入了镇球的心头"。"他时刻都在等待着机会，等待着刮'红色台风'"。急不可待的他，终于等不及"红色台风"的再来，上演了一场假公济私的"夜巡"。镇球"隐秘的心灵镜像"之二，就是逢事都要依托"合法性"：他为自己走火入魔的生理欲望，为自己揪心揪肝地对女性白瓷般肉体的痴迷，寻找了一个既隐晦又"合法"的说辞：忠于职守——对那个来历不明、行踪诡异的"北方男人"必须一味地趁夜追寻。

《西尼罗症》中的"我"，居有屋、行有车，妻女平安；但是，却被内心的"精灵"折磨得寝食难安："我这个人是个十分容易受诱惑的人"，"内心其实有个凶猛的精灵关在里面。""它要是一闹起来，就要你的命了。"② 搬家之前，欲望的顶端只是一种抽象的出轨幻想，

---

① ［法］雅·拉康著，陈越译：《欲望及对〈哈姆雷特〉中欲望的阐释》，载《世界电影》1996年3月。

② 陈河：《去斯可比的路》，载《十月》2010年2月。

随时伺机而动。乔迁之后，"欲望的客体"得到了具体化——有了一个可能"会上门拜访"的女邻居斯沃尼；"凶猛的精灵"就开始夺路狂奔，抽象的出轨就演化为："一个不可救药的幻想者"对一个"白人妇女"痴迷而又具体的幻想："心里有点慌"、"心里老是惦记着"，"我感觉到白人妇女的肌肤像奶油一样细腻光滑。同时还闻到了她身上的气味。"

"欲望结构"中的痴迷，总是与恐惧同构的。于是，"我"立即"发现"："连我妻子都看出了这不正常"；"我觉得如果把我的病和湖边妇人连在一起，怕今后对我妻子解释不清楚。"在妻女的视野中，"凶猛的精灵"既要"远行"，又要能够在恐惧的氛围中得以远行；隐晦，就成为了绝好"装饰"与"保护色"。虽然，在风景画中，"吸引我的还不是画的本身，而是画里的人像"；在阿岗昆森林湖畔，吸引"我"的不是垂钓，而是那妇人"美态带着将消逝的伤感"，"还带着一点病态"。但是，亲近"肉感"的斯沃尼所有说法，都被表述为"参观画展"与"远行钓鱼"。西尼罗病毒的凶猛，也被"内化"为欲望的凶猛：这"病毒""对外来人敏感"，"已经在我身上潜伏了二年"。这些充满歧义性、隐晦性的文字，闪烁出源源不断的暧昧气息；成为了叙事节奏、人物关系与人物心理，始终处在紧张状态的重要催化剂。

四、越"界"书写：熟悉的陌生人

所谓越"界"书写，是指《苏格兰短裙和三叶草》、《卡萨布兰卡百合》与《夜巡》、《西尼罗症》这组作品，隐含着三个越"界"的尝试；在北美新移民文学中具有较强的探索性：

其一，试图"跨越"北美新移民文学、乃至北美华文小说中，曾经共有的"悲情"模式——也就是以辛酸、漂流为主调的写作模式。从黄运基的《异乡曲》、白先勇的《芝加哥之死》到阎真的《白雪红尘》；虽然作者的年龄、背景，作品的创作时间，有着较大差异；

但是，"游子"的悲情书写，一脉相承。他们的小说，极为真实地反映了"草根文学"、"留学生文学"、"新移民文学"三个创作群体，"旅美"初期的感觉与心态；为北美华文文学留下了重要的历史画卷，也提供了极为重要的创作经验。在此之后，许多北美华文作家，包括新移民作家，写出了许多震撼人心的作品。但是，随着时代的变化、时间的流逝，尤其是，随着作家在新的国度的入籍、"扎根"，他们的境遇与心态也将变得越来越复杂，将来，也许还会更加复杂。《苏格兰短裙和三叶草》、《卡萨布兰卡百合》与《西尼罗症》这组作品，既有游子的悲情，更有重笔书写游子的"多情"、游子的"同情"，甚至是游子的"纵情"——当然，这些游子，也已经不只是"去国"的游子了，还包括了游离于族群、家庭，游离于"常态"的"内心"的游子。

其二，试图"舒缓"北美新移民文学、乃至北美华文小说叙事中，作者、叙事者与"我"的"同一性"模式。新移民作家，"去国"之前，大多亲历过历史的"浩劫"，在"异国他乡"也大多有过"漂流"的辛酸与血泪。这些亲历性的"故事"，显现在小说中，不仅具有极强的"写实性"，也具有较为明显的"自传性"。因而，在小说中，作者、叙事者与"我"，往往易于呈现出某种"同一性"。陈河的《被绑架者说》系列，曾晓文的《梦断得克萨斯》系列，也显露过这种"同一性"的痕迹。但是，在《苏格兰短裙和三叶草》、《卡萨布兰卡百合》与《夜巡》、《西尼罗症》这组作品中，作家较为充分地强化了"想象"的作用；在相当程度上，弱化了作品的"自传性"；使得作者、叙事者与"我"三者之间，既有些区别，又有些"隔膜"了。

其三，有意挑战小说中"我"的性格的"单纯性"模式，人物的性格与心灵，变得似乎有些"模糊"与"模棱两可"了。也许，是由于"悲情"与"同一性"的原因，北美华文小说中"我"的性格，较为"直观"、"扁平"；缺少复杂性与变化性。本雅明说："写小说意味着在人生的呈现中把不可言诠和交流之事推向极致。"① 所谓"不可言诠和交流",也许不仅仅是指向情节,也可以指向人物的内心。《苏格兰短裙和三叶草》、《卡萨布兰卡百合》中的情节与人物,尤其是与《夜巡》、《西尼罗症》中的情节与人物;例如肖恩、镇球等,似乎都生存在一个明暗交错的个体空间,就像一个个熟悉的陌生人,"看得见,参不透";只有在"往返和盘旋之中",才能"缓缓地打开""隐秘的心灵镜像,展示"出"丰饶的生命质感。"②

所谓越"界"书写,也是指《苏格兰短裙和三叶草》、《卡萨布兰卡百合》与《西尼罗症》这组作品,在"多族群书写"中呈现出来的"越界"趋势。

新移民作家,生活在多族群杂居的"新环境"中,能否做到如同书写华人的"自我"般的书写其他族群的"自我",是新生活的新挑战,也将是"新移民文学"对世界华文写作的新贡献。张翎认为:"其实我认为人类的许多精神特质是共同的,所以我的作品中更多的是去关注超越种族文化肤色地域等概念的人类共性。我的故事是纯粹的人和人之间的故事,而不是所谓外国人和中国人之间的故事。我笔下的'老外'首先是人,其次才是洋人。一切人类共通的真实精神特质,也同样在他们身上显现。"③《金山》等优秀作品,已经为此作出许多成功的尝试。在《苏格兰短裙和三叶草》、《卡萨布兰卡百合》与《西尼罗症》这组作品中,所谓熟悉的陌生人,既有华人,也有"洋人";他们的熟悉与陌生,既是对华人而言,也是对"洋人"而

① 转引自格非《塞壬的歌声》,上海文艺出版社,2001 年 11 月版第 52 页;原文为"写一部小说的意思就是通过表现人的生活把深广不可量度的带向极致",[德] 瓦尔特·本雅明著,陈永国、马海良编:《本雅明文选》北京:中国社会科学出版社,1999 年 8 月版。

② 洪治纲:《个体自由与历史意志的隐秘对视——读陈河的〈夜巡〉》,《上海文学》2009 年 1 月。

③ 万沐:《开花结果在彼岸——〈北美时报〉记者对加拿大华裔女作家张翎的采访》,载《世界华文文学论坛》2005 年 2 月。

言；因而，可以说"是纯粹的人和人之间的故事，而不是所谓外国人和中国人之间的故事"；是作家在"多族群书写"中，呈现出来的一种自我"越界"趋势。

[原文刊发于《暨南学报》（哲学社会科学版），2010 年 6 月]

旅居与旅游文学

——从苏炜的《走进耶鲁》说起

苏炜是中国旅美作家，先后在美国旅居二十多年，现为美国耶鲁大学东亚系中文部负责人，出版有长篇小说《渡口，又一个早晨》、《迷谷》、《米调》，散文集《独自面对》、《站在耶鲁讲台上》等。《走进耶鲁》是苏炜在耶鲁任教十年后所出版的散文集。论及本书的写作与出版，苏炜说："为了写这篇文字，掐指头一算，我待在耶鲁的时日，竟然也超过 10 年了！""我就在寻思：几近'漫长'的耶鲁岁月，该从何落笔呢？怎么觉得'快'而'短'的纽黑文时光，却又分明像是历过了十世三生九重天似的层峦叠嶂，墨色繁复，'浓得化不开'呢？记忆，只是一个暗色的底座，我应该举起什么样的烛光，才能把时光雕镂在上面的塑像主体，照亮呢？""这就道出了本文的题目"。① 其实，这既逼出了苏炜的《走进耶鲁》的书名，也"逼"出了本文的题目——旅居与旅游文学。

一、"旅行时代"：旅游与旅居

在当今社会中，旅游已经成为人们日常生活的一个重要内容；而且，随着经济的发展，旅游业已经成为一种重要的文化产业，前景十分光明。因此，"我们生活在一个'旅游时代'的说法"，较为容易

---

① 苏炜：《走进耶鲁》，凤凰出版社 2009 年版，第 1—2 页。

获得人们的认同。除此之外，旅居也已经成为人们日常生活的一个重要内容：随着城市化与经济全球化步伐的逐渐加快，"民工潮"、"出国潮"、跨国公司潮等不断高涨，人口的跨区域、跨国界、跨文化大幅流动的趋势已经形成：旅居，已经成为一种正常与时兴的生活方式。在这个意义上而言，与其说今天我们生活在一个"旅游时代"，不如说今天我们生活在一个"旅行时代"。因为，所谓的"旅行"，既可以涵盖旅游，又可以涵盖旅居。

旅游是一种生活方式，是一种具有异地性、业余性、享受性的娱乐活动，是短期外出：是在物质生活条件获得基本满足后出现的一种高级的精神享受，或者说是花钱买享受。旅居即客居，也具有异地性——在外地或国外旅居，也就是旅居他乡。但是，旅居更多的是为了谋生或者谋求发展——到城市打工，到国外工作或者求学等。相对于旅游而言，旅居的时间一般都较长，例如苏炜已经在美国旅居二十多年。旅居的目的，主要不是花钱买享受；而是为了打工赚钱、攻读学位，或者为了改变生存状态、寻找发展机遇等。因此，旅居的过程往往也是奋斗的过程，有可能尝尽各种酸甜苦辣。旅居的过程，往往也是碰撞与融合的过程，有可能要经历格格不入的窘境，才能最终达到反以"他乡"为"己乡"的境界。我们可将"旅游文学"视之为一种依托于人类的旅游行为而产生的文学，也可以说是文学在旅游领域的延伸。同样也可将"旅居文学"视之为一种依托于人类的旅居行为而产生的文学，也可以说是文学在旅居领域的延伸。因此，旅行文学既是"旅行时代"的必然产物，又可以涵盖旅游文学与旅居文学，并且以"游走"为特质，从不同侧面为文学带来奇妙的灵感与新质。

二、旅行文学：旅游与旅居

旅行文学的一个重要功能，是给那些未曾亲历者描述一个具有某些"异质性"的"新世界"。在这个意义上，旅游文学与旅居文学都有可能给读者带来极大的惊喜。

当代旅行文学的重要代表作家尤今，酷爱旅游，她做足了各种"预习"，一年两次采用"自由行"方式远游，足迹遍及亚、非、欧、美、澳及北极圈的 80 多个国家和地区；在这个意义上，我们可以称她是一个典型的旅游文学作家。

尤金是一个非常敏感的作家，她在空间不断"跳跃"的过程中，收集着自己"跳跃"着的心灵："在印度恒河看火葬，收集的是悲怆的心情"；"在挪威西部的大城卑尔根碰上仲夏节，收集的是狂喜的心情"；"在沙特阿拉伯看犯人公开执刑，收集的是令我头皮发麻非常惊心"；"去亚马孙丛林旅行，却又收集了一个非常惧怕的心情"①。她的游记小说、游记散文、人和多数地方她也是见不到的。② 于是，如何深入到异域、异族之中书写异域、异族，如何防止同质化、同构化；仍然是尤今，以及所有旅游文学作者必须面对，又难以穿越的瓶颈。

当代旅行文学的另一个重要代表作家三毛，既有旅游的经历，也有旅居的经历。她曾经游学西班牙、德国、美国，1974 年与荷西在撒哈拉沙漠结婚，从此开启文学创作生涯；移居加纳利群岛后，她的创作达到了高峰；1979 年，荷西意外去世，三毛的人生陷入低谷；1981 年，结束了长达 14 年的流浪生活后，三毛定居台湾；11 月接受《联合报》的特别赞助前往中南美洲旅行半年，写成了《万水千山走遍》。正是旅居的经历，成就了三毛和她的《撒哈拉的故事》。在撒哈拉沙漠，三毛有过大喜大悲——与梦中的白马王子一同走上红地毯，又与梦中的白马王子生离死别；曾经与当地民众同甘共苦——在僻远荒凉、简陋的小屋，与当地人共同面对物质匮乏、气候骤变。她把撒哈拉沙漠的风土人情、奇风异俗，与自己的辛酸苦辣、理解体会

---

① 《新加坡作家尤金作品选——旅游风情篇》、《全球中文网顶极网文》http://zhonghua. baikl. com/.

② 孔庆东：《人生若只如初见》，《旅游与旅游文学》。

糅合在一起，绘制成为一幅幅令人极为震惊、震撼的异域性"图画"。因此，她的《撒哈拉的故事》，不仅带给读者的是大沙漠奇观、异域风情；更有除了"牙刷"和"丈夫"不借的《芳邻》，"灌肠洗浴"的《沙漠观浴记》，暴力抢婚、残忍野蛮的《娃娃新娘》等异域奇俗、异域奇事。在《走进耶鲁》中，苏炜说："记得哪一位华裔学者说过：到美国三个月，可以写出三本书；旅美三十年，反而无以举笔为文了。""要么是'三个月'式的水过鸭背的观察与书写，虽然总能洞开某一扇新的窗口，拓出某一种新的视界，却总嫌太'即景'、太'速成'、太'快餐'化；架子吓人而内囊空虚。"作为一个旅居者，"我一直想""建立自己一种平实而非猎奇的、可以自由进出也可以品味赏玩的异域观察与阅读的趣味。这一新鲜视角，又不是隔岸遥望式的'仰视'的、或者自以为成竹在胸式的'俯视'的……而采取的是一种置身事中的平视眼光，作者既是观察的'他者'，又是叙述中的我们，既观察入微，写来伤感十足而趣味横生；又独有洞见，每每在许多平凡话题里生发新思，让你读罢掩卷沉吟再三"。①

内在于异域，敍说异域，这是三毛旅居文学的重要特色；她在尝尽了旅居过程中的各种酸甜苦辣，经历了格格不入的窘境之后，"建立自己一种平实而非猎奇的、可以自由进出也可以品味赏玩的异域观察与阅读的趣味。作者既是观察的'他者'，又是叙述中的我们"，因此，这是三毛异峰突起、风靡一时的重要原因，也是"沉淀"过的三毛，不同于"跳跃"着的尤金的重要特色。说到这里，我们并不是想要贬低"水过鸭背的观察与书写"，因为"洞开某一扇新的窗口，拓出某一种新的视界"，正是"跳跃"着的旅游文学的重要特性贡献；我们并不是想要贬低尤金，抬高三毛；也不是想要贬低旅游文学，抬高旅居文学；而是想说明，旅游文学与旅居文学在描述具有

① 苏炜：《走进耶鲁》，凤凰出版社 2009 年版，第 196 页。

"异质性"的"新世界"时，将会各有所长，各有侧重，都有可能给读者带来极大的惊喜。或者是说，正是由于旅游文学与旅居文学的双流并进、双峰对峙——既有"跳跃"，又有"沉溺"；旅行文学已经获得，还将进一步获得蓬勃的发展与无限的生机。

三、《走进耶鲁》与文化旅游

文化旅游，是近些年为适应游客需求而出现并流行的一个名词。文化旅游泛指以鉴赏异国、异地的传统文化，追寻文化名人遗踪或参加当地举办的各种文化活动为目的的旅游。所以，文化旅游，关键在文化，旅游只是形式。

随着文化旅游热的兴起，旅行文学的文化内涵，显得越来越重要。因为，旅行文学不仅可以从旅行中获得创作灵感，还有可能在保持自身文学特性的前提下，为文化旅游提供深度指引。

富人们的旅游兴趣是在自然景观时，旅游者的观赏视角、心情显得十分重要。同一山峦，既可以横看"成岭"，也可以侧看"成峰"；同一巨石，既可以想象为"仙人指路"，也可以想象成"猴子探海"等等。在这个过程中，旅行文学的导引作用固然重要，旅游者的心情与想象能力，也异常重要。

当人们的旅游兴趣转向文化旅游，亦即转向重在鉴赏异国、异地的传统文化，追寻文化名人遗踪或参加当地举办的各种文化活动时，具有丰富文化内涵与相当历史浓度的旅行文学的导引作用显得更为重要，因为，这时的旅游者不能仅凭自己的心情与想象去鉴赏与参与，也不会满足于旅行社或者旅游地的自我包装；而迫切地需要了解自己感兴趣的异国、异地的传统，文化名人遗踪；迫切地需要了解与鉴赏叠加了文化特质而构成的种种人文景观。苏炜的《走进耶鲁》，并非专为旅游者撰写。但是由于作者长期旅居美国、十年执教于耶鲁，又深知华人对耶鲁的探寻欲望；故而，客观上将会起到对文化旅游的积极拉动和牵引作用。

耶鲁大学是一所坐落于美国康乃狄格州纽黑文市的私立大学，是美国历史上建立的第三所大学，始创于 1701 年，初名"大学学院"（Collegiate School）。在这样一所世界著名的大学校园中，到处都是历史，每一栋建筑都充满个性。苏炜就像一个高明的导游，他首先抓住的是耶鲁的个性与耶鲁的精神；并且"既是观察的，他者又是叙述中的我们，既观察入微，写来临场感十足而趣味横生；又独有洞见，每每在许多平凡话题里生发新思，让你读罢掩卷沉吟再三"：

在芝加哥大学"开车要特别注意，一个不小心，你就会撞倒一位诺贝尔奖得主"。在普林斯顿大学，人们则曾常听到这样的叮咛："在这里选课你要打醒精神，一个不心，你就错过了一位爱因斯坦。"

在号称"总统摇篮"的耶鲁，我们东亚系教员之间最常开玩笑的话题则是："一个不小心，你就会教出一个会说中文的美国总统来。"其次，有个学生上课请假理由居然是："因为那天我要陪贵国的江泽民主席吃饭。"——不显山不露水的，原来眼前这位学生曾担任过"美中交流委员会"里基辛格的助手，这回是基辛格亲自点的名，要他陪着一起做江泽民访美的国宴贵宾呢！

越战期间，耶鲁漠视政府对反战学生不得给予奖金的规定，当时哈佛、普林斯顿等大学都不敢违命，唯独耶鲁逆流而上、特立独行，布鲁斯特校长因而被全美知识分子和大学校长们视为"英雄"。

耶鲁最重视本科生教学。任何名家大师，都必须首先给本科生开课并建立教学口碑，方能找到自己在学校的位置。有的著名教授，有时对着空无一人的课室，他也照样哇啦哇啦地开讲……新生入学的传统程序有一个小高潮——新生及其家长约三千多人，全被邀请到校长的家里做客。但校长和夫人真的就一直站在那里……重视教育、张扬学术个体的自主及其自由发挥……而这正是耶鲁的真正完整精神所在。

耶鲁大学虽然是一个充满"异质性"的"新世界",苏炜却将它与中国的历史和现实紧紧地联系起来,使得耶鲁大学成为中美交往的历史见证,也成为难得的中国历史的海外"博物馆"。

在美国,耶鲁大学是和中国有着最悠远、最深厚历史关系的第一所大学。

在耶鲁,几乎一举手一投足都要碰撞上"中国"的一个奇异地方。

当街就挂着一块写着中文字的醒目招牌——雅礼协会。这样每天每日与"雅礼协会"相伴,"一脚踩过去,就是个百年中国"。旁边的英文"Yale-China Association",则可称为耶鲁中国协会——这可是西方大学中最早建立的"涉华"机构,中国历史上第一位留美学生容闳,就是耶鲁的毕业生。

尖圆顶学舍上,容闳当年曾经住在那里,日后他亲自带来的数批晚清留美学童,也曾经住在那里。如今依旧一片灯火闪烁——容闳学成回国后在朝廷任职,促成了1872年晚清政府派出第一批"公费留学生"——著名的"晚清留美学童",其落脚地选择的也是耶鲁。在这批"留美学童"中出了许多日后鼎鼎大名的人物——比如中国第一代铁路工程师詹天佑,等等。从1881年秋天开始,中国清政府在"有关人士"的密报之下,以惧怕学童"西化"为名,突然中止了派遣留学生出洋留学的整个计划,强力将学业未成、总数为120名的留美学童撤回了国内。

20世纪以来,耶鲁大学的中国热不断升温:

耶鲁大学校方委请林璎为耶鲁校园留下一件永久性的纪念设计作品——对于建筑师,这是一项至高的肯定和无上的殊荣。"女人桌"……一环一环到上了耶鲁在美国私校历史上"破天荒"地录取和录用女性的人数纪录。因为林璎设计的华盛顿越战纪念碑今天却成为 20 世纪建筑史上最为引人注目、最为令人骄傲的伟大设计之一。

今年的毕业典礼，有上百年传统的毕业颂诗"常青颂"（Ivy Ode），将同时用英文和中文在全校的盛大典礼上朗诵。显然是近年来耶鲁校园内不断升温的"中国热"的一个"应时"之举，也是耶鲁三百余年的历史中一件破天荒的大事。

苏炜还特别注意、在耶鲁校园发掘"流浪"到美国的中国历史与掌故；而且，叙述起来图文并茂，充满感情，如痴如醉；容闳、詹天佑、林徽因踏过的土地上，赵元任、黄伯飞、赵浩生以及郑愁予、龙应台站过的讲台，都是他津津乐道的故事。与张允和——已故耶鲁东亚系名教授傅汉斯（Hans H. Frankel）的夫人的忘年之交，更使苏炜获得了发掘"流浪"到美国的中国历史与掌故的极好机会，也使《走进耶鲁》具有了珍贵的史料价值：

> 自张爱玲、冰心相继凋零，宋美龄随之辞世以后，……张允和是"民国最后一位才女"。她是民国时代重庆、昆明著名的"张家四姐妹"之一，……她的名字是和俞振飞、梅兰芳这些一代大师的名字连在一起的。……如今年过九旬却依旧耳聪目明、端庄俊秀。
>
> 我便仿佛走进一部民国事典里，走进时光悠长的隧道回廊里，让曾经镶嵌在历史册页中的那些人物故事，重新活现在老人和我的日常言谈中，让胡适之或者张大千，陈寅恪或者沈尹默，不敲门就走进来，拉把椅子就坐下来。窗外长街寂寂，夏日浓荫蔽天；远处碧山如画，残霞若碧，喧扰的车声、市声，都被推到了细雨轻尘般的絮语深处，我时时就这样和老人对坐着，喝着淡茶，随手翻着茶几上的字帖，听着老人家顺口叙说着什么陈年旧事。

那是让一坛老酒打开了盖子的感觉，"张大千喜欢画芍药，喜欢她的热闹，开起花来成群结队的。他那几幅很有名的芍药图，就是在我这里画的，喏——"她往窗外一指，窗下长着一片茂密如小灌木般的刚刚开谢了的芍药花丛，"他画的，就是我家院子这丛正在开花的芍药。画得兴起，一画就画了好几张，又忘记了带印章在身，他留给我的一张，题了咏，没盖印，印子还是下一回过来再搋上的……"我本来就知道，这座娴静的庭院里，到处都是张大千的印迹——书法题咏、泼墨小图，以及，敦煌月牙泉边与大雁的留影……没想到，眼前的苍苔、花树，就是画坛一代宗师亲抚亲描过的。①

初次看到苏炜以"民国最后一位才女"相称，将其与张爱玲、冰心、宋美龄并列，与"俞振飞、梅兰芳这些一代大师的名字连在一起"时，多少还是有些"吃惊"。然而，当我们看到张允和在生影碟，昆明的轰动，对"民国事典"的高度参与，看到她在美国的中国情意结；尤其是"老人家顺口叙说"的一些"陈年旧事"："张大千有名的芍药图""就是在我这里画的"，老巴金要用吐口水方法救火等等；不仅让我们"走进时光悠长的隧道回廊里"，更让我们对这位与胡适之、巴金、张大千、陈寅恪或者沈尹默往来甚密的才女充满敬意。

如果仅凭"跳跃"着旅游，苏炜写不出这样的耶鲁。正是因为旅居十年——"几近'漫长'的耶鲁岁月"；既有"跳跃"，又有"沉溺"；既有守情与执着，又有思索与机缘；苏炜才有了如此个性、如此"文化"，在美国怀中国之"古"的"旅行散文"。

今天我们已经生活在一个"旅行时代"，既有旅游，又有旅居。因此，旅行文学作为"旅行时代"的必然产物，既涵盖着旅游文学

---

　　① 苏炜：《走进耶鲁》，凤凰出版社2009年1月版，第2—22页。

也涵盖着旅居文学。我们既需要旅游文学的灵动与"跳跃"，也需要有旅居文学的"沉溺"与执着。进一步推动旅游文学与旅居文学的双流并进，双峰对峙，旅行文学已经获得，还将进一步获得蓬勃的发展与无限的生机。

"异族婚恋" 与 "后留学" 阶段的
北美新移民文学

——以曾晓文小说为例

20 世纪 80 年代以来，北美新移民文学异常活跃，日益凸现出新异的文学特质，为海外华文文学的文学版图不断增添新鲜的色彩。尤其是，近十多年来，作为北美新移民文学重要组成的加拿大新移民文学，也呈现出蓬勃发展的气象；所谓的"多伦多作家群"与"温哥华作家群"携手，已经构成了一道璀璨夺目的文学风景。

曾晓文是加拿大新移民文学"多伦多作家群"中的一个代表作家，她执着于"张扬人道，挖掘人性"① 的创作信念，以丰盈质感的文学叙事和优美灵性的文笔，创作了很多彰显人性和深度情感的小说。正如在接受陈启文访谈时，曾晓文所言：《白日飘行》就是她本人的精神自传，移民加拿大之后"精神仍在成长"，② 并且会在新作品中凸现出来。

比较曾晓文留学美国创作的长篇小说《白日飘行》与旅加之后创作的长篇小说《夜还年轻》，以及中短篇小说《遣送》、《卡萨布兰卡百合》、《苏格兰短裙和三叶草》等，不难窥见曾晓文"精神"的成长与创作的变化，尤其是她在寻求突破过程中付出的艰辛与努力。以曾晓文小说为例，探究新移民文学"精神"的成长与创作的变化，

---

① 曾晓文：《被遣送和被离弃的：〈遣送〉创作谈》。
② 陈启文：《我的精神仍在成长》，《文学界》，2009 年第 6 期。

有可能使我们观察到：进入"后留学"阶段的北美新移民文学的某些新特征与新内涵。

一、从"异族对抗"到"异族婚恋"

曾晓文醉心于创作繁复多样的爱情故事，她笔下的主人公，可以为爱而生也可为爱毁灭，为爱痴迷也为爱疯狂；她笔下的女主人公，甚至可以被称为靠呼吸爱情空气存活的女人。随着时间与空间的转换，更由于作家"精神"的不断"成长"，可以发现，旅加之后，她精心叙说着的爱情故事，正在发生某些变化：为爱而痴迷的男女，既可以同为华人，也可以跨越族群；而且呈现出越来越频繁、更自然地跨越族群的婚恋趋势；与之同时，婚恋的内涵也更加复杂或者称为更为丰富。

《白日飘行》描写的是华人女性在美国的"自强奋斗史"、"监狱囚禁史"，更是"美国梦破灭史"；深深地打上了海外"伤痕文学"的烙印，投映出新移民文学在"留学阶段"所重笔表现的血泪斑斑奋斗史的影子。主人公舒嘉雯在美国历经婚变的痛苦、失语者的困窘和打工生活的磨难，却痴心不改地追逐红尘中充满诱惑的美国梦，即在美国扎根并融入美国社会，以求得生活的安定和社会的认可。但是一场遭人陷害的牢狱之灾，彻底粉碎了她绚烂的美国梦，最终"梦断"得克萨斯、逃离美国。《夜还年轻》讲述的是三位华人女性在探索真爱之路上的迷茫、失败、感悟与她们的成长。海伦娜、林茜溪和芹姨，都曾因爱情和婚姻而伤痕累累，却依然不放弃对真爱诚挚地追求，最终都找到了属于自己的真爱。

这两部长篇小说，都重笔述说着华人在海外的生活与情感，然而，在"异族"体认与形象的塑造上有着明显的差异。在《白日飘行》中，"异族"男女，尤其是"西人"，几乎都以负面的形象出现：譬如奸诈虚伪的看守萨莉，冷酷凶恶的监狱长万斯，庸俗无能而又无情的政府指派律师玛丽，漫不经心不负责任的政府律师霍默和趁人之危勒索律师费的金全；他们的敌意和冷漠，渐渐吞噬着舒嘉雯曾饱含激情的灵魂，而她对于这些"负面人物"也充满了憎恨和对抗。到了《夜还年轻》，作家的叙述笔调变得舒缓与平和，"异族"人物，包括"西人"的性格也变得丰富多元：有的冷若坚冰，如多萝西；有的孤独自闭，如克莱；但也有温和善良的格兰特和勇敢真诚的米基。不同族群的人物，不再只以激烈对峙的方式存在；他们共生在一片国土之上，共同形成社会的种种网络；他们之间既有冲突、对立，也有和谐、共处；而且，更有相互吸引、互相爱慕，也可以上演为爱而生、为爱毁灭，为爱痴迷、为爱疯狂的婚恋故事。

在《白日飘行》中，婚恋故事主要还发生在华人之间：舒嘉雯以"陪读夫人"的身份到美国，投奔在纽约州雪色佳大学攻读博士的丈夫韩宇；但两个人的婚姻却因为彼此的隔阂冷漠和分歧产生裂痕，最后宣告结束；随后舒嘉雯与餐馆打工仔阿瑞共同谱写了一段患难与共的生死爱情故事。在《夜还年轻》、《遣送》、《中国妻子的日记》等小说中，"异族"婚恋则变得甚为"流行"。《夜还年轻》中的海伦娜，经历了与阿瑞分手的精神创痛和几场无疾而终的网络爱情，在对爱情几乎失去信心时，却遇到了一个真正的"灵魂伴侣"格兰特；格兰特两次破碎的婚姻在他内心刻上了两道深深的伤口，却在海伦娜那里找到了愈合的良药。《遣送》讲的是得州的白裔移民警察本杰明与被遣送的囚犯——中国女子夏蔼的爱情故事。本杰明遭妻子离弃，夏蔼与丈夫结合又离异，他们这对"完美的陌生人"因为爱情的介入，成为"特别的知己"。《中国妻子的日记》中的埃迪，在台湾旅行了一个月返回纽约，得知自己深爱的华人妻子罗妮在回国探亲的船上溺水而死，从此陷入了黑暗与孤独之中。《苏格兰短裙和三叶草》中的肖恩，是个被爱人背叛的白人水手，蕾则是被亲情忽视和爱情遗忘的中国女子；两个不同国家、不同肤色的人却有着同样的寂寞，两个渴望爱情的人相互靠近取暖，却不能走向婚姻；因为蕾的爱不能把肖恩从自闭与对"苏格兰短裙"病态的痴迷中拯救出来，而肖恩的前妻莎朗则是毁灭肖恩幸福的源头之一。在《卡萨布兰卡百合》中，描写的则是一个东方女人和一个西方女人间的同性之恋：俪俪和蒙妮卡在肮脏、邪恶、单调、枯燥的监狱中相识并摩擦出了爱情的火花。蒙妮卡是一个遭受背叛的同性恋者，她为让女友波拉威尔成名而印制假币，自己锒铛入狱。俪俪是一个命运悲惨的东方女性，她不仅经常遭受丈夫的毒打，更在按摩院里备受侮辱、蒙冤入狱。这两个受尽伤害的女人，在肮脏与污浊的监狱中，产生了百合般纯洁的爱恋。

通过上述多元与多向发展的婚恋故事，可以发现：随着北美新移民文学从"留学阶段"走向"后留学阶段"，作家的生活空间与生活内容都发生了较大变化；作家精心叙说着的爱情故事，已经较为自然地从"同族婚恋"过渡到既有"同族婚恋"更有"异族婚恋"的复杂"语境"；他们的创作心态，也从较为单一的族群对抗过渡到既有对抗更有纠缠与依恋的"对话"过程之中了。

二、从单向弱势到互为"弱势"

在北美新移民文学的"留学生阶段"，不乏涉及"异族婚恋"的文学叙述。但是，在这一阶段的文学叙说中，华人女性大都是为谋求生存、获取身份或者是另外一些欲求，甚至是为"感恩"而走入所谓的"婚恋"之中。在严歌苓的小说《少女小渔》中，年轻、漂亮的少女小渔为了取得合法身份，与 67 岁的意大利老头假结婚，婚姻仅仅是她获取美国身份的兑换券。在陈谦的小说《覆水》中，依群与年长自己三十岁的老德结婚，是因为老德可以为她治病并且能使她摆脱那苍茫无望的命运。在张翎的小说《警探理查逊》中，华人少女陈知更与被"自豪的警服"笼罩着的白人警探理查逊的婚恋，虽然充满着光明与希望——理查逊不在乎陈知更曾被强暴，还利用自己的特殊身份阴损与报复了抢劫犯；但是仍然无法改变婚恋状态中的陈知更——一个柔弱如蜷缩着的"黑暗的羔羊"的弱者地位与弱势心态。总之，在"留学阶段"的这类"异族婚恋"中，华人女性往往都是弱势群体，婚姻更像是一桩被金钱奴役或者利益驱动的交易。在这种婚恋关系，或者称为婚恋交易中，作家更多着眼于华人女性自我的丧失与无奈；难以展现、也无法展现婚恋中华人女性的深度情感与激情追寻。

旅加之后的曾晓文，虽然也写"留学生"的爱恋故事；但是，小说中的华人女性不再是任人摆布的弱势群体，而是充满了追求自我和真爱的独立个体，强烈吸引并且主导或者是引导着作为爱恋对象的"异族"男性。在《苏格兰短裙和三叶草》中，追求"一叶永不落地的爱情"的蕾，大胆、热烈地向肖恩示爱，虽然最终没有把肖恩从病态的痴迷中拯救出来，却以一种"新女性"的姿态与追求，寻找到了新的职业、理想和人生。《中国妻子的日记》中的留学生黛米，拒绝做埃迪亡妻罗妮的替代品，委婉地拒绝了他的求爱，与自己的爱人乔走到一起。《遣送》中的菡，勇敢地逃离了自己无爱的婚姻，与本杰明这个"完美的陌生人"陷入了忘我、忘境之恋。

在曾晓文笔下的这些"异族婚恋"中，已经难以见到华人女性的"单向弱势"；取而代之的是婚恋或者爱恋之中的男女的互为"弱势"——曾经高高在上的"西人"也同样在婚恋中呈现出一种"弱势"，或者称为相对弱势。

在《夜还年轻》中，曾晓文已经注意叙说具有相对弱势的"异族"形象：房地产商克莱有一个患自闭症的哥哥和吸毒的儿子，自己也沉陷抑郁和"情感低能"的泥潭不能自拔；律师米基因为"同性恋"倾向，17岁便被父亲赶出家门，大胆承认自己性取向后却被老板解雇；看似"光鲜亮丽又风情万种"的女人卡门内心却备受摧残——亲生母亲亲手杀死了父亲，养父母的婚姻再次失败和破碎，她由此也失去了对男人和爱情的信任。

《苏格兰短裙和三叶草》中的肖恩，是一个走不出"自闭"怪圈的水手，曾规劝蕾驱除家庭压力走向属于自己的新生活，自己却沉溺于病态畸形的色情幻想之中。在母亲的训斥、妻子的背叛与表妹安吉拉被害等一系列打击之下，尤其目睹了妻子莎朗和自己的朋友弗雷德的无耻偷情后，心灵受到严重创伤，自卑、自闭、自弃。就社会关系而言，他是蕾的雇主，是蕾读书的资助人；但是，就情感与心灵关系而言，他却是蕾的抚慰对象、拯救对象。在《中国妻子的日记》中，沉默忧郁的埃迪深深沉迷在对中国妻子罗妮的爱恋中，妻子不幸身亡后，为了解读妻子的日记，埃迪跟随家庭教师黛米学习汉字。当黛米发现罗妮日记本里炽热的爱恋全部是为了另外一个男人时，善意地欺骗了埃迪：谎称罗妮是爱他的。这种善意的谎言，却给谦卑与哀伤的埃迪带来无限的"阳光"，成为安慰他的最好"良药"。中篇小说《遣送》里的白人警察本杰明自诩为"孤星之子"，有着孤傲的种族优越感，却无法挣脱"被父亲和妻子离弃"的自卑感与负罪感；他是遣送者也是被离弃者，排斥他人也伤害着自己，独自舔舐着被遗弃后的孤苦心灵；最终还是不可救药地爱上了一个"被遣送"的中国女人菡，成为爱情的精神囚徒，也在菡那里寻求到了精神慰藉。《卡萨布兰卡百合》中的俪俪和蒙妮卡，隐藏着各自的伤痕与往事，在加拿大的监狱中，由陌生、陌路走到惺惺相惜，且彼此携手走向心灵与情感的秘密之地：在黑暗封闭的电梯里"蒙妮卡突然拥住身边恍恍惚惚的影子，那影子转瞬就化成了温暖柔软的肉体。两人胶结在一起，像被埋进了极度黑暗、极度压抑的枯井，在垂死的一刻从对方的身体中疯狂地汲取源泉，随即浸润在了奔涌而出的水中……仿佛多年厮守的伴侣，她们立刻准确地把握了对方最隐秘又最敏感的所在，不由分说地把彼此推到了快乐的极点……"。① 这段描写同性之恋的文字，像一朵孤弱的小花绽放在人性的暮色里，凄美鲜艳却充满生机。同性恋在许多国家，不被认可；但是，在加拿大和有些国家、地区，同性恋却获得法律的允许；已成为一种合法的婚恋方式。

在这些华人女性大胆示爱、大胆拒爱的"异族"婚恋中，在这些陷于情网的男男女女互为"弱势"的"异族婚"恋中；人性的复杂和心理的矛盾被表达得更加充分、更加淋漓尽致，人物形象也更加

① 　曾晓文：《卡萨布兰卡百合》，《安徽文学》，2008 年第 4 期。

丰满、真实、生动。

三、"异族婚恋"与北美新移民文学的"后留学"阶段

"北美新移民文学"这个术语，现在已经颇为常见。但是，关于这个术语的界定及其内涵，还有必要进一步探讨与厘清。我们同意将"北美新移民文学"作为与"北美留学生文学"相区别的一个重要的文学术语或称概念：主要是指中国改革开放以后，从祖国大陆到北美留学进而移居或者移民北美的所谓新移民作家的文学创作与批评。这样"北美新移民文学"不仅与上个世纪五六十年代从台湾地区到北美留学进而移居或者移民北美的"北美留学生文学"有了明确的区别，也与80年代以后，从台湾和香港地区，或者其他国家到北美留学或者移居、移民的华人文学有了明确的区分。但是，作为一个特定的文学术语与概念，"北美新移民文学"，不应该只有时间上限，而无下限；应该与"北美留学生文学"主要是指上个世纪五六十年代由台湾赴北美作家的文学创作与批评一样，注意研究与界定所谓"北美新移民文学"的时间下限。否则，"北美新移民文学"，将失去其作为一个特定的文学术语与概念的价值与意义。

"北美新移民文学"主要是指中国改革开放以后，从祖国大陆到北美留学进而移居或者移民北美的所谓新移民作家的文学创作与批评；这是因为这一特殊的作家群体中的大部分作家包括评论家，既有所谓"'文革'经验"，又作为"恢复高考"后的"幸运者"，通过各自不同的途径或者原因得以"留学"北美；更为重要的是，在他们"去国"之时，中国还处在"改革开放"初期：国力不够强大，家人也无力给予经济上的支撑。"留学"中的他们，大多有过"走下飞机"，即"寻找餐馆""打洋工"，跑遍超市"拣"烂土豆等的"洋插队"经历。正是这种多重的磨难——历经苦难且坚忍不拔的奋斗与追求，使得"新移民文学"作家在北美脱颖而出；他们体验过、反映着一个特殊时代的生活方式与精神风貌；并且代表着、追寻着

"一个时代"的文学特质与美学追求。

斗转星移，留学北美、进而移居或者移民北美的进程及其"故事"，还在不断继续。但是，今天的中国，不论是经济实力，还是国际地位，都远非"改革"之初可比。试看80后，甚至90后的今日留学生：他们不可能经历"文革"的苦难，更难以体验"前驱者""洋插队"时的多重痛苦；作为"小康"之后的留学生，他们中的大多数人，已经可以由父母为他们预交学费，提供房租、生活费用；他们也需要节俭、需要奋斗，更有许多难言的辛酸与苦痛；但是，无论从社会发展，还是从文学表现来看，他们都应该属于一个新的时代了。无论对80后、90后的北美留学生文学，将会怎样命名（"新新移民文学"？）；他们体验、反映的已经是一个更"新"时代的生活方式与精神风貌；并且代表的、追寻的是这个更"新"时代的文学特质与美学追求。

进一步界定"北美新移民文学"这个术语或概念，是为了更深入地研究"北美新移民文学"这一文学现象或者文学群体的发展与变化。从80年代到今天，已经迈过了30年；从时间的跨度来看，正好等同于"中国现代文学30年"。在这样一个时间跨度中，"北美新移民文学"作家群的主体，已历经了"留学"与"后留学"这两个历史性阶段；而且，随着"回流"之潮的兴起及其不断遭遇的世界性商业化大潮的冲击，还显示出某种正在"迈向"第三阶段的端倪。当然，对于这个"端倪"，还需要假以时日，继续跟踪与观察，故暂且不论。

"北美新移民文学作家"作为所在国的少数族裔，而且，还是"新"加入的少数族裔，处境的艰难与心灵的苦痛，在相当长的历史阶段中，都是难以完全改善、彻底消解的。但是，由于经济状况、社会身份的重要差异，他们在"留学"阶段与"后留学"阶段的"阵痛"，不论在"症状"方面，还是在"病因"方面，甚至在"痛楚"方面，都有着许多差异。值得留意的是，就外在身份而言，从"留学"阶段步入"后留学"阶段，也许只需要数日、数月、数年；就内在心态而言，从"留学"阶段步入"后留学"阶段，可能则需数年，甚至十多年、数十年；而且，即使作家的心态也"过渡"到了"后留学"阶段，他们还依然会携带着"留学"阶段所有的"伤痕"与"阵痛"；或以显性或以隐性方式呈现在"后留学"阶段的文学之中。

即使如此，"后留学"阶段毕竟已经不是"留学"阶段；"后留学"阶段的文学，也不简单的再是"留学"阶段的文学；走过80年代，途经90年代，更有新时期10年的历练，这个代表着、追寻着"一个时代"的文学特质与美学追求的作家、批评家群体，已经携带着"留学"阶段的"伤痕"与"阵痛"成长为"后留学"阶段的"北美新移民文学"了。因此，"新移民文学作家"在"留学"阶段与"后留学"阶段的创作心态、艺术视野及其美学追求都会显现出，而且会继续显现出诸多同中之异。

在"留学"阶段，"北美新移民文学"作家，不仅要为每日的生计、每月的房租、每学期的学费和正在攻读的学位，丢尽颜面、耗尽体能、绞尽脑汁；更因为手中持有的只是"学生签证"，不得不为自己"未明"的身份、出路而"夜以继日"地操心、惶恐——漂泊心态、弱势心态无时无刻不弥漫在他们的文学叙事之中。

在"后留学"阶段，"北美新移民文学"作家，取得了学位、寻找到较为稳定的工作，有了家庭和住所；持有了"工作签证"，许多人还"拿到"了"公民"身份；更为重要的是，随着他们逐渐进入，或者是部分地进入所在国"中产阶级"的"生活序列"，尽管漂泊心态难以改观，弱势心态却已经有了微妙的变化——从"绝对弱势"，走向"相对弱势"，甚至在某些局部还可能出现"相对优势"。曾晓文移居加拿大后"异族婚恋"叙事的变化——不同族裔的男男女女，不再只以激烈对峙的方式存在，华人女性的单向弱势有所弱化，取而代之的是婚恋或者爱恋之中的男男女女的互为"弱势"；所显示出的不仅是作家个人进入"后留学"阶段的某些变化与追求，也代表与反映出"北美新移民文学"作家群体在"后留学"阶段的某些变化与追求。文学叙事，非常强调想象与幻想的重要作用；但是，即使是文学中的想象与幻想，也不可能与作家创作心态的"蜕变"毫无关联。

与之相关联的是，"后留学"阶段的曾晓文，还有意无意地"舒缓"着曾经在"北美新移民文学"中，乃至北美华文小说中较为"流行"的作者、叙事者与"我"的"同一性"叙事模式。"新移民文学"作家，"去国"之前，大多亲历过历史的"浩劫"，在"异国他乡"也大多有过"漂流"的辛酸与血泪。正如曾晓文所说："说它（《白日飘行》）是我本人的精神自传，应是比较准确的把握。"① "当我们开始写作时，出国后的一段经历是首选的无法避免的题材，这中间充满曲折磨难，心灵的挣扎与苦痛。"② 曾晓文的"梦断得克萨斯"系列，也显露过这种"同一性"的痕迹。各种各样亲历性的"故事"，显现在小说中，不仅具有极强的"写实性"，也具有较为明显的"自传性"。因而，在小说中，作者、叙事者与"我"，往往易于呈现出某种"同一性"；作家对作品中的"我"也不免有些"偏爱"，导致作品中的人物性格在某种程度上多少有些"平面化"与"单一化"。但是，在《苏格兰短裙和三叶草》、《卡萨布兰卡百合》等"后留学"阶段的作品中，作家已经较为自如地发挥着文学的"想象"性功能；相当程度上，弱化了作品的"自传性"：作者、叙事者与"我"三者之间，既有些区别，又有些"隔膜"；作品中人物的性格，例如肖恩、俪俪和蒙妮卡等，似乎都生存在一个明暗交错的个体空间，就像一个个熟悉的陌生人，"看得见，参不透"，只有在"往返和盘旋之中"，才能"缓缓地打开""隐秘的心灵镜像"，展示出"丰饶的生命质感"③ 了。

---

① 陈启文：《我的精神仍在成长》，《文学界》，2009 年第 6 期。

② 曾晓文：《假如不在海外写作》，《侨报》副刊，2007 年 5 月 23 日。

③ 洪治纲：《个体自由与历史意志的隐秘对视——读陈河的〈夜巡〉》，《上海文学》，2009 年第 1 期。

　　曾晓文"在成长","北美新移民文学"也在不断成长;"异族婚恋"只是观察这种成长趋势的一个"窗口";我们希望,有可能"打开"更多的"窗口",解读更多的作家与作品,以便更深入地了解与阐述这种"阶段性""成长"的"密码",更好地观察与阐述步入"后留学"阶段的北美新移民文学的新特征与新内涵。

死亡叙事的演变与小说美学的关联
——论北美留学生小说的死亡书写

以开启北美留学生小说历程的於梨华为参照，"北美留学生小说"① 已历时 50 余年。若要从中找出能够贯穿始终的"轴线"，来证实在时间无情流逝中蕴藏的一般趋势，"死亡"可能正是这样一个耐人寻味的节点。我们从"北美留学生小说"中可以发现许多作品涉及死亡书写②，因此，死亡是"北美留学生小说"的一个重要母题，通过"死亡书写"探析文学的叙事策略、精神气质和美学风格上的变动，具有现象学的类型分析价值。

一、"死亡书写"与小说的叙事策略

纵观延续 50 余年的"北美留学生小说"，不同时代的"死亡书

①　"北美留学生小说"指 20 世纪 50—70 年代从台湾赴美留学、有着双重放逐经历的作家（如於梨华、白先勇、聂华苓、张系国、丛甦、陈若曦、欧阳子等）的小说创作。根据不同阶段的身份变化，本文将他们的创作分为"留学"、"学留"和"后留学"三个时期。

②　如於梨华的《又见棕榈，又见棕榈》、《彼岸》等；白先勇的《芝加哥之死》、《谪仙记》、《Tea for Two》等；张系国的《昨日之怒》、《蓝色多瑙河》等；丛甦的《在乐园外》、《半个微笑》等；聂华苓的《桑青与桃红》、《千山外，水长流》等；陈若曦的《纸婚》等；刘大任的《长廊三号——一九七四》等。

写"存在着叙事策略的变化：先后历经了"间接书写"、"直接书写"、"亲历书写"等几个不同阶段。所谓"间接书写"，是指在 20 世纪 60 年代的死亡叙事中，可以感受由死亡迷惘带来的一种有意逃避或躲闪的叙事态度；而 70 年代以后出现的"直接书写"不再是 60 年代的"逃避"，而是刻意渲染死亡过程及其场景；新世纪的"亲历书写"，我们不妨借助"遗书"这一相关意象来加以阐释，作品中的遗书作为死者最后的言说，降低了死亡降临的突兀感和偶然性，填补了"间接书写"和"直接书写"因死亡而在作者、人物和读者之间产生的叙事空隙。

1. 间接书写

20 世纪 60 年代的"北美留学生小说"对死亡的书写方式是间接的。在《芝加哥之死》的结尾，吴汉魂这样叙述自己的死亡："他心中不由自主地接了下去：'一九六〇年六月二日凌晨死于芝加哥，密歇根湖。'"① 这显然违背了死亡的基本逻辑。一切死亡都是他人才能见证和表述的死亡，自我对于死亡不具有陈述的亲历性。也就是说，小说仅叙述了吴汉魂之死的可能性，而不是必然性。吴汉魂到底有没有死，取决于读者个人的情感体验，是一种开放式的结尾。《又见棕榈，又见棕榈》虽然只涉及邱尚峰的死亡，但对于优柔寡断的主人公牟天磊而言，精神导师的死，给他带来了前所未有的冲击，令其下定决心留在台湾，"至少一时不去美国，正好这件事对学校对邱先生都有点好处，所以不但我自己觉得舒服，同时也可以让邱先生在地下安心"②。虽然牟天磊没有死，却因邱尚峰的死，在"留"与"不留"的迷惘中，寻觅到了一条不甚明朗的出路，进而带来了"替代之死"的叙事意味。《桑青与桃红》中的"死亡"同样来自于小说人物的自

---

① 白先勇：《芝加哥之死》，《寂寞的十七岁》，花城出版社 2009 年版，第 141 页。

② 於梨华：《又见棕榈，又见棕榈》，江苏文艺出版社 2010 年版，第 225 页。

我叙述："我不叫桑青，桑青已经死了！"① 事实上，桑青与桃红只是一个人的两种精神状态，但在小说中，桑青之于桃红具有死亡的真实性，而对于"身在其外"的读者而言，桑青就是桃红，并没有死。其中要旨，正如白先勇所言，"这是精神上的自杀"。

相对于"间接之死"，《谪仙记》中的李彤之死是真正意义上的死亡，"李彤在威尼斯跳水自杀"②，这"自杀"在友人的惊诧中却显得不可思议。李彤没有留下遗书，仅有一张漂洋过海而来的照片。从对这张从意大利寄来的彩色照片的叙述来看，"佻亻达"、"扬得高高的"、"笑得那么倔强"等修饰性词汇并没有暗示出死亡迹象。再者，整个故事通过陈寅这个人物讲述，准确地说，李彤的故事是由限知性的第三人称来转述的，信息在转述中因某种遮蔽而造成的不准确性，在陈寅见证李彤的美丽中就已发生过。转述中的李彤之死，会不会如她的美丽一样，非得亲眼所见才可以被确认呢？这是陈寅的质疑。对处于"转述的转述"位置的读者而言，李彤之死更具有不确定性，这种质疑或不确定性与叙事结果的确凿形成冲突。

可以说，20世纪60年代"北美留学生小说"有关死亡的间接书写，似乎有意造成叙事的困惑，其中隐藏着作者躲闪甚至逃避的叙事态度，给处于不同时空的读者带来了感同身受的迷惘体验。

2. 直接书写

在60年代的"死亡书写"中，很少见到死亡场景再现，尤其是关于死亡的具体感受。到20世纪70年代以后，"死亡书写"由间接叙述转向直接，具体亦可分为三个角度展开：死亡描写方式的"直播"、死亡情感态度的渴望和死亡体验的一致。

……你打开折刀，用力将手腕按上去。一阵剧痛，你举起手

① 聂华苓：《桑青与桃红》，中国青年出版社1980年版，第1页。
② 白先勇：《谪仙记》，《寂寞的十七岁》，花城出版社2009年版，第180页。

死亡叙事的演变与小说美学的关联

腕。红色的液体，顺着手腕淌下，形成一道细流。你望着那股细流，慢慢流下手臂，流向胸前。它不再是一股细流，它形成了一条巨河，包围了你，你在里面载浮载沉。你并不感到特别痛楚。你尽可能张大眼睛。红色的巨流，似乎逐渐转变成蔚蓝色。你漂浮在蓝色的河水里，你看不清楚两岸的景色，但你知道这是多瑙河，蓝色的多瑙河，河水带着你流向那无牵无挂的地方。①

"死亡"的细致表现，适时穿插富于煽情气息的解说，运用蒙太奇手法在血液与河流之间切换，如同直播自杀一样。令人奇怪的是，主人公在自杀过程中，不仅"并不感到特别痛楚"，而且还置身魂牵梦绕的蓝色多瑙河中，"流向那无牵无挂的地方"，用死亡答复普希金的诗句："世界！哪儿才是我毫无牵挂的路程？"还有丛甦小说《想飞》中的"他"从大厦上跳下来的刹那，真切地感受到了鸟的飞翔，仅仅为了用死亡反驳黑衣人的裁定，"人永远没有鸟的解脱，因为人有无底的欲望，这其实是自己的过错"②；以及《在乐园外》陈姓的最后遗言："不必追究原因。我死是因为'不为什么'。"几乎是用死亡验证加缪"自杀是对荒谬意识的解决之一途径"的箴言。由此可见，小说人物对于死亡的态度并非如吴汉魂、李彤那样苍凉悲伤，恰恰相反，表现出对死有大寄托、大希望的渴望之情。

无论是描写方式的"直播"，还是向死而生的情感态度，这些小说似乎都在强化死亡的事实，渲染死亡的气氛，让读者身临其境般地观看、感受他人的死，增强死亡本身带来的震撼力与感染力。此外，叙述者还在讲述过程中有意强化这种感染力，用第二人称的"你"，来唤醒读者的感同身受（《蓝色多瑙河》），或用第三人称的"他"引起读者观赏的冲动（《想飞》）。总之，70 年代以后的"死亡书写"

① 张系国：《蓝色多瑙河》，《香蕉船》，洪范书店 1976 年版，第 35 页。

② 丛甦：《想飞》，台湾联经出版事业公司 1977 年版，第 16、206 页。

用刻意拉拢来填补叙事的距离，通过直播驱散死亡带来的思想与精神迷雾，这种文本内外的"一致化"处理，旨在澄清某种生存／死亡的真相。

3. 亲历书写

进入"新世纪"，死亡书写最显著的变化是遗书作为一个道具在小说结构布局中获得显赫地位。在此前的死亡书写中，"遗书"对于死亡的指引意义并不被看重，因此在《谪仙记》、《想飞》、《艳茉莉妇人》、《蓝色多瑙河》、《冬夜杀手》等小说中，并没有显示出它的作用；即便《在乐园外》、《纸婚》、《千山外，水长流》等小说中出现了遗书，成为调动叙事顺利运转的重要棋子，但在情节发展中并不具备关键性的影响。而在《Danny Boy》中，一份云哥给韶华的遗书，就占了小说三分之二的篇幅；《彼岸》中，何洛笛的遗书成了小说的结尾；《Tea for Two》中，大伟与东尼的遗书，在情节发展中具有转折性的重大意义：让"欢乐族"从死亡的阴霾中重获生活的勇气。

遗书作为死者与他者的最后一次沟通，或者作为死者留在人世的最后印记，无疑具有死者生命回显的意义，再现出死者对于死亡的预见性或主动性。云哥、大伟与东尼、何洛笛正是如此，而对吴汉魂、李彤、《想飞》的"他"、《蓝色多瑙河》的"你"而言，死亡更多体现出突如其来的生命冲动，带来始料未及的震惊感。此外，遗书还具有指引生者的意义。云哥在遗书中回顾了自己由无望到希望的生命历程，深深触动了韶华的悲悯情怀："我在床边跪了下来，倚着床沿开始祈祷，为云哥，为他的 Danny Boy，还有那些千千万万被这场瘟疫夺去生命的亡魂念诵一遍'圣母经'。"大伟和东尼的遗书里，乐死安生的生存态度为生者驱散了死亡阴霾，并指引前行的方向。何洛笛的遗书则更多地体现出对儿女子孙的最后关怀，"临别唯一赠言乃是你们三个人的互助互爱，并相互尊重，切记"，凝聚无限深沉的母爱。

小说中的遗书是人物（临终者）在生命终结之前完成，带有亲历性的特征，由于遗书具有人物和读者在阅读时间和阅读内容上的一致性，因此它所带来的亲历性并不独属于小说人物，还同时属于作者和读者。在笔者看来，这意味着此种死亡书写体现出对作者、人物和读者亲历死亡的强调，以此在作者投射、人物体验与读者感受之间形成感知的统一。显然，小说对遗书这一独特道具的使用，增强了生与死的关联，降低了死亡的突兀感和偶然性，使读者对死亡有一种亲历感受，即便是虚构的，但它至少提供了一种想象死亡的场景。

简言之，"北美留学生小说"的死亡书写在叙事策略上呈现出时代性和阶段性，也表明了不同时期的美学追求，以及植根于其上的时代状况。而值得我们思考的是，这种叙事美学追求何以超越个案而成为一种具有集体无意识的趋势？换句话说，不同时期的叙事策略的选择隐藏着怎样的精神气质？

二、死亡书写与小说的精神气质

"北美留学生小说"的死亡书写在不同时期呈现的不同叙事策略，一定程度上反映出作家在寻找最适宜的途径以传达内蕴于特定文学母题中的自我精神气质的过程。换句话说，特定母题的叙事策略改变蕴含着作家思考社会、人生以及文学的变化。笔者将其统称为"精神气质"。

1. "留学"时期的迷惘

在间接书写的叙事策略所带来的美学体验中，我们并没有感受到浓郁的死之悲情和自我与他者的紧张氛围，"死亡"在此阶段文学里并不代表某种人生结局，而是一种与主体迷惘相关的人生选择。或者说，其意义所指，并非人生的单向结束，而是介于过去与现在、记忆与憧憬之间的停留。

"腐尸"是《芝加哥之死》里一个至关重要的意象，所隐喻的正是文化。当吴汉魂在睡梦中将母亲的尸体推入棺材时，也就意味着母亲所代表的中国文化被吴汉魂亲手"斩断"与"拒绝"，取而代之的是《艾略特全集》、《荒原》和芝加哥的高楼大厦等代表的西方文化。

当比母亲死讯更重要的《艾略特全集》、《荒原》等书籍"全变成了一堆花花绿绿的腐尸"，二十二层大厦也成为"埃及的古墓"时，也就意味着被吴汉魂极力拥抱的西方文化终成泡影。记忆中的中国被自己摧毁，憧憬中的美国又成为一座坟墓，吴汉魂只能祈求"一个隐秘的所在"：与其说它代表肉身的死亡，不如说是内心精神的崩溃。

吴汉魂的文化取舍、李彤的性格转换、牟天磊的去留彷徨、桃红的精神分裂，无不体现出二元对立的行文结构。这种对立模式所隐藏的仍是文化上的中西对立。有趣的是，这种原本明晰的二元对立因为死亡而在结尾变得模糊起来。因此，对立不是选择中的困惑，而是选择后的空洞。如李彤之死，群体困惑没有就此终极解决，反而更加扑朔迷离。初始的二元对立，转变为"二元无解"。这种精神迷惘造成的无措和认知迷宫，作为结局应属于小说角色，作为呈现过程则应属于小说作者，因为他们60年代负笈北美，新天地获得的生命感性刚刚起步，体验"心慌意乱和四顾茫然"的生活，文化冲撞，身份抉择，弱国子民，故园眷恋等这一代人特有的"双重放逐"，郁积于心，挥之不去，难以释怀，以致陷入去留两难的迷惘状态，难怪白先勇当年借黄庭坚词浇胸中块垒："去国十年，老尽少年心。"

由于缺少审视距离和斑驳岁月的过滤，理性思索"当代"的解决之道，显然不是60年代青年学生力所能及的文学理想，而传达虚构与现实之间的精神共鸣，遂成为"最迫切的事"。死亡作为人类的终极关怀，在60年代的"迫切"中多少显得不合时宜。对青涩的作家而言，与其深切呈现，不如浅尝辄止，去开凿"死亡"背后那口深深的井。如此一来，对"死亡"的间接书写遂成为一个时代的集体谋略，与"留学"时期作家们"雾里看花"的精神气质不谋而合。

2. "学留"时期的焦灼

与60年代的死亡假象不同，70年代以后的文学大多"死得真切"。当然它同样是作者思索与认知的结果，但死亡本身不再指向迷惘的过程，而是有意义的终点。作为一种解脱或是一种关注，死亡显然带着太多对于人以及社会的焦灼。

勒维纳斯曾说，死亡意味着"一种存在的终结，那些满是意义符号的运动的停止"①。因此，死亡或许是人在生存荒诞与虚无境况下最直接的归宿。面对浓雾弥漫的现实处境（《半个微笑》），在人的机能、本性、欲望所造成的漆黑黑洞中永恒陷落的身体（《想飞》），不断折磨的世界（《蓝色多瑙河》）等种种生存困境，人是如此的无能为力、渺小，反不如"小小"的蟑螂（《长廊三号————九七四》）。正如陈姓那不经意的遗言："不必追究原因。我死是因为'不为什么'。"面对生的虚无，死成了充实的归宿。反差和对立所造成的强烈震撼力在死亡降临时聚焦，行文中点滴积累的虚无与恐惧，终在结尾处瞬间的死亡美景中稀释。由此引起巨大的叙事张力以及意味深长的叙事效果，呼唤读者积极介入人和境遇关系的思索：贯穿始终的焦灼究竟因何而来？

死亡引起的焦灼表面上来自"死亡书写"所导致的深度阅读体验，而对人的深刻思索和对社会的广泛关切则是更为内在的原因。70年代以后大多数作家都已结束了留学时期，进入了"学留"时期，除了物质生活的改善之外，最明显的变化在于个人法律身份的改变：由华侨变为华人。虽然法律身份的改变并不意味着个体文化身份也随之而变，但随着个体对美国文化的日益了解和深入以及与母国文化在时空距离上的逐渐调整，那种深层次的文化二元对立所引起的无措思索和迷宫式认知，在理解和怀念中不再成为文学的主题。步入中年的他们将死亡这一表现利器从个体宣泄中转向生存关切，从狭小的留学生圈子转向更为广阔的人类社会，"作者本人早已走出了象牙塔，真正地面对现实中的丑恶与残酷"②。

海德格尔说："临终到头包括着一种对每一此在都全然不能代理

---

①　[法]艾玛纽埃尔·勒维纳斯：《上帝·死亡和时间》，余中先译，三联书店1997年版，第4页。

②　丛甦：《想飞》，台湾联经出版事业公司1977年版，第16、206页。

的存在样式。"① 因此一切死亡都是他自己的死亡，所谓死亡解脱只是作者自我的文学想象。作者渴望读者能够明白自己的"煞费苦心"，并与之对话，也就意味着死亡的想象不仅仅是个体的，更是群体的。这一时期的作家采用直接的叙事策略营造和渲染死亡想象的真实性，他们期待"沉浸其中"的读者在确凿的死亡事实中一起思考和认识生存的本来面目。

3. "后留学"时期的坦然

与"留学"和"学留"时期文学死亡书写的迷惘和焦灼不同，"后留学"文学主要表达出对人生与社会的坦然。

从遗书使用"十分满足"、"了无遗憾"作为人生自我总结，可以体会出何洛笛（《彼岸》）的自杀与吴汉魂（《芝加哥之死》）、林萍（《半个微笑》）、"癫妇"（《癫妇日记》）等人的自杀心态和成因等诸多差异。何洛笛的死不是迷惘、冷漠、恐惧、无奈等生存困境造成的，而是直面生命的坦然。白先勇的《Danny Boy》、《Tea for Two》和之前的《芝加哥之死》、《谪仙记》、《夜曲》、《骨灰》等相比，死亡书写关注的不再是灰色人生中的迷惘，而是张扬一种超越生命的精神力量。云哥（《Danny Boy》）在遗书中回顾生命历程，庶几为白先勇同性恋题材的总结与超越。云哥大半生都有着白先勇笔下同性恋人物类似的孤绝与悲凉："大多数都不能安定下来，也控制不了自己，堕陷在肉欲与爱情追逐的轮回中，总是移动游荡，急切探索，不断地追寻，却像绕圈子一般，从少年时期到老年，永远找不到解脱的出口。"但在生命尽头，云哥发现了向死而生的力量，由此重新确立生命的精神基调："在我生命最后的一刻，那曾经一辈子啮噬着我紧紧不放的孤绝感突然消逝……我不再感到寂寞，这就是我此刻的心境。"云哥在死亡面前领悟了生命的意义，悲楚凄惶的人生境况亦因此升华到坦然充实。而在大伟与东尼（《Tea for Two》）的告别信里，死亡仿

① ［德］马丁·海德格尔：《存在与时间》，陈嘉映、王庆节译，三联书店1987年版，第291页。

佛成为又一个快乐生命的旅程："再会了，孩子们，我和我最亲爱的终身伴侣东尼我们两人要踢踢跶跶一同跳上了'欢乐天国'去。"正是这"踢踢跶跶"给了艾滋病阴霾笼罩下的"欢乐族"重拾欢乐的勇气和意志。

如果说"留学"时期的"死亡"是一种间歇，意味着"断裂"，即过去和未来因为现在的不确定性而被悬置，那么"学留"时期的死亡则体现了延续，意味着"超越"。未来是一种希望，同时在超越期待中弥漫着社会焦灼。在笔者看来，"后留学"时期的"死亡"又有不同，意味着"传承"，过去只是一种托付，在传承中隐喻了生命自身的坦然，是岁月磨洗后的生存法则和人生智慧的华丽呈现。进入新世纪，大多数作家都已进入"耳顺"之年，60多年沧海桑田的世事变迁和日积月累的人事经验，有助于一生都在思索人生意义的他们达到"无碍于心"和"参透人生"的人生境界。正是这种自然生理和人为心智上的成熟，让他们拥有了青年和中年时期难以达到的"任凭风浪起，稳坐钓鱼船"的坦然。作家的这种得之不易的气质也自然地投射到小说之中，艺术地呈现在人物身上，以至实现了作者和小说人物在精神气质上的一致。"死亡"作为回溯中的托付与传承，实际上是一种"盖棺论定"式的人生总结。它最佳的呈现载体莫过于遗书。

三、"死亡书写"与小说美学的关联

自柏拉图以来，死亡讨论一直是个严肃的哲学问题。海德格尔说："只要此在生存着，它就已经被抛入了这种可能性。"但是他认为死亡不是存在的终结，而是向着终结的存在。在死亡面前，每一个生者只能作为一个观察者，这一角色也正是在"留学"和"学留"时期的"北美留学生小说"作家们所担当的。他们对死亡表现出的无论是迷惘与逃避，还是焦虑与渴望，都无法改变这一基本事实。西蒙·韦伊在《重力和恩惠》中说死亡是一个"既无过去也无未来的

即刻状态"，也就意味着观察者不可能获得关于死亡的真正体验，即便在文学世界中也只能借助于想象。正因如此，死亡呈现于文学作品，是一个植根于观察和想象的美学问题，死亡不同于对死亡的表述。

联系"北美留学生小说"作家主体的身份变动，我们可以从社会学角度试作探析："留学"时期的青年作家沉浸于倾诉自己的人世迷惘，他们无暇释放自己的死亡想象，只能做一个逃避的观察者，以间接的死亡书写方式去表现特定历史条件下的迷惘情绪。"学留"时期的中年作家走出个体的拘囿，自觉肩负起人性拷问和社会关切的历史使命，用想象充实无法经历的死亡体验，用直接的方式幻想死亡到来时的种种情景，通过凸显死亡的现场感来增强死亡事实的感染力，以让读者沉浸在"无望的生"与"希望的死"之中，并体味与思索贯穿始终的焦灼。显然，没有真实体验的想象，终究带来的只是一种空洞的"真实"。但在"后留学"时期的亲历书写中，感受到的已不是观察者的死亡言说，而是努力书写出亲历式的死亡体验。这当然是不可能的生活事实，但确实是充盈的文学真实。它得益于"后留学"时期的作家对人情世故以及存在经验的深刻理解，通过遗书意象的发掘对小说人物的临终状态予以精心塑造。

死亡书写的变化表明了作家的成长，相对于"留学"与"学留"时期，"后留学"作家更深刻地体会到了死亡的存在意义，当然，也包括了死亡书写的他人性和间接性，因此，他们只能借助于道具的方式去再现死亡的内在过程，用诗性的方式去探讨此在如何失去了意义，必须通过毁灭的方式去延续。

不管是坦然的死亡心态、真实的死亡想象，还是遗书的死亡承载，都离不开作家在死亡书写中的发现：临终状态的艺术存在。"临终状态"可以理解为"临终"这一动作的时间延展，临终是死亡在此岸的必经之途。在这个意义上，"留学"时期在死亡书写中表现出的有意逃避（间接书写）、"学留"时期的刻意亲近（直接书写），之所以会带来空洞的真实，正是由于处于青年、中年时期的作家们对于临终有意或无意的忽略，而对它的重新发现甚至浓墨重彩地艺术再现，显然与作家因成长而达到的心智的澄明有关，从作家自身的生命个体来说，探讨死亡及其过程也是与生命相关的内容，死亡即是为存在去蔽。

（本文与池雷鸣博士合作）

第三辑　台港澳文学钩沉

台湾的宗教与台湾的作家

台湾是一个多宗教的地区，有佛教、道教、基督教、回教等十几种宗教。这些宗教，大多从大陆、欧美及日本等地传入。其中，佛教与基督教影响较大，尤其是对台湾知识界。

佛教是台湾各宗教中最大的宗教，有寺庙四千座，佛堂精舍数千间，僧尼四千多人，信徒号称八九十万。

台湾的佛教，最初是由大陆传入的。郑成功收复台湾时，随之来台的大陆移民，在台湾建立了最早的寺庙：台湾南部的竹溪寺、弥陀寺和龙湖岩。清代时，台湾的佛教有相当大的发展，形成了大岗山、观音山、大湖山和月眉山四大派系。1887 年台北被确立为台湾省会之后，台北成了全台的佛教圣地。日据时代，日本佛教传入台湾，主要有日莲宗、真言派、天台宗、临济宗等八宗十二派。从此，佛教在台湾形成了两大系统：日本佛教和台湾佛教。台湾光复以后，台湾佛教开始进入复兴阶段。1945 年，"台湾佛教会"成立，本圆法师为第一任理事长。1949 年大批大陆僧人来到台湾，使台湾的佛教有了更大的发展，并在台湾重建了"中国佛教会"。目前，台湾有"中国佛教研究院"等十余个佛学研究机构，《中国佛教》月刊、《海潮音》月刊等十余种期刊。台湾的一些大学，也相继成立有佛学研究团体。

基督教在台湾也有着较大影响。据称，高峰期时，天主教与基督教信徒的总数，曾有七十余万人。

台湾的基督教，是从西方传入的。1619 年西班牙殖民者入侵台湾北部，天主教道明会传教士随之来台传教。1624 年荷兰殖民者入侵台湾南部外海的沙丘，1627年荷兰巴达维亚基督教宗教会议，即决定派传教士来台传教。1631年，传教士在台湾建立了第一座基督教教堂。后来，荷兰殖民者用武力赶走了在台湾的西班牙人，使得更多的基督教传教士来到台湾。1661年，郑成功根据朝廷的禁令，对基督教实行限制，基督教各派在台湾的发展一度中断。鸦片战争爆发后，基督教各派再度进入台湾。天主教以高雄为中心，向南传到屏东，向北沿台湾西岸的主要城市，如台南、彰化、台中、台北、基隆发展。基督教则以台中为界，形成南北两大派。南部属苏格兰长老教会，北部属加拿大长老教会。日军侵占台湾后，推行"皇民化"政策，既限制中国传统文化，也控制基督教各派的活动，欲将所有宗教"日本化"；故此时的基督教处于停顿状态。抗战胜利后，台湾的基督教始得恢复元气。尤其1949年以后，西方教会和一些原在大陆的传教士纷纷转向台湾，刺激了台湾教会的发展。到20世纪60年代，终于形成了台湾基督教发展史上的高潮。这时候，台湾的基督教派已多达数十个，教徒达到了七十余万人，成立有"中华福音神学院"，创立有《宇宙风》杂志。台湾基督教会注意扩大在知识分子中的影响，先后创办了东海大学、东吴大学、中原理工学院等院校。但是，高峰期过后，台湾基督教教会的发展有所减慢。如林治平所说："台湾教会发展情势，可以以1965年为教势发展盛衰的分界点——1965年以前是基督教在台湾蓬勃发达的增长期，而为民间宗教的停滞期；——1965年以后，台湾社会越来越走上现代化之路——可是却自那时起进入发展停滞期，甚至有反成长"[①]。

佛学与神学研究的兴旺、发展，是佛教与基督教在台湾社会，尤其是在知识分子中产生较大影响的重要原因。

近期，台湾从事佛学研究并颇有成就者，主要是佛教徒中的高僧、重尼，如殷训、石晓云、巴壶天等；和学术界人士如方东美、黄

---

① 林治平：《基督教与中国论集》，台湾宇宙光出版社1993年9月版，第111页。

公伟、李士杰等。

殷训所著《中国禅宗史》被认为："比其他同类著作具有更高深的学术造诣。"他认为提倡佛教就能导致创立一种真正的以爱和以自由、平等为特点的新的世界文化。故称：只有佛教才是世界上兼容并蓄的宗教，改信佛教的人不需要放弃他从前的宗教信仰，因为佛教尊重其他宗教的真正价值。"[①] 台湾禅学家中，巴壶天的佛学造诣很高，尤精于禅学。他的《艺海微澜——禅与诗》一书，将禅宗与中国诗歌融会贯通，在学术界与文学界均有较大影响。巴壶天对禅宗的贡献，还在于他对"公案"的解释、阐发。据说，他能用明白、直观和理智的方式，译出每一"公案"。

近期，台湾从事神学研究并颇有成就者，主要有罗光、钱志纯、傅碧瑶、乌卜昆等。其研究特点，在于融合天主教教义与中国的儒家思想，融合天主教教义与西方的存在主义。在台湾，罗光被认为既是天主教神学研究的权威，也是哲学研究的权威。他努力寻求神学与儒学之间的共同点，寻求基督之爱与孔子之仁的贯通处；为台湾教会的"本色化"作出了许多探索。乌卜昆在台湾被誉为"青年哲学家"。他将基督教神学与存在主义融会贯通，研究成果颇有特点。他们的研究方法与成果，一度在知识分子中影响较大。

台湾作家，有的是因信仰，有的是因对佛学或神学的关注，还有的是因为受到西方文学的影响，而与宗教发生关联的。

宋泽莱是一位由崇尚神学转而崇尚禅学的作家。他的忧郁、他对人间罪恶的关注，曾经导引他走向教堂。他说："我往基督教寻求救援，并学会祈祷和唱诗，但不久，我又从教堂溜掉，因为我不同意'上帝创造万物'这个观念，这种说法伤害了我。"从教堂溜掉出来的宋泽莱，转向了参禅。他说："我的那一点渺小的经验使我如释重负地摆脱了半生包袱，三十年来，我未曾像现在活得这么自在，我也

---

① 李世家：《近期台湾哲学》，贵州人民出版社 1989 年 2 月版，第 411—412 页。

惊奇发现，参禅并没有改变我的文学观，相反的，却肯定我从前的文学观是正确的。"①

陈映真因为家庭的原因，少年时即信仰基督教。他说："在我的少年时期，我想我的宗教经验是相当值得纪念的。"② 曾有一段时间，面目黧黑的、饱经风霜的、贫穷的、忧愁的、愤怒的，经常和罪人、穷人、被凌辱的人为伍的、温柔的耶稣，成了他青少年时代的偶像。他的父亲曾告诫他："儿子，你要记住：第一，你是神的儿子；第二，你是中国的儿子；第三，你才是我的儿子。"父亲的话，对陈映真影响很大。"身为父亲的儿子，陈映真的小说具有伦理的关怀；身为中国的儿子，他的小说充满民族的襟袍；作为神的儿子，在他的字里行间无疑是流溢了信仰的情操与宗教的品质。"③ "神的儿子"，强调的是子对神的信仰，而非对教会的盲目信仰。信仰的核心，在于像神那样关注人生。正像王晋民指出："他既有基督教人道主义思想、民族主义和民主主义思想，也有社会主义思想，这些思想都在他以后的作品中反映出来。"④ 罗宾逊也指出："陈映真认为真正的宗教信仰和人类许多敏感问题密不可分。"⑤ 一旦他发现台湾基督教会"思想、文化的贫穷"，"信徒不知不觉跟着世俗的潮流走，狂热地追求物质欲望的满足，从而丧失了活而深刻的信仰"，他就离开了教会。因此，（罗宾逊说）"他脱离教会，那是因为教堂'高高在上，不知真正疾苦'"。陈映真也曾说："我之所以离开教会——最大的原因，还是在

---

① 宋泽莱：《禅与文学体验》，台北前卫出版社，第6页、第15页。

② 陈映真等：《曲扭的镜子》，稚歌出版社1987年7月版，第12页、第23页、第74页、第105页、第73页、第117页、第74页。

③ 陈映真等《曲扭的镜子》，稚歌出版社1987年7月版，第12页、第23页、第74页、第105页、第73页、第117页、第74页。

④ 王晋民主编：《台湾当代文学史》，广西人民出版社1994年2月版，第324页。

⑤ 陈映真等：《曲扭的镜子》，稚歌出版社1987年7月版，第12页、第23页、第74页、第105页、第73页、第117页、第74页。

于我感觉到教会太出奇地漠视思想和学术、文化的重要。相形之下，天主教在外界看来'僵化'、'仪式化'的条件下，却有不可忽视的学术力量。——这却是天主教文化自有丰富的信仰生命，使他们能自由出入于'世俗'的文化与知识。"张系国也有相同的经历与看法。不过，当失望于基督教会时，他"改信罗马天主教"。①

王幼华与宗教没有直接关系，但受到佛学、神学的影响，也受到西方文学中的宗教意识的影响，且表露在自己的小说中，故被称为"台湾的杜斯妥也夫斯基"。叶石涛认为：由60年代到80年代，只有王幼华才表现出深厚的思考能力，反映复杂繁忙的工商社会，才有透视祖国大陆和台湾未来动向的意图。并认为王幼华具有"可怕的才华"与"伟大的资质"。叶石涛特别指出：王幼华的小说"有浓厚的宗教性意味"，"角色背负着沉重的原罪意识"。② 王幼华在接受访问时回答说："有关'原罪'观念在作品的表达，我想它的因素有二，第一是来自阅读经验的累积影响。第二是自身的经历与心理倾向，发展出来的。"③ 也许，还有第三个因素，即来自批评家的影响。如夏志清在《中国现代小说史》中曾说："现代中国文学之肤浅，归根究底说来，实由于对'原罪'之说——或阐释罪恶的其他宗教论说——不感兴趣，无意认识。"④ 夏志清的言说，有其独到之处，也不无偏颇之处。但此言说不仅对王幼华，对不少台湾作家，都有较大影响。他们不曾成为信徒，却有意无意在作品中，显现出某种宗教情结或对宗教关怀的热诚追求。

---

① 陈映真等：《曲扭的镜子》，稚歌出版社1987年7月版，第12页、第23页、第74页、第105页、第73页、第117页、第74页。

② 叶石涛：《谈王幼华的小说》，《两镇演谈》，台湾时报出版公司1984年9月版。

③ 张深秀：《有乱石巨川访问记》，《狂者的自白》，台湾晨星出版社1985年8月版。

④ 夏志清：《中国现代小说史》，香港友联出版社1979年7月版，第13页。

　　可以说，佛教、基督教的发展，佛学、神学研究的成果、影响，及其文学家、批评家主动的感应、批评与呼应，使得当代台湾文学生发出一些值得人们关注的新质和动向。

经院儒家哲学、禅学与台湾文学

在中国文化史上，儒、佛、道既相斥又相容。这种矛盾性与兼容性，推动了中国文化的发展、丰富了中国文化的内容。进入现代时期以来，基督教与中国文化传统，也处在既矛盾又兼容的过程之中。中国知识界由全方位抗拒，到有选择地吸取；基督教会从外在于中国文化，到逐渐形成的本土化要求：都从不同侧面显露了这一动向。近期台湾教会，为了更好地传教，积极提倡了解儒家、研究儒家。并由此兴起了一种经院儒家哲学，即天主教化的儒家哲学。美国学者吴森指出：/当代中国哲学的另一种宗教哲学活动就是中国经院哲学。我采用这一专门名词有两种用意。第一，这一活动中的主要代表人物对中国文化传统极为尊崇而且十分了解。第二，这种努力不仅是在中国提倡天主教主义或经院主义，而是要努力把经院主义的基本精神与中国文化传统，特别是与孔子的价值融合在一起。① 教会的所谓经院儒家哲学，自有其实用性目的。即找出其教义通向儒家思想或儒家思想通向其教义的桥梁，使中国人尤其是中国知识分子，从儒家的某些观念出发也能较为顺利地接受天主教思想，从而减少可能发生的一些抵触情绪。但是，从文化交流和文化互补的角度看，台湾知识的变化，与台湾"经院哲学"的出现，对融通中西文化，探寻东方智慧十分有益：减少了阅读中的心理障碍、提供了交流、融通的桥梁。

----

① 吴森：《大陆中国以外的当代中国哲学研究概况》，美国《国际哲学季刊》1979 年 2 月。

王文兴说："我读论语、儒家的书——读基督教的书籍以后，发现两个根本是一致的，没有一点点不同。除了形而上的方面，因为儒家都是不涉及形而上的哲学。除了这个方面以外，其他的人的伦理、道德、还有像修持的方法，儒家与基督教完全相同。有时候为了要了解基督教，我反而看佛。中国儒家思想的人认为基督信仰是伤风败俗的，完全是误解。"① 王幼华似乎有所不同，他说："基督教的思想认知，也是这两年的事情，我一方面研究神的真义，并且也同时研读世界宗教的历史、型类和发展。也许要向很多教徒感到抱歉，因为我宁愿使用较知性的方法，如人类学、心理学、精神医学，以及历史的客观材料等。这种知识观念，了解事物的方式，我想是来自儒家思想中的理性。"② 两位作家的两种说法，标示着阅读者的两种角度。但是，不论何种角度，都已说明，拆除了障碍、走过了桥梁的阅读者，能够更自由地出入于儒学与神学之间，能更方便地沟通中西文化，丰富台湾当代文人的精神内涵。

一、引"十字架"为己任——知识分子的原罪感与承担意识

台湾当局，曾经试图隔断当代台湾文学与"五四"新文学的血脉关系，查禁现代文学作品、封锁海峡两岸交流。当代台湾文学，却顽强地表现出与"五四"新文学之间的继承性。尤其"五四"时代知识分子强烈的忧患意识、内省意识，在当代台湾文学绵延不绝。而且，加之宗教意识的介入，显得尤为强烈、沉重。

"五四"新文学，诞生在新旧交替之时代。新文学家作为新兴的现代知识分子的一员，而且是极为重要、中坚的一员，承担着思想启

---

① 康来新编：《王文兴的心灵世界》，台湾雅歌出版社 1990 年 5 月版，第 22 页、第 14 页、第 139 页。

② 张深秀：《有乱石巨川访问记》，《狂者的自白》台湾晨星出版社 1985 年 8 月版。

蒙、社会良心、救世者等多项使命。鲁迅在极端孤独中的呐喊、反抗，巴金、曹禺对封建家长制度的控诉，沈从文对都市道德的清算与对理想的人性的不懈追求等，共同显现着：我不承担谁承担，我不受难谁受难，我不下地狱谁下地狱的时代精神。

《圣经》中，有一批自动背负着十字架，在被诽谤中、被逼迫中、被误解中，不辱使命的英雄，他们就是耶稣和众先知。耶稣为了救世，降临人世。从他降临时起，就开始遭受迫害、被人暗算、被人追杀。直到被送上十字架，还饱受污辱，受尽诽谤。在一种人神共弃的绝大孤独中，耶稣终于被他意欲拯救的人，送上死亡之途。以利亚、以利沙、但以理等先知，高瞻远瞩、看破凡俗、预见未来、传达神谕；却也都屡受误解、备受污辱，直到被人陷害，或客死异国，或惨死故园。

耶稣和众先知，背负时代与历史的所有苦难勇殉所奉之道的牺牲精神，早在 20 世纪初年就成为中国新文学家学习的楷模。陈独秀曾高度赞扬耶稣的牺牲自己、拯救他人的献身精神，认为这些美德即基督教的本质，无论科学怎样发达，这样的基督教是不会消亡的。他特别强调："我们今后——要把耶稣崇高的伟大的人格，和热情、深厚的感情，培养在我们的血液里。"并且认为："耶稣是穷人之友"。①

情绪激昂之际，他还说过："吾之社会，倘必须宗教，余虽非耶教徒，由良心判断之，敢曰，推行耶教，胜于崇奉孔教多矣。以其利益社会之量，视孔教为广也，事实如此，望迂腐勿惊疑吾言。"② 鲁迅也高度赞赏耶稣在孤独中的开创精神，将他视为"众数"代为数不多的"个人"。他指出："一耶稣基督也，而犹太人磔之，后世论者，孰不云谬，顾其时则从众志耳。"③ 在散文诗《复仇》其二中，鲁迅还通过详细叙说耶稣受难一事，表达了自己与耶稣相同的莫大孤

①　陈独秀：《基督教与中国人》，见《新青年》第七卷第二期。
②　林治平主编：《近代中国与基督教论文集》，第 155 页。
③　鲁迅：《文化偏至论》，《鲁迅全集》，第一卷第 47—48 页。

独，以及与耶稣相同的献身气概。可以说，自陈独秀、鲁迅以降许多现代作家，都从受难的耶稣身上汲取过力量。"五四"新文学的自我承担意识、自我牺牲精神中，已经留下了耶稣的影子。

当代台湾文学，得到引进宗教意识的便利，又得到有神论存在主义的推动，能够比"五四"新文学家，更方便地接受耶稣和众先知的殉道精神。在邹昆"存在哲学是救赎哲学"的观点中，两个基本命题就是：人的存在即人的原罪存在，信仰基督乃人的存在的基础。从目的论来看，第一个命题，乃是为了推动第二个命题。从对文学家的影响来看，第一个命题的意义，远远大于第二个命题。它使得台湾文学家，能够更方便地将"五四"新文学中的"宗教精神"继续加以推进。

陈映真从《圣经》的各种受难者——十字架上的耶稣、被逼迫的先知身上，汲取过独立于世、醒世警世的力量。他说"一个正直的作家往往严肃地探讨人生及存在的意义。此外，作家也是时常与世俗体制相悖的，因此会有来自各方不同的压力。旧约中的先知苦苦呼吁人要警醒，末世将至，却受到民众、君王的嘲笑和逼迫。当大家在淫乐荒唐之际，只有先知超越了人的软弱，他是被孤立的；因作家经常是寂寞的。"对此，乐蘅军即指出：陈映真早期之作承袭了"五四"新文学的血脉，并且认为："他笔下知识分子的'原罪感'，与五四人物遥遥相应"。康来新也说："引'十字架'为己任，凡事要一肩挑起的过敏症也多是从新文学以降的作品里所感染到的。"这其中当然也包括了陈映真的。①

所谓知识分子的"原罪感"，早在郁达夫的作品中，就有浓郁的映现。如果说郁达夫作品中的"映现"，倘属于感应式映现的话；当代台湾文学家的"映现"，则更具有理知的意味。就此而言，台湾作家的推进之一，则在于：他们已经有意识地进入基督教教义所言的

---

① 陈映真等：《曲扭的镜子》，雅歌出版社 1987 年 7 月版，第 103 页、第 8 页、第 21 页。

"原罪"、"人性恶"的层面，进一步在宗教的层面上强化"十字架"意识，深究社会之罪与自我之罪。

王文兴在谈到善恶观与进化论时，分析道："原罪也者，无非也就是说人性里面有许多恶的部分。难道说儒家思想里就不承认'人之初，性本恶'的这个可能吗？中国人都承认。性恶的存在也就是原罪最基本的意思。不相信原罪那才奇怪，每个人都相信人天生是完美的，这个想法不是太简单了吗？——即使你只相信心理学的弗洛伊德，也会知道人潜意识里有多少野蛮的成分、有多少犯罪的倾向。所以，不相信原罪我倒是觉得奇怪。"人性之恶，必然表现为、蔓延为社会之恶。"不宁静的都市，它的脱轨就是它的常轨。"问题在于，罪人对罪恶的不知不觉、不醒不悟、不改不悔，连起码的罪恶感都没有。哪怕是"落入精神分裂"，也是渊源于罪恶感。一个人，意识到自己的罪恶，是件幸事，因为"他的罪恶感也因此证明了他的得救。"[1] 现状如此恶劣，"周围若有任何的不义，那就是义人之罪，我岂敢自称义人？然而只要周遭有任何的不义，岂不就是自认'有知'之人的承担与责任吗？"[2] 这样，知识分子的原罪感，已转化为对社会罪恶的一种义不容辞地自我承担。

台湾作家的推进之二，则在于：他们身在现代工商社会、资讯社会，始终以超越的眼光、悲惨的心境看待某些发展，成为具有"先知"意味的自觉的社会批判者。

在禅学中汲取养分的宋泽莱，何尝不是一样？他说："自从我大学开始写作之后，悲惨的感觉并没有丝毫降低的趋势。""我想禅与艺术在我们东方世界是一种紧密的结合——它们，不是两样的东西，文学与禅都是人们的挣扎。""若有人把我的文学谈话当成和我的小

① 康来新编：《王文兴的心灵世界》，台湾雅歌出版社 1990 年 5 月版，第 22 页、第 14 页、第 139 页。

② 陈映真等：《曲扭的镜子》，雅歌出版社 1987 年 7 月版，第 21 页。

说一样是严肃的人间事，我将视他为知音。"① 他始终以"悲惨"与"挣扎"的呼喊，来告诫、警醒人世。

陈映真对有些教会与教徒的麻木，提出过尖锐的批评："基督徒的批评要出于爱心与信仰"，"过去教会对 Sin 与 Crime 的观念有很大的区别，教会对罪的要求标准特别高，只要人心中动了恶念便犯了罪。今日却不同，那些无神论者视之为罪的，教会却噤口不语，比如劳基法的问题、待遇问题、平民问题、环境、公害的问题等等。那些无神论者拼命呼吁要解决的问题，有些教会却从来不曾关怀过。冷漠是今日教会的致命伤。"他在自己创办的杂志中，努力实践自己的追求。以至"有人批评《人间》的报道有时过于黑暗、无奈，让人看后有一股无可言喻的压力拥塞心头；陈映真强调：好的报道作品应该让人在问题之外看到希望，但那要指生命最原始的盼望，而非刻意或故意创造出来的曙光。"② 而在小说中，陈映真力图实现他所认定的信仰。以至"陈映真小说中的小知识分子，便是怀着这种无救赎的、自我破灭的惨苦的悲哀，逼视着新的历史时期的黎明。在一个历史的转型期，市镇小知识分子的唯一救赎之道，便是在介入的实践行程中，艰苦地作自我革新，同他们无限依念的旧世界，作毅然的决绝，从而投入一个更新的时代"，一个凸现人性恶，深究社会末世像的时代。③

二、凸现人性恶——深究社会的末世像

诚如鲁迅在《复仇》其二中所叙，十字架上的耶稣是"悲悯"

---

① 宋泽莱：《禅与文学体验》，台北前卫出版社版，第 1—2 页。

② 彭海莹：《心心念念在〈人间〉的陈映真》，载陈映真等著《曲扭的镜子》，雅歌出版社 1987 年 7 月版。

③ 许南村：《试论陈映真》，载陈映真等著《曲扭的镜子》，雅歌出版社 1987 年 7 月版。

的耶稣，也是"咒诅"的耶稣。他"在四面都是敌意"中，悲悯着、咒诅着，并将在复活后再临人世、审判人世。当代台湾作家，既背负着耶稣的十字架，也肩负着类似十字架的审判权柄——凸现人性恶、审视人性恶。

在中国传统文化中，并不缺乏性恶论。战国中期的告不害，在与孟子辩论人性之善恶时，已提出了性无善恶论。紧接着，荀子提出了性恶论的人性理论。荀子指出："人之性恶，其善者伪也。今人之性，生而有好利焉顺是，故争夺生而辞让亡焉；生而有疾恶焉，顺是，故残贼生而忠信亡焉；生而有耳目之欲，有好声色焉，顺是，故淫乱生而礼义文理重亡焉。"其后，又有韩非子继承了荀子的性恶论，并有所发展。他认为："人无毛羽，不衣则不犯寒；上不属天，而下不着地，以肠胃为根本，不食则不能活。是以不免于欲利之心。"① 后来，许多古代思想家，都以此思想作为前提和思想材料，对人性问题进行探讨。但是，由于孔孟思想在中国的主流地位，孟子的性善论成为中国传统人性论的主流。荀子为代表的性恶论，只得退为支流或潜流。

得天时地利之便，当代台湾文学家潜在对人性恶的看法，受到西方思想的刺激，得到了强化并呈现在文学创作与文学观念中。

王幼华是以擅长在作品中凸现人性恶而著名的作家。1982 年 1 月发表的短篇小说《狂徒》，即重在凸现人性恶，与凸现因人性恶而发生的令人恐怖的遗传症。1982 年 7 月发表的中篇小说《妄夜迷车》，1982 年 12 月发表的长篇小说《恶徒》，1983 年 4 月发表的《健康公寓》及后来的长篇小说《两镇演谈》，标志着"他找到了合乎他心灵境界的小说形式，""他得心应手地使这个小说世界扩展起来，终于完成了不容人效仿的独异风格达到他小说艺术的高峰，预告台湾文学将要出现千里马的讯息。"

《狂徒》描写来台后季家三代人，由于原罪的遗传因素，所遭受

---

① 引自姜国柱《中国历史上的人性论》，中国社会科学出版社 1989 年 4 月版，第 31 页、第 38—39 页。

到的不幸。退休警员季老头的两个儿子，季牙和季齿都患有精神疾病。第三代阿弟，也患上蒙古症，并成为了神棍的工具。子孙的不幸，连累季老头也了发狂。"虽然王幼华的这篇小说令人想起杜斯妥也夫斯基的《加拉马助夫兄弟》，但是缺乏像杜斯妥也夫斯基的以希腊正教来统合俄罗斯民族对光明的梦想。""王幼华用遗传学的因素来考虑，这三个人物的创造，让每一个角色背负了沉重的原罪意识。"到《恶徒》时，无可救赎的遗传之罪开始减退，作家有意挖掘着环境逼迫下产生的罪孽。在《健康公寓》中，作家转从人性的现实状况入手，借用、合并基督教的末世意象与佛教的地狱意象，凸现人性恶并深究、审判社会的末世像。在共同居住于一栋公寓中的八户人家身上，王幼华充分表现出：现代都市生活的嘈杂、污秽、自私、疏离；现代都市人道德的崩溃与精神的畸变。叶石涛指出："在小说世界里出现的这些形形色色的人物像却是堕落和腐败的；也许说得苛刻一点，那是末世现象，活像旧约圣经里创世纪十九章所提到的罪恶的城市所多玛与蛾摩拉（SodorGomora），就是缺少一把天火把它烧毁罢了。也许，现代都市里败德丧行，就是由于制度不良的恶果吧？""如果让我应用想象力说一句话，那么《健康公寓》倒是很像佛教论里的阿修罗地狱。好似每一个人都担负着因果报应的原罪，正等待着轮回的来临。""人们为了偿还前世积下的恶果，在痛苦挣扎，以泪和血洗涤灵魂。祈求救赎的一天早点到来。"①

借用、合并基督教的末世意象与佛教的地狱意象，凸现人性恶并深究、审判社会的末世像的追求，在《健康公寓》中获得成功。但在《狂徒》里，王幼华就开始酝酿。他既借鉴基督教的原罪说、末世意象，又欲出于基督教的原罪说、末世意象。他自称是虽有"救赎和希望"，但不是基督徒的方式。而是真正的生存的方式"——金枝在被季牙强暴后，她没有放弃腹中婴儿，那是一种集痛苦、羞辱、恐

---

① 叶石涛：《谈王幼华的小说》，《两镇演谈》，台湾时报出版公司1984年9月版。

怖的罪孽。虽然环境逼迫，她仍然坚持在重重阴暗岩层底下的一丝希望，虽然她的第一个儿子的'蒙古症'带给她无尽的痛苦与累赘，虽然她憎恨她的丈夫季牙，孩子也可能遗传疯狂的血液，但是未来仍然是她的希望所寄。她要和未来角力一番。她的母性会使她壮大、坚强、勇敢。"① 王幼华所谓"真正的生存的方式"，未免不包括生活中隐退为支流或潜流的以荀子为代表的性恶论。所以，可以说，正是由于王幼华，勇于出入于东西方宗教之间、东西方思想之间博采所需，方能使他得心应手地凸现人性恶——深究社会的末世像，并"终于完成了不容人效仿的独异风格达到他小说艺术的高峰"。

有的台湾作家，不一定直接从基督教的教义中接受性恶观。而是出发于自己对"真正的生存的方式"感悟，从西方现代思潮，或西方现代文学中，间接地受到性恶观影响，并且运用到自己的文学创作中。欧阳子从弗洛伊德、劳伦斯、乔伊斯处，引进的性恶观。她突破了许多文化与社会的禁忌，大胆地暴露人类潜意识中的恶。被称为"心理外科医生"。李昂从西方女权主义处，引进的性恶观。同样突破了许多文化与社会的禁忌，大胆地暴露人类潜意识中的恶。她的《杀夫》，写林市与她的母亲两代人遭人强奸：林母因为饿，没有办法要了两个米团子，被一个军人强奸；林市长期受被迫嫁给的男人的性虐待，精神与肉体饱受摧残。忍无可忍的林市，在恍惚中杀了被称为丈夫的男人。《杀夫》在台湾引起过争论，李昂所持女性主义立场、对人性恶的直面描写方式，给她带来了赞誉，也带来了批评。

还有的台湾作家，在比较了东西方宗教，尤其是对基督教的原罪说有了较深入的把握之后，便努力在东方禅学里找出对应点，并对其进行强化与发挥。如宋泽莱便认为：在环视东西方宗教之后，应该说在东方更深的宗教文学里，具有更深刻的人类之罪的体验。他说："由希腊神话到圣经到杜斯妥也夫斯基，人类的罪行由无知之罪变成

① 张深秀：《有乱石巨川访问记》，《狂者的自白》，台湾晨星出版社1985 年 8 月版。

故犯之罪行，但不论怎样，人类是割除不了他的罪行的，文学作品必然会继续探究着人类的罪行，直到罪行消失的一天。西方文学无疑对罪是有深切体验的文学，若干人认为东方在这点比不上西方，然而，在东方更深的宗教文学里，却更深刻地体验着人类之罪，基督教把罪定义成人对上帝的背信和反叛，因之，人类有了痛苦，可是大量东方禅文学里却更深刻地指出，当人发明了上帝时，人便犯罪了。"宋泽莱还把这个观点引入自己的文学批评中，在评述叶石涛的小说时，他便指出："叶石涛的小说中男女主角充满了罪，那些罪是对肉体的欲望、对人的恶意、对有妇之夫的嫉妒，而他的爱情的描述则是行动重于精神、肉体胜于灵魂——也许叶石涛相信，因为上帝才有罪人，上帝永远不会对罪人伸手的，那么爱只能用在罪人本身，只有用爱来连结所有的罪人。"① 可见，西方宗教性恶观、西方现代思潮与西方现代派文学中的性恶论，加之从东方禅学中引发出来的性恶说与作家自己对"真正的生存的方式"感悟，共同强化了当代台湾文学对人性恶的扫描和审视，强化了文学对社会的批判力量。

---

① 宋泽莱：《禅与文学体验》，台北前卫出版社，第84页。

台湾女性文学中的母性审视

女性的解放程度，是衡量社会进步的一个重要标志。女性的解放，并不仅限于未婚、未育的女人，而应贯穿于女人的一生。做母亲，是绝大多数女人的必经之路。做了母亲之后的女人解放程度如何，即西方社会学家所说，女人的第二个高峰期的解放程度如何，已愈来愈为社会关注。台湾女作家，较注重以家庭、婚姻、亲情、爱情为支点，透视女性人生、社会变迁及人性的沉浮。她们对女人的命运，尤其对第二个高峰期前后女人的状况，非常关注。在她们创造的文学世界中，一个原本面貌与性格都较单纯的角色——母亲受到高度的重视。各个时代、多种类型的母亲，均呈现于文学作品中；各种特质、各种风采的母亲也在文学中得到充分展示，直至受到严厉的拷问。

一、异样的母亲类型与多样化的母性

20 世纪 50 年代初，台湾女作家创造的母亲形象与母性内涵较简单。如林海音塑造的母亲，主要有两种：其一，受难的母亲。这类母亲受困于各种枷锁，生存于种种人生苦难中。她们的母爱，既无从展现也不受人重视，最终消灭在自身的毁灭中。《金鲤鱼的百褶裙》、《烛》塑造的都是这类悲剧性母亲。其二，慈爱的母亲。不论居身顺境、逆境，这类母亲均给子女博大、无私的爱，且不惜以双肩承受所有的痛苦。《城南旧事》中，多是这类至慈至爱的母亲。塑造这些母亲时，作家重在述说她们自身的命运与处境。就母性而言，基本上大同小异，都对子女有着无比的爱心，区别主要在于处境不同，有些母亲能够将爱心化为行动，有些母亲不便，或者不能化为行动。女作家描写母亲的受难，正是要解除母亲身上的枷锁，使她们既活得像一个人，也能有条件去尽其所能地释放内在之爱。此时女作家对母性的体察描绘，可谓童心慈母。

60年代前后，女作家笔下的母亲形象开始深化。首先，既有母亲类型不断扩展。如母亲的受难，在李昂《杀夫》中的林市之母身上，被表现得淋漓尽致。母亲的慈爱，也由一批女作家不懈地进行着传神的描述。其次，前所未有地以集群形式涌现出大量灰暗性母亲。其结果，使原来呈单向性，以无私无怨为特征的母性受到冲击，母性逐渐变得复杂化多向化。

女性文学画廊中灰暗性的母亲，大体可分为两大序列。

第一，依据母亲的主体特征，即从社会关系、家庭关系角度看母亲，至少有弃妇型、自役型、外遇型、未婚型，还包括部分强人型。

弃妇型母亲，弃妇既是时代的产物，也是女性自身缺陷的产物。台湾女作家笔下的弃妇有新、旧弃妇之分。月琴（肖飒《小镇上的医生》）、赵妻（狄宜《米粉嫂》）属于旧式弃妇。丈夫移情别恋，她们失却了生活保障，也丧失了全部精神家园。叶蓉芳（廖辉英《窗口的女人》）等，则是新时代的被弃者。她们有能力、有职业、有依靠，但婚变之后，也一如旧式女子自寻短见，抛下弱子幼女不顾。

自役型母亲，出现于转折时代的女性文学中。廖辉英《油麻菜籽》中的母亲，无论学历、门第、才智都胜过丈夫一筹。但她习惯于自我压抑、自我贬责，传统的重男轻女观念不仅摧毁了她的自尊，还使她进而宠子抑女。她的苦难，既为生活所致，更有自我奴役之因。自锁、自役，使她与高速发展的时代精神脱节，也使她的人格黯然、母性失色、偏执。

外遇型母亲，对子女之童心伤害更重。廖辉英《落尘》中的沈宜芩，郭良蕙《四月的旋律》中的石玢尼等，在外遇中不仅冷淡了家庭，更冷淡了需要照顾与关爱的儿女。欧阳子《魔女》中的倩如妈，中邪般地苦求一个道德败坏的男人，给倩如纯洁的心灵带来了巨大阴影。廖辉英在《不归路》中，更塑造了一种奇特的母亲、母性。怀孕生子不是因为母心、母爱，而是为了多一份在外遇中争夺的筹码，为了在拉锯式的消耗战中取胜。

未婚型母亲，在文学中多种多样。犯罪率上升，婚姻方式变化，均造成了大量未婚母亲。季季《涩果》中描写的未婚母亲最令人瞠目，李艳丽生下儿子，出于无奈，竟与恋人一起亲手杀死了儿子。

强人型母亲，涌现于80年代的台湾女性文学。这些母亲，同时在几条战线作战，身心交瘁。虽然，她们亦力争成为慈母，但并不总能如意。廖辉英《盲点》中的丁素素，尽管爱子如命，也不得不从事业、家庭考虑，退居于"周末母亲"。

上述母亲有思想上的新与旧，事业上的强与弱。但她们都程度不同地造成了子女的不幸或心灵阴影。她们或者因守旧而扭曲了母爱，或者因逐"新"而伤害了母爱，或者因事业影响了母爱。总之对子女而言，由于母亲自身的种种原因，人类天性中博大、无私的母爱，不是发生畸变，就是出现了阴影。

第二，从母亲在亲情关系中的特质看，灰暗性母亲也有虐待型、掠夺型、冷淡型、继母型等。

虐待型的母亲，往往从自虐开始，进而虐待子女。齐玉瑶（《盲点》）与敦治（欧阳子《觉醒》）在年轻时压抑自己的正常愿望，将子女视为人生的太阳。但子女成年后，试图永远保持对子女的精神控制，成为儿女人格、心理、情感的压抑者。齐玉瑶女儿的死，儿子婚姻的触礁，都与这位母亲的过分精神控制、心理压抑不无关系。敦治走得更远，儿子既是她的皇帝又是她的囚犯，她甚至容不得儿子的社交、恋爱，容不得儿子在母爱之外，接触更广阔的人生。

掠夺型的母亲，恰与传统文学所描绘的无私型母亲成为对应。葛洪的母亲（廖辉英《蓝色的第五季》）视母子、婆媳如债主和负债人，她直言不讳生儿育女就是为了他日的索取，每当她远涉重洋将儿子、儿媳的钱财搜罗一空时，总要加上一顿阔论："辛辛苦苦养大儿子，拿也是本分！"

冷淡型的母亲，不同于传统文学中的慈母。这类母亲，往往将自己在生活中的受挫感，在家庭、婚姻中的失望感，无缘无故地转嫁到子女身上。王浮山（施叔青《困》）五岁起就在冷淡的境况中生活，母亲无端而持续的冷淡，使他终身苦恼而不得其解："二十多年，我一直想不通，我到底做错了什么，我母亲是个很冷淡的女人。"母亲的这种态度，给王浮山的心灵带来了严重的创伤，也影响着他的人格发展。他终生都对母亲，甚至女人怀着一种疏离之情。

移恨型母亲比冷淡型母亲走得更远。由于婚姻关系的不幸，或者严重受挫于男人的世界，不少母亲往往把仇恨转泄到自己可以摆布的小男人——儿子身上。欧阳子《近黄昏时》中的丽芳，因憎恨丈夫而公开宣称儿子不再是自己的，儿子只属于丈夫。杰生的母亲（施叔青《回首·蓦然》），更加奇特。她常常无缘无故地仇视儿子，并差一点有意要将五岁的杰生闷死。在这种家境中生长的儿子不仅心灵受损，也容易导致情感的畸形。例如成人后的杰生，不仅想不通母亲的行为，还因此仇视所有的女人，并由此引发出许多家庭矛盾与悲剧。

继母在文学中，常是坏母亲的代名词。作为文学中的一种人物类型，在台湾女作家笔下既包括着亲情关系中的继母，也涵盖着某些自身人格分裂、变异，而肆意摧残儿女的恶母。郭良蕙《睡眠在哪里》中的继母，不仅道德败坏，赶走亲夫并逼自己女儿与自己的姘夫结婚，以便将花心的姘夫长久地拴在自己身边。无独有偶，西莲的母亲（李昂《西莲》）的行径完全类同于郭良蕙笔下的继母。为了自己的声誉与私欲，西莲的亲生母亲先是粗暴地干涉女儿的恋爱，然后强行将自己的姘夫塞给女儿作丈夫。在这种令人发指的非人性的母女关系中，一方面是"继母"式的自私、冷酷，另一方面，则是女儿的受辱、牺牲、毁灭。

在上述不少母亲身上，传统文学中所赞颂的母性几乎荡然无存。在母子、母女关系中，人类最崇高的感情，母爱中的无私、奉献、仁慈、关注等成分，被虐待、掠夺、冷淡、施暴等部分地取代甚至全部地取代。这个世界，已不再是童心所能体察的温馨的乐园，而是令人忧戚、令人震惊的昏暗之境，集中于一个不算太长的历史时期，文学世界中出现如此诸多的灰暗性的母亲类型，出现如此不完满、多向化、异变式的母性，堪称一种奇特的文化现象。其中有些母亲类型，尚属中国女性文学史中，乃至整部中国文学史中都不曾有过的。

二、"审视文学"的思维特性

文学是现实生活在作家头脑中的反映，但这种反映又是能动的，包括着作家主观的思考与审美选择。透过上述多样化的母亲类型与母性内蕴，可以认为：母亲画廊或称母亲谱系的大大扩充，主要渊源于现实生活的发展与作家内在世界的变化。

首先，台湾社会迈入转型期后，出现了种种既传统又非传统的女性。她们在生活的夹缝中，社会地位、内在素质、人格，乃至最圣洁的情感世界——母性，都受到挑战，并发生了微妙的变化，甚至出现变异。文学世界因此获得了异彩、异声，且可能在一个不长的时期内形成气候。

其次，涌现了一批具有异向性思维的女作家。她们正以各自不同的方式，自觉不自觉地对现实中的母亲、母性进行着审视。因而，同是生活在当代台湾的女作家，一些人习惯以传统的笔调赞颂母亲的伟大与母性的完美，另一些人，则总能在此之外建立一个个新的文学视点，创造出一种种令人震惊的母亲类型。女作家的异向思维，主要指她们在观察生活、反映生活时，以强烈的女性意识为导向，对母亲、母性进行着两个审视。

其一，对母亲的社会角色、家庭角色的审视，以破除"母亲神话"，还给母亲女人的本色。中国文化典籍中，颇重尊母、敬母。《诗经》、《尚书》中，有赞颂商周女祖先和赞誉周室三母的篇章。孔子在《礼记·表记》中，也主张"事亲孝"，敬对父母双亲。但是，

"五四"之后，尤其现代女性主义运动高涨之后，人们发现，这种"尊母"，并不是对作为母亲的女人的尊重；并不意味着父与母在家庭中可以平分权利。孔子称："母亲而不尊，父尊而不亲。"这一"亲"一"尊"，即透露了父母家庭关系，社会关系的不同。以"亲"为主要内容的所谓尊母，归结起来，不过是尊母亲的生育抚养之恩，操持家务之劳，是尊"母职"而非尊重母亲的独立人格与家庭地位。如此尊法，不过是要将女人紧锁在家庭的小天地中，将巨大的社会、人生舞台拱让给属于父亲的男人。台湾女作家的角色审视，既带有五四时代女人解放的痕迹，又有特定环境的思维方式。

其基本点之一，是通过处在旧式家庭结构中的母亲的惨状，揭示出儒家文化建构的"母亲神话"的虚伪。"韩太太"、"金鲤鱼"一类旧时代的母亲，恰如柔石笔下的"奴隶"。她们如同摆在砧板上的鱼肉，终生受人宰割。一不能因生子荣耀，二无苦熬成婆之望，家庭地位、社会地位、甚至人的价值也丧失殆尽，更不言受人亲与尊。尊母、敬母之于她们，不过宛如一个遥远虚无的神话。角色审视的基点之二，是充分渲染、解析母亲的内心世界、隐秘世界，以破除经过修饰、歪曲而流传久远的"圣母性"。封建时代的文人，在文学中常以塑造圣人的方式，塑造文学中的母亲。通过强化母亲的神性，抹杀母亲作为女人的正常人性。不论是东方的"良母"，还是西方的"圣母"，一旦母亲被人为地拔高至神的地位以敬奉之时，其女人的人性也就同时被压抑、限制到了极致。台湾女作家一反传统的圣化之法，以异常的勇气观察并强化地表现母亲作为常人的七情六欲，私心杂念。沈宜岑、石玢尼为追求、沉溺情欲，不惜搁置母子之情，倩如妈仿佛中邪般陷入漩涡不得自拔；即使女强人丁素素，也曾跌倒在某导演的怀抱中。这些"不贞"、"不洁"的母亲，所演出的人间故事，当然不乏可指责之处，她们不再是天国之神，也不是任人拿捏的艺术偶像，而是在尘世中或者说是在炼狱中挣扎、呼号、冲撞的普通人。她们有人的身躯、愿望，也有人的错误甚至恶行。女作家以"非礼"之笔调，详述母亲内心之隐秘、隐情，即为了在反思、冲撞"圣化"

的同时，以文学的方式告白母亲作为女人的本质：既普通又平凡的人性。

其二，审视在亲情关系中，母爱的分裂性、复杂性，意在打破"母性神话"，使母性与父性在家庭中同构、平行。母性中包含着对子女最深沉、持久、无私的爱心，包含着对人类事务的自觉责任与对后代子孙的忘我献身精神。但是，在人类历史的一个很长阶段，作为母亲的女人，几乎完全外在于社会。她们被封闭在家中，隔绝于社会生产之外，成为单纯的生产人类的家庭工具。在狭小的家庭范围内，她们自然而然地把感情生活作为精神生活的唯一天地。自我克制，自我虐待的忘我型母爱，就是这个畸形时代的奇异造物。传统社会对母性的赞颂与肯定，是要把母性完全限定为生儿育女的义务，限定于牺牲了女人的性爱、自我的母爱之中。西蒙·波娃指出："自从母性的宗教宣扬母亲都是神圣的以来，母爱便被歪曲了。因为，母性的奉献虽然可能是十分纯正的，但事实上的情形并不如此。母性往往含有自我陶醉，为他人服务、懒散的白日梦、诚恳、不怀好意、专心或嘲讽等因素，是一种奇怪的混合物。"① 女性主义者认为，母性的神话或母性的宗教愈被大肆渲染，父亲在家庭中的责任与义务愈松弛，父性的重要愈被世人忽视。在不平衡的母性、父性变得愈加倾斜时，做了母亲的女人只得纷纷从步入社会生产的途中全面地退缩回人类的自身生产之中。而且，这并非只是女性的自忧。80年代初，社会学家在调查台湾妇女就业问题时业已指出：未婚女性参加工作的比例为85%，已婚后的妇女参加工作者仅为39%。②

为了打破神化了的母性，台湾女作家们往往以冷峻的方式，审视母性在实际生活中的多元流向。首先，母性中蕴含着爱心。但母性并不完全等于完美无瑕的母爱，甚至包含着冷酷的恨。《困》中的冷淡

---

① ［法］西蒙·波伏娃：《第二性——女人》，湖南文艺出版社1986年版，第924页。

② 高淑贵：《男女两性职业选择之比较研究》。

型母亲,《近黄昏时》和《回首·蓦然》中的移恨型母亲,显然不是出于爱心以应有的惩罚管教子女。她们的心并不在孩子身上,而仅仅是迁怒和移恨。当孩子还没有出生或者并未出现过失时,她们心灵的深处已经积蓄了潮水般的恨。借惩罚幼子的机会,她们在报复男人,报复世道,或报复自己的身世。

其次,母性中自有无私无怨的奉献,但其中也包含无尽的索取甚至冷酷的掠夺。当母亲以被虐待狂的方式,牺牲了自己的性爱、自爱,将自己全部奉献给子女之后,母性中也暗藏着有偿的索取,甚至掠夺之心。葛洪的母亲以金钱狂的方式,索取物质性的酬报。齐玉瑶和敦治却以虐待狂的方式,伸展出母性中残酷的统治意志。养育之恩、奉献之情之后,潜行的是掠夺、挤压、虐待之心。

其三,母性中包含人间最珍贵的美与善,但也不尽是至美至善,甚至也潜伏着人性中的恶。继母型的母亲,集中地代表了台湾女作家对母性残忍面的思考。类似母亲的此类恶行,文学作品或者社会的一般心理,总是要推托到后母身上。生母善良无比,继母残忍成性。郭良蕙表现母性中的恶,还依然用着过去的方式。在直面人生的同时,避免着对母性神话与社会心理的剧烈冲突。李昂则竭力将母性并入社会化了的人生的范畴。既然母性的善在人性的范畴之内获得特殊性,母性的恶也在人性的轨道上有着必然性。母性既然如此多向、畸形,单纯地注重母性在家庭中的作用而轻视父性,显然是社会的重大失误。何况,那些忘我型的母爱,常常是丧失自爱、性爱的结果;完全将子女交给这样的母亲,未尝不是社会的更大失误。台湾女作家多方审视母亲的分裂性、复杂性就是为了使社会正视"母性宗教"的谬误,以及"母性宗教"给母亲与子女带来的巨大不幸,从而唤起社会对母性与父性的同等重视,使做了母亲的女人如同做了父亲的男人一样,既能在社会化的生产中充分实现自我,又能在家庭结构中正常地发挥自身角色的作用。

三、"审视文学"的艺术"翻越"

由于女作家对母亲、母性的体察与理解有了变化，文学的表现方式也出现了一些新特征。

其一，创作主体的位移：由女儿到女人。

在林海音的时代，女作家创作时的心态多呈女儿状态。即作者是自己所要表现的母亲的忠实的女儿。她们以仰视的方式，领受着母亲的慈祥，依恋着母爱的温馨，也表现着母爱的广博。她们又以仰视的方式，感受着母亲的苦痛，不平于母亲的苦痛，也表现着母亲的苦痛。但是，唯因仰视，她们无从进入母亲的内心，无从发掘也不愿发掘母性中特质迥异的内涵。她们的创作，多沿着冰心、沅君的方式推进，甚至张爱玲式的冷峻，也为持有童心的作家所不能包容。

转入自觉的审视期之后，女作家逐渐实现着主体的位移：由女儿到女人。创作的视角也由仰视转为平视，甚至俯视。她们不再只满足于对母亲世界的客观描述，而要进入母亲的内心世界进行各种探秘与分析。从此之后，母亲不再只是一个单纯的家庭角色，更是一个情感丰富、性格复杂、欲望强烈的社会角色。作家打破母亲的外壳进入人性深处后，母亲的思想意念，灵魂震怵以及内心的罪过，便公开而合理地进入了创作。尤其是那些被世俗压抑着，认为是不光彩、性欲的非分冲动，也同母爱一样堂而皇之地出现于文学殿堂。这时的女作家，不再只是一般人的"心灵的医生"，也斗胆成为"母亲"的心灵的医生。她们开始既描写母亲言语行动的善恶，也思考、分析着连心底的思想意念也算在一起的内心的欲、内心的罪。向内转，向母亲心灵深处挖掘，母亲便只是如同男人一样的普通的人、寻常的人，文学中的母亲也从此成为生活中的活生生的人。于是，主体与客体之间，不再有意识的鸿沟、表现的障碍。欧阳子称"我总是在揭露他们自己都不敢面对的内心的罪，以及他们被迫面对真相之后的心灵创伤"①。这里的"他们",便一视同仁地包含着男人与女人,包含着人伦关系中的父亲与母亲。因母性与人性沟通,母性折射出时代演进过程中在泥淖中拖曳的社会化了的人性的特质。多维性、复杂性取代了单向性、冷峻性,现实性取代了温情性与浪漫性。作家再也不满足昔日的文学出发地:爱女甚至逆子。她们呼唤着母亲是人,是女人,以解剖自我般的严厉,呼风唤雨般地出入于母亲世界,拷问起母亲的魂灵。

其二,跳出"阴柔"之外的美学尝试。

女性文学在人们的集体无意识中,仿佛总应以阴柔美为美学思维与风格的特性。相对于阳刚之美,女作家在很长的历史时期内创作的文学人物的基本性格与作家的总体性创作特点,也主要是柔美:娇媚、细腻、秀丽、幽雅、含蓄。婉约的文风,美、秀、甜的风韵,既显示出女作家艺术思维所长,也反过来局限了女性文学的发展。钟玲论述台湾女性诗歌时也谈到女性文体的优势与弱势:女诗人在诗歌中呈现情感与意象时,与男作家有明显不同。(一)宽容意识,常以宽容之心待人,尤其对无情的情人;(二)"母亲基形",像大地之母一样,默默承受、忍耐、复苏。因而,纤细敏感与幽怨哀诉,成为与宽容、忍耐既互为表里,又无法削离的创作特征。②

以审视的勇气表现母亲、母性的女作家,进行着一种翻越。她们不满足"仍然是停留在墙的这一边",即如罗丹曾言:"只有少数越过墙到另一边去。"她们也刻意作为越墙的少数人。苦涩、怪异、冷峻,搅乱了一泓山泉似的温情,冲散了柔肠回荡的柔美。《魔女》、《觉醒》、《蓝色的第五季》、《困》等作品中,奇异得近乎刁钻的角度,苦涩得令人颤抖的目光厉声疾色地撕扯着男作家都不曾触动过的

---

① 欧阳子:《关于我自己》,载《移植的樱花》,尔雅出版社 1978 年版。

② 钟玲:《现代中国谬司——台湾女诗人作品析论》,联经出版事业公司 1989 年版。

人性遮饰物。宽容、承受的母题意识也受到夺门而至的自我张扬的冲击波的强大冲击。

与秀美、纯美境界相对应的怪异、恶心意象也受到女作家的高度重视。以冷峻、严酷之心，剖析、展示母性之恶，并于不动声色之中鞭挞母性之恶，几乎使男作家在某些方面也为之逊色。发现张爱玲，超越张爱玲，几乎成为李昂等作家的强烈愿望与美学思维的重要特征。

从审视母亲到审视母性，可见台湾女作家女性主义思想的演进。虽然其中不乏作家自身的思想矛盾、过重的存在主义暗影，但毕竟在最敏感的创作区域，高张起了反击男权主义的旗帜。并且，在这原本是最适应于纯美、娇媚的艺术国度，奏响了超越传统女性文学特质的异声。

［原文刊发于《暨南学报》（哲学社会科学版），1992 年 4 月］

求赎的困惑与理性的探寻

——李昂创作概评

女作家李昂，是当今台湾文坛人人皆知的"怪杰"。她三十六岁，早已跻身台湾畅销作家之列。怪就怪在她的作品不如其他作家走运，常常引起争议。一九八三年《杀夫》获《联合报》中篇小说首奖，她一面得奖，一面听骂。改编成电影后，又被人指控为剽窃。事后虽澄清无此事，但各种争执仍不断见诸报刊。她的作品在论争中越吵越热，《杀夫》一年内在台湾售出两万册，且与其它作品一道传到海外和祖国大陆。李昂本人亦在论争中逐渐成熟，以非凡的毅力，不断向文坛奉献自己的新作。

一

李昂原名施叔端，一九五二年出生于台湾新化县鹿港镇一个商人家庭。父亲对古典诗词的爱好，使她从小受到中国传统文化的熏陶。她是家中最小的，有两个文学功底极深的姐姐。大姐施叔女是声望颇高的文学评论家，二姐施叔青为海外著名的作家。她们的扶持、帮助，对她的文学创作产生过重要的影响。李昂自幼显露才气，小学六年级背会了唐诗三百首，中学时边读书边创作，从不觉为难。本乡小学，中学毕业，一九七〇年考入台北文化学院哲学系。一九七五年初赴美国留学，一九七七年获美国奥勒冈州立大学戏剧系硕士学位，一九七八年返回台北，执教于母校文化学院。

李昂在文坛上已活跃了二十年。十六岁发表短篇小说《花季》以后，便一发不可收。现结集出版的有短篇小说集《棍声合唱》、《人间世》、《她们的眼泪》、《一封未寄的情书》，及中篇小说《杀夫》、《暗夜》等。

李昂开始文学创作的六十年代末，乃至七十年代初，正是存在主义与精神分析学说在台湾盛行时期。以个人为中心抒发心灵的苦闷，一时成为文坛的主要创作方向。其中当然也不乏继续描写具有相当社会意义题材的作家，但主要潮流，追随的是西方存在主义等思潮的余韵。大量阅读存在主义，心理分析与意识流小说，促使李昂年轻气盛，骚动不安的心灵，与时代潮流共鸣。聪慧的天分，急切的求知欲，新奇动荡的时代感，以及被各种新潮流煽动起来的青春期绚丽热情，也造成了她与自己置身的古老闭塞的鹿港小镇的极大隔膜。加之依恋的姐姐远走他乡，更增添了她荒原似的寂寞，求赎的空茫和静坐待变的希冀。她在《写在第一本书后》一文中（载洪范书店1985年版《花季》）写道："如果有人曾在小镇——尤其像鹿港那样残存过去光辉的地方长期住过，相信该更能了解这类由家族联合的小镇，只属于老年人，或至少必得已上年纪，才能和它真正彼此相连。对像我这年龄的女孩，是不大的一种负担。"出于苦闷，困惑，更有求知，求新，求变的希望，她把创作视为宣泄个人情感的良方，由此迈向了文学的殿堂。

《混声合唱》的七个短篇，是李昂背叛与自救期的心路历程的反映。《花季》开始渲染心灵的骚动。一个情窦初开的女学生，由素不相识的花匠骑车载往花圃买圣诞树。少女在成年男子身后，提心吊胆地防范可能的攻击，又禁不住渴望自己不甚明白的某种事件发生。一个并不复杂的故事，经过李昂的点染，买花女灵魂深处游丝般的性欲渴望被推向极致，给人一种异样的新奇。写《婚礼》、《混声合唱》，李昂将笔触深入到一个荒诞的身外世界，观照人们在莫名的情势下，丧失自我，无法驾驭自己命运的窘迫处境。《婚礼》的男主角奉家人旨意给叫李姑的女人送一篮素食。踏上行程，太阳，楼梯，蓄水池，行人，以至整个世界都与他作对。穿过重复的阴暗的厅堂，辅道，微光的天井，历经无数挫折，他才在腐朽的楼梯尽头，找到垂死的清规戒律的恐怖世界。不料，那篮素食成了信物。他不由自主地被人牵引着，与一个毫无生气，从不相识的女子完成了一项必须的仪式——婚礼。《混声合唱》的精神极相通于约瑟夫·赫勒的长篇小说《第二十二条军规》。"我"按计划赴教堂参加一次为比赛而召集的合唱排练。众人聚齐后，独不见召集人并且也是唯一懂得这支神秘曲子的牧师太太。最后连是否真有预期的比赛，也成为无法解释的谜团。"我"与众人不得不在无法忍受的环境中，疲惫无望地苦苦等待。这两篇小说貌似荒诞，表现手法也未脱尽他人痕迹。细细品味，仍令人怆然动情。透过《婚礼》所烘托的梦幻，恶心，发丧般的氛围，人们不难悟出作者独运的匠心——婚礼，无异一幕蹂躏青年心灵、肉体的变相葬礼。《混声合唱》中的人物，生活在莫名的荒谬中。一切均不明不白，一切也不必明白，世界本身就一塌糊涂。可悲的是，无论"婚礼"还是"合唱"，李昂笔下的主角，全以"荒谬英雄"的姿态，不加抗议地承担着一切。毫无疑问，这一时期的李昂，正在咀嚼西方现代派的梦呓。《婚礼》中，她竭力表现人的厌恶感，太阳"像发臭了的蛋黄冷冷的，无助地浮在一大堆似粘浓蛋清的云中"；竭力表现人在环境重压下的焦虑，恍惚，以致仿佛"各种呼啸的车子从我身体的每一个部位碾压过"。卡夫卡《城堡》式的意象，也出现于李昂笔下人物的行程。因而，高标反叛的李昂，这时的思想与艺术都还幼稚。可喜的是，她还在不断地寻找，在社会生活与艺术世界中找寻属于自己的天地。

通过《海之旅》和《长跑者》，李昂进一步将人的自我追寻、人与人之间的不可沟通，以及由此而生的寻找时的困惑，跋涉中的艰难，以诗化的方式裸呈给读者。在一切都无法阻止和避免的心理状况下，主角的思索，试探、梦幻，构成了作品的第一人称叙述。性的魅惑，魔法般的绳索，暴力与血祭下的狂欢，阴森浩渺的黑森林，徒费精力的长跑，汇合成作品的主弦。由《花季》少女的焦灼，骚动，到《长跑者》在黑森林中的消失，李昂的创作也进入一种不由自主的螺旋。她反省，她空茫。为成功而自豪，更为无法超越而忧戚。

一九七〇年李昂到台北读大学。都市的现代意识，增强了她对故乡封闭性与保守性的批判勇气。恰逢现代派文学与乡土文学的更替期，一股回归传统的寻根浪潮逐渐兴起。在不少作家那里，乡土被以极大的热情几乎予以全部肯定。李昂的创作也开始出现了转变。她抛开昔日沉重的自我，踏上"返回"乡土之途，创作出《人间世》中的鹿城系列故事。但她的回归，并非对乡土的盲目认同，而是立足于对故乡的一种新的认识，她以为时兴的乡土文学中，正培养出一种怀旧、感伤的情绪。逝去的、过往的事物，在人们的怀念下被美化，农村成了理想的乐土。甚至一些传统规则，也为人们所盲目颂扬。李昂有意做乡土文学中的逆反作家。她刻画的人物与环境，无法让人由衷礼赞，不是病态也是极不正常的。《西莲》描绘的是一个古老、复杂、病态、排外、式微的鹿城封闭社会；《色阳》是对小镇社会颓废、人情淡薄的无情嘲讽。

从《人间世》系列开始，李昂扯旗扬帆大力冲撞文学中"性"的禁区。她仰慕福楼拜，劳伦斯，将冲破文学中的性禁忌，作为一种冲破约定俗成的社会的深刻力量。试笔时，她有成功也有挫折。《讯息》中，三哥对两个女性的情欲、欺骗以至忏悔，揭示出"现代男性"的情感虚伪。《莫春》、《昨夜》尝试为消除男女间隔膜，弥合感情危机作出努力，却也显露出信仰的空茫与单纯。而且，某些性描写场面过于详细，欠缺艺术化的处理，无意中呈现出一种迎合读者低下趣味的倾向。无论如何，此时的李昂已迈出了关键的一步；由自我呻吟走向现实人生，以抒唱心灵幻象转入冷峻的社会批评。

八十年代，李昂历经艰辛跋涉，从困惑走向理性与成熟。中篇小说《杀夫》、《暗夜》相继问世并拍摄为电影，极大地震撼了台港和海外文坛。无论昔日的怀疑者或爱好者，都面对这样一个事实：怪杰李昂已冲出困惑之圈，尝试着走上了充满理性且风格独异的探寻路程。

二

比较《混声合唱》与《人间世》，可见李昂创作呈现出一个重大转折。对自我追寻的倾心，正由对女性的社会地位与女性在人类文化中所扮演角色的关注所代替。这种关注并非一开始就完全自觉，然而的确带动与改观了李昂的创作，并且将其艺术视野提高到一个崭新的社会层面。

作品中心的转移，是转变之初的明显标志。《混声合唱》时，人物性别没有特殊意义，且主角多为男性。到了《人间世》，女性成为构思与表现的中心。更重要的是作品出发点的更新。作者开始自觉站在受欺凌的女性立场上。为摆脱显示不平等观念的男性笼罩的阴影，为妇女在经济与情感两方面的独立自主而不懈努力。

中国自有社会制度以来，男性长期作为社会的中心。旧传统与礼教，严重压抑着女性争取自由与独立的正义呼声。台湾社会，妇女地位虽然较从前有改变，但无论在政治，法律或女性意识上，这些改变都显得十分迟缓，尤其对妇女角色的认同，仍沿袭着传统社会以家庭角色为主的刻板印象。作为知识女性与有责任感的作者，李昂刻意在创作中表现一种新的妇女观念与意识。尽管这种努力遭到过不少人的指责。

李昂热衷"女性文学"，与台湾妇女现状不无联系，也缘于不断日益高涨的世界性女权运动的鼓励。西方妇女的自觉，早在十七世纪就已现端倪。但大规模的群众运动，则要迟至十九世纪。二十世纪六七十年代，女权运动在美国出现高潮。与之相适应的，以女性为重心的女性文学，与旨在服务于女权运动的女性主义文学批评，也渐趋高潮。这个运动也波及到台湾。七十年代初，留美女学者吕秀莲回台后，大力倡导"新女性主义"，要求两性平等，反对重婚等原有的旧道德。八十年代，以李元贞女士为发行人的《妇女新知》杂志，继续推进女性解放思想，带动和启发众多女性，共同为女权运动及女性主义文学而努力。李昂的大学时代正是台湾女权运动兴起、发展期。赴美求学时，她还亲身感受了西方的女性意识。加之回国后长期为《中国时报》撰写一个妇女问题专栏，李昂广泛地接触了各类妇女问题，更坚定了文学中的女性主义倾向。

作为一位有见解的文学家，李昂既以自己的作品与新兴于台湾的女性意识相呼应，同时仍保持着鲜明的个人特色，正像她自己所言："我不是对某种主义照单全收的崇拜者或实行者，我的出发点毋宁是：以我自身，提出一个这个时代的女性切身经历的问题；以及我因我的工作，我所接触的或我的读者提供的问题，以此来探讨和反应。"（转引自刘达文、蔡宝山《李昂与她的"女性主义"小说》）西方女权主义者出于女权运动的考虑，往往对男作家进行严厉指责。她们过于看重作品的性别倾向，往往导致出一种对男性作家艺术成就的盲目抵触情绪。李昂笃信男女平等原则，在小说中当然地将两性放在同等位置。即使在性关系的描写中，也竭力回归主体关系的对等。例如《莫春》，即便做爱，双方也同样冷静，冷酷，甚至随意。仅是女性单方的一厢情愿因痴情而委身，不是终遭厄运（《讯息》），就是成为兽性的牺牲品（《暗夜》）。但李昂并没因思想、观念的某些差异，去苛责或抹杀他人作品的艺术价值。她高度赞扬擅写女性角色的男作家在艺术上的杰出贡献。她极欣赏福楼拜、劳伦斯、白先勇等作家。欣赏他们的作品，在表现女性心理时所透露的一种淡淡的、生活的、平实与细腻的魅力。赞誉他们将女性的特质发挥到极限。同时，李昂在自己作品中亦不讳言女性的弱点。她塑造了丁欣欣（《暗夜》）一类因"无知的开放"而随意委身的时髦女性，提醒女性深思这类事件所潜藏的社会危机；刻画出阿冈宫（《杀夫》）一类卑鄙、愚昧、恶棍式的遗老，供人反省。

立足男女平等，反对男性为中心的传统观念；不放过传统思想带给女性的病疾，挖掘新的经济关系带给女性的新劣根性，成为李昂成熟期创作的显著特点。循此思路不断努力时，她的创作逐渐超越着一般女性文学的层面。由此起步，她踏上了探寻"经过社会化后的人性"之程。

三

李昂是有独特艺术追求的作家。她"希望在已被普遍耕耘播种的人类知识领域内找寻尚有的处女地，以便在此能种下一棵较独特的花草"（李昂《我的创作观》）。寻找处女地，种植"一棵较独特的花草"的愿望，成就了她大胆描写人类最平常又最隐秘的性关系的创作倾向。她作品的轰动与不断引起争议、非难，也都与此不无关联。

《混声合唱》已现出李昂对性意识的关注。首篇《花季》吟唱着未成年女性无从把握的性觉醒与性渴望；《有曲线的娃娃》试图真实地反映出童年期的苦难给女性带来的终身压抑，以及由此而诱发的成年妇女性意识的扭曲与迷狂。《人间世》之后，性问题逐渐成为作品构思、布局、表现的主旋律。她确实大胆，笔触伸入不少人视为禁区的性领域，毫无徘徊犹豫。性意识，性冲动，性关系，更有不登大雅之堂的性场面，她都写得从容，坦然。她的众多作品，倘若抽掉性关系，不仅事件与人物无法关联，作品主旨也模糊不清，苍白无力。

一般说来，李昂的性描写，主要立足于以下几个角度。

其一，性关系在人际沟通中的作用。

人与人之间的冷漠，隔离，存在于封闭的乡村，也存在于喧嚣的都市。备受孤寂折磨的，是那些人生与爱情的失意者。他们心灰意冷，甚至丧失了认真生活，重建理想，寻觅爱情的信心。这种孤寂者，教养、地位、经历、痛苦，往往极其相似。他们多属知识阶层，一旦受挫便退回并固守个人的天地。异性间偶尔的接触，不经心的言谈，虽无法燃起他们昔日的爱情之火，却不时激起某些性方面的本能。李昂有意在作品中探讨这些人生的失意者，通过性关系互相沟通、慰藉的可能。何芳与杜决明（《昨夜》）的性关系，源于一种偶然事件诱发的互相同情。此前，他们彼此的感情隔得很远。习惯的交往方式，使他们愈发感到陌生，不期而至的性爱，成了救赎心灵的最佳方式。

李昂的这种表现与追求，既体现了她对人生战场中失意者的理解，同情与寻找求赎的挣扎，然而亦反映出她缺乏更积极的态度与必要的信心。作家表现沉沦与心灵的灰暗面，并不奇怪。郁达夫早已在这方面作出了榜样。重要的是作者还应有更深远的希望；并以这点希望之光升华自己作品的格调。具体到李昂的作品中，便是在认识到以性关系沟通人们心灵无法奏效时，对人们性关系中显示的盲目性，随意性缺乏必要与中肯的批评态度。不久，李昂似乎对此有了一些反省，即没有爱情的性生活，对心灵沟通的作用，毕竟是短暂、沮丧、颓唐的。她开始或多或少地放弃原有的思路，转入对欲与情分离现状的剖析。性欲与爱情的分离，是性泛滥在西方世界带来的主要社会问题之一。不少社会学家与有识之士，都为此而忧戚。爱情本是男女间的一种崇高感情，它引导人们为寻找完美与幸福而献身。所爱双方在精神与肉体两方结为一体，由爱而生的两个人在性方面的结合，是一种真正的结合而不是孤立的个人体验。由此产生的共享状态是一种新的引人向上、向善的引力场。然而可叹的是，在性行为如此普遍的时代，性行为所依赖的不是爱情而是短暂的乐趣。双方注重的不是心灵的沟通，而是性技术和做爱的手段。随意的性关系，充其量不过渊源于双方对自己所面临的孤独感的恐惧。李季与唐可言旅途轻率苟合（《莫春》）以及此后不断的肉体交欢，正是停留在肉欲的层面，目的不过是对空虚与冷漠的消极逃避。

如果性关系能给身份与阅历相似的男女带来某种暂时的沟通，那么地位悬殊者，试图凭藉性关系维系感情则几乎不可能。含青（《讯息》）正是这样一个牺牲者。奉献了处女宝贵的贞洁，仍无法得到留洋学生"三哥"的真心。作为一个注重冷静，客观描写的作家，李昂在作品中没有直言结论。但人物的活动与命运，隐约地传达着作者的心迹：心理不沟通、情感受压抑时，轻率、频繁的肉体交欢是不足取的。

其二，金钱名利腐蚀下人性的堕落。

探讨性关系之于人际间沟通的作用时，李昂有时会陷入一种莫名的困惑。一旦从性关系入手，透视金钱名利对人性的腐蚀时，她立刻显得生气勃勃。台湾进入资本主义后，追逐名利甚嚣尘上。性关系愈来愈与各种利害关系靠近，甚或变相成为一种商品，导致了爱与性的进一步分离，《暗夜》通过篇幅众多的性关系与性场面描写，把人欲横流世界中的每个参与者都无情地摆上了灵魂的解剖台。在诸多近似疯狂的场面中，李昂首先解剖的社会体面人物道德的堕落与虚伪。商业巨子黄承德、报社记者叶原以及某博士，是一群玩弄女性的老手。他们或用金钱、或用名利，不计其数地勾引涉世未深的女性以至朋友之妻，尤其是黄承德这个道貌岸然的资产者，为了换取经济情报，不惜默许妻子成为他人发泄兽欲的工具。通过性描写，作者还讥笑了某些时髦女性为了虚荣与金钱，自甘沦为男性的玩物。丁欣欣是现代文明熏陶中长大的青年，金钱欲与虚荣心使她变得软弱而愚蠢。为体验一种她未能经历的生活，一种极度逸乐、享受的上流生活，她心甘情愿地做男人们"快乐的情妇"。在精神、肉体两方面，成为男人的附庸。可见，《暗夜》将性关系作为构思的主线，展示出正常的性爱已被彻底扭曲，纯洁的灵肉之爱，已被金钱主宰下的性交易、性发泄所代替。

《暗夜》也许并非无懈可击。性关系描写，未必完全依靠性场面的渲染。李昂处理性关系这个极复杂的社会问题时，往往过多依赖性场面的详细刻画与有意点染。虽然作家的用心，是通过性场面揭示人性最隐秘的污点与堕落，但是，作品在客观上却给人过浓的性方面的感官刺激，以致削弱或淹没了作品本来所应有的社会批判分量。

其三，人身依附造就的性掠夺、性虐待。

李昂一方面对西方思潮冲击下台湾社会出现的性变态、性疯狂感触万千，另一方面对仍然遗存的封建婚姻痛恨不已。《杀夫》的批判锋芒，指向传统的人身依附式婚姻。由于经济地位不平等，孤女林市被族人像卖性口一样，卖给屠户陈江水做妻子。过门以后，她失掉了所有人的权利与尊严，成为陈江水纯粹的泄欲工具。一旦兽性发作，陈江水不择时间、地点揪住林市拉裤子，并强迫林市在性交中像牲口般叫喊、呻吟，以此作为乐趣。这种人身依附、买卖式的婚姻关系，极端地摧残女性身心。林市仅仅为了活命，为了一碗残羹剩饭，不得不屈从男人。性掠夺是一种最彻底、最野蛮的人身掠夺。描写这种掠夺的性场面，带来的是恐怖与警醒。所以，李昂重笔描绘林母嘴中嚼着米饭被人奸污，林市无可奈何被陈江水强行凌辱的场景时，使人感到的不是《暗夜》曾流露的新奇艳丽，而是灵魂深处的毛骨悚然。可悲的是，人们对惨无人道的性虐待习以为常。一旦被剥夺者起来反抗，面对的不仅是法律制裁，更有舆论的不容。《杀夫》的情节并非虚构，是日伪统治台湾时期发生在上海的一件实事。李昂将其移到当代台湾的鹿港，加强了这幕悲剧的时代与地域色彩。通过冷静、客观而铺张的描写，李昂不仅鞭挞了陈江水一类人性的摧残者，也对纵容、庇护者乃至时代进行了无情嘲讽。

以性关系作为小说主线，古已有之，但决非坦途。李昂有过成功的经验，也不乏探索中的教训，可喜的是，她正在逐渐摆脱困惑期的阵痛，十分固执地操着一支陆离缤纷、饱含理性的批判之笔，在人们精神最敏感处挖掘灵魂的丑恶与肮脏。

（原文刊发于《华文文学》，1989 年 3 月）

基督教文化与香港文学

与香港社会现代商业化、都市化步履相适应，六七十年代以来，香港文化、文学发生了一些变化、转换。变化的内容、转换的方式，以及转换与变化的原因，多种多样。本文就基督教文化精神，在这种变化、转化中的参与，略加论析。

一、基督教文化与香港文学的"亲和"

文学多元化过程，也就是对主流倾向、主流意识的消解过程。相对大陆文学、台湾文学，香港文学率先步入"政治文学"的消解、文学"阶级意识"的淡化过程。

如果说，五十年代中叶兴起的现代主义运动，已开始消解"政治文学"；文学"阶级意识"的淡化，在创作与理论中形成气候，则在六七十年代之后。至八十年代初，淡化已较普遍。例如：在一次香港作家对香港小说的研讨中，论及舒巷城时，专列了"舒巷城作品的阶级意识"一节。当有人"和舒巷城谈过"，"觉得作品中有这意识"时，作家本人声明："没受大陆阶级观点文学理论所影响"①。创作主体对"阶级观点文学理论"影响的否认，批评者对"阶级意识"的不贬之贬，昭示的不仅是文学中阶级意识的淡出，更是社会思想中阶级意识的淡出。

---

① 见《文艺座谈会—香港小说初探》，《文艺》杂志，1983 年第 6 期。

社会在消解、淡出某种意识、规范时，也在寻找、强化新的意识与规范。华洋杂处的香港，寻找的目光，盯住过"华"之"本源"——《论语》，"洋"之"源头"——《圣经》，这大概是香港人即西化得可以，又传统得"正宗"的原因。

梁锡华写道："基督教的《圣经》和儒家的辉煌要籍——《论语》"，"受它们影响过的人多少呢？算不来。要是算得来，那个数字应该有几十亿，以后一定还有。""《圣经》和《论语》的教训，不是我能全部接受的，其中好些榜样，我也不愿无条件跟随，但总的来说，是教训也好，是榜样也好，许许多多，光耀万丈，至少在我心中，永远是明确的路标和人生苦海的慈航"①。将《圣经》、《论语》视为"明确的路标"、"苦海的慈航"，也许更多是代表梁锡华的个人心愿。但反映出寻找中的香港，对华洋文化二源头——两个古之又古的精灵的注目与亲和。

基督教文化与香港文化、文学亲和并非偶然，有其内在的原因。首先，香港实行的资本主义制度与基督教文化精神有着天然的亲和力。近代资本主义伦理，有许多直接受益于其文化源头的基督教文化，尤其是基督教清教的"天职论"，与资本主义伦理精神——资本主义文化的核心，血脉相连。当香港进入现代都市化之后，"血缘之缘"推动着"亲和"在形而上的进程。其二，"圣者"俗化的亲和力。七十年代之后，香港教会进入发展期。教会的遍地开花，和基督教文化精神与香港文学的亲和固有联系，但教会的"圣事"，对非教徒毕竟还相当遥远；倒是些基督徒新的思维——"俗化"取向，却对香港文化、文学意识产生较大影响。如《文艺》杂志的创办，展示了基督教文化"人世"的倾向。其三，中产阶层的壮大，尤其是中产阶层中贯通中西的学者群的壮大，使得香港文化理念、主体学养，均生发出对基督教文化精神的亲和力。可以说，消解与构建的需要，以及"先天"与"后天"的亲和力，共同推动了基督教文化精

---

① 梁锡华：《光辉万丈》，《情系一环》，台湾三民书局 1994 年 8 月版。

二、"天职观"与香港文学意识

基督教宗教改革之后的新教教派直接从《圣经》"办事殷勤"、"重视自己的职务"、"'主'以'天命'来划定每一个人的职责"等教训中，引申出新教禁欲主义的核心概念——劳动。即辛勤劳动，是获得救赎的唯一途径。劳动又分为两种：1. 献身于直接服侍上帝的教会"事工"，2. 投身于世俗社会的合法职业。为了强化劳动的禁欲作用，好的教徒即使参加了服侍上帝的劳动，也还需努力参与世俗的劳动。而"未能更直接地服务于上帝，那就全身心地投入你的合法职业"，"在你的职业中辛勤劳作吧！"①

所以投身职业，尽职尽心尽力地劳动，成为道德上的绝对命令。职业劳动这个观点，既为新教禁欲主义奠定了禁欲的基本律令，也为宗教意识浓厚的西方日常世俗活动注入了宗教意义。马克斯·韦伯指出："近代资本主义精神的一个基本要素，或者说不仅仅是指近代资本主义精神而且包括整个近代文化精神的一个基本要素——以职业观念为基础的理性行为，就是从基督教的禁欲主义精神中产生出来的。"②

香港当代文学，秉承过五四新文学的批判精神，又继承着香港现代文学的批判传统，在相当多的作家身上，在相当长的时间内，流传着与香港社会对立的社会意识。阶级对立、贫富悬殊主题，以及对上流社会的揭露、对黑暗现象的抨击等，都显示着香港作家与香港社会整体性的尖锐对立，显示出一种以阶级对立为主调的意识自觉。

---

① 参见张志刚《宗教文化论》，东方出版社 1996 年 3 月版，第 73、75、172 页。

② 参见张志刚《宗教文化论》，东方出版社 1996 年 3 月版，第 73、75、172 页。

六七十年代之后，新的社会意识不断出现。在西西小说中，展现的是一种宽容意识。《我城》等作品，通过人物、情节，展现的是对大众社会的宽容与认同。整体性的反抗、对立，走向淡化。

长于西学，又精于中学的香港学者作家群，更是有以宽容取代对立的自觉。黄国彬《见港督》一诗，从简单的、情绪化的对立模式中挣脱出来，以平凡人、平常心的方式，思考与组织诗中之思——现代社会和平时代，人与职的理想方式。

在宽容意识发展过程中，对既有对立意识、单向思维模式的怀疑，亦在文学中得到显露。犁青《在狄士尼奇幻世界》一诗，借对新时代中复杂现象的感受，抒发了有别于前的相对意识、复杂意识。

例如贫困问题："我找不到谁个贫困的/一无所有的无产者/工人们有些是十万/百万的小财主/老板们有的是债务/贷款无法还清像只蜗牛在蠕行"。实事求是地分析贫困，以复杂眼光对待社会，大胆从新的社会问题中形成文学意识的要求，至此已经提升到理论的层面。

也斯也是一个主张宽容的作家。借都市文学的概念，他提出了一个新的理论："发现的诗学"。"即诗人并不强调把内心意识笼罩在万物之上，而是走入万物，观看感受所遇的一切，发现它们的道理"。"城市由许多事物构成、受众多因素影响"，"尝试摸索去写我生活其中眼见他日渐变化的城市"。[①] "发现的诗学"，不只是诗的形式、艺术的发现，更是诗的意识、思维的发现，是既有对立意识之外，经历了包容意识之后"调适"意识的发现。可以说，"调适"意识比宽容意识更宽容，是主体对复杂的客体、变化的客体，多方位体验、认识、怀疑、认同的多维过程。

"调适"要求是理论自觉的过程。在"调适"要求明确提出之前，香港文学意识，已在逐渐调适。

在文学对立意识向宽容意识、调适意识扩展中，人性意识变得生

---

① 梁秉均：《梁秉均诗选》，香港作家出版社 1995 年 12 月版，第 143、304 页。

动复杂。如果，我们从基督教文化的角度，分析香港文学中的人性观念，可以在"抽象"中看到一些"具象"的内容。

西西的处女作《玛丽亚》，即以一个在刚果工作的白人修女为中心，以她的心与眼建构小说。小说《像我这样的一个女子》被认为是西西短篇小说的代表作，评论甚众。假如我们从基督教文化的角度来看，也许对悲剧的原因、悲剧的性质理解有所不同。新教禁欲主义在承认"原罪"基础上，以天职论来判别人性中罪的救赎或加深——即向善与新恶。上帝已经毫无例外地为每一个人安排了一种职业，这种安排实质上就是一种道德上的绝对命令。因此，人人须服从这种安排，各司其职，辛勤劳动。热爱职业献身于职业，就是救赎——既是上帝的救赎，也是自我拯救，因而是向善。耻于职业，疏忽职业，是拒绝上帝的恩赐，因而是不道德的，是自我的新恶。正像有的学者指出："对于道德行为所能采取的最高评价形式，应当是看其能否在世俗职业中履行义务"。[①]

西西笔下的这位"女子"，从事给死人化妆的职业。她忠实、安心于这份职业，这本身是道德之向善。然而，人性中向恶之心甚众。把职业的选择放在尽心于职业之上，是堕落与新恶。可惜，"我"与"我"的姑母，两代向善者都面对着弥漫于世的道德之恶。富者不爱其职，贫者也不爱其职。两代职业女性的爱情悲剧，与其说是社会的悲剧，不如说是人性的悲剧，是人物愚昧堕落继续犯罪的悲剧。

依新教天职论，财富不是罪恶。通过职业劳动获得财富，与合理使用财产，合理消费，都是正当的。具体来说，财富道德有一个标准：动机。"哪一种职业能博得上帝的青睐，要看该种职业为整个社会创造了多少财富。哪种人更获上帝青睐，要看其通过职业所获利益的多少来决定。热爱天职、履行天职，发财致富不仅是道德的，也是

---

① 张志刚：《宗教文化论》，东方出版社 1996 年 3 月版，第 73、75、172 页。

理当如此。而当人们为了享乐，奢侈去追逐财富，便是不道德的。"①

从这种道德观出发，我们可以看到许多香港作品中富人有好有坏、穷人也有坏有好的复杂描写背后的道德因素。当然，财富作为劳动成果的标志，在社会中常常变形为拥有财富作为身价的标志。香港文学也免不了这种媚俗作风。但是在海辛、陶然、白洛、东瑞等作家的一些作品中，以及在梁凤仪小说中，有钱本身并不是恶，以恶劣手段攫取财富，利用财富为富非仁，才是人性之恶。

享用财产，也要看动机。新教禁欲主义强烈反对非理性地享用财产，严格限制消费，尤其是奢侈品的消费，坚持反对封建主义华而不实、故作高贵的消费态度。进入到现代社会，则把中产阶级纯正而适度的舒适观作为理想之善。中产阶级的舒适、适度的新教消费道德观，特别适合中产阶级日益壮大、"洋"化的香港现实。亦舒、林燕妮、西茜凰作品中，美丽、洁净、博学、富有的主人公，时装、名车、雅居等特别的"包装"，均有着中产阶级现代生活的道德基因。同样道理贫穷也不等于道德，因为贫穷也可产生出不道德。例如颜纯钩的《天谴》，反映的即是好人因为贫穷、善意而构成的非道德。热爱职业，通过职业致富，成为香港都市化时代文学道德观的一个重要内容。

三、基督教文化与香港文学中的两种情结

基督教文化精神不仅渗透在以调适为要求的都市化时代的文学意识中，也体现在都市文学的创作趋向中。或者，以载体的形式，呈现在香港文学作家散发内心理想、内心忧郁的作品中。

1. 文学中的"宗教情结"

商品经济的高度发展，使得生活其中的都市人变得非常现实，易

---

① 张志刚：《宗教文化论》，东方出版社 1996 年 3 月版，第 73、75、172 页。

变。因而，现实与易变，常被认为是香港文化精神的特点。香港发展甚快的各种宗教团体，例如基督教会，却是现实又易变的社会中，固守传统，以传统戒律应付现实与易变的保守型人群。历史哲学家汤因比认为："在文明社会的转型过程中，社会成员的'灵魂分裂'反映在人们的每一种人类活动的方式都分裂为一对互相对立，彼此冲突的类型，即面对挑战分化为被动反应与主动的反应，但这两种反应方式均缺乏创造力。前者过于'灵魂放松'，有意无意地采取了'反道德主义'，后者专重于'灵魂控制'，依然将战胜自然欲望作为恢复创造力的唯一途径。"天职观奠基于新教禁欲，一旦汇入为近代资本主义的伦理精神，在理论上又具有非传统、反保守的活跃基因。香港文学恰如香港文化性格，现实、多变的人物个性以及文风在文学中颇成景观。而在文学界影响不大，但一直从文不辍的基督徒作家的作品，也自成"灵魂控制"的风景线。梁锡华的小说，在这两种风景之间，展现着另外一种风景：变中之不变，非控制的"控制"。梁锡华所守为在变中求不变的尽天职精神。在"立人"方面忠于两个职业：教授与作家。作为学者，他吃过乞丐之苦，著述颇丰；作为作家，散文、杂文、小说等作品等身。其消费观念，也类似清教徒，跻身中产阶级之中，自甘清淡、素朴的生活。长篇小说《独立苍茫》的标题，即预告着其小说创作的理想：面对苍茫，独立独行。《头上一片云》《太平门内外》，均非以艺术创新、表现奇特而著名。奇特与新奇倒是小说中贯穿始终的人生态度：在变中守不变，重在塑造人生理想，重在人生追求。正如《香港大学生》中的人物方密微所说："我盼望人人都有这份浪漫情怀，也就是和宗教相通的敬虔火热情怀"。以火热敬虔之情，投身并献身于自己的职业：或商界或学界或宗教界，只要谨守本职，劳动有成劳动致富，便是至善。如严家炎指出："构成梁锡华浪漫主义的核心的，却是一种作者称之为具有满腔宗教情怀的人生理想、人生追求，也就是前文所说的那股'痴'劲，或者叫作'赤子之心'。"①

2. 文学中的孤独情结

五四时代的冰心、许地山、王统照，因作品中那点特别的宗教情怀，在缺乏爱的社会中表现爱与美的理想，成为文界的明星。相比之下，商业化时代，再以"宗教情怀"从文，或文中带"宗教情怀"，反倒成为人与文的拖累。从"劳动"来看，以"宗教情怀"从文，在文中寄托"宗教情怀"，其结果，是一个悖论：这种劳动，不仅得不到上帝的恩赐，甚至还要赔进已获的恩赐。结果则是文学家的孤独。

黄维梁分析黄国彬《诗人》一诗时曾说："很有宗教徒背负十字架的况味。诗人的肉身在岁月里耗损，最后剩下晶莹的裸体，接受星光的祝福"。黄国彬没有信奉宗教，他有宗教者的情操——对诗执着而深情。因为这点情操，他体会到无限的孤独，犹如走向十字架的耶稣，在荒野中苦苦哀告：

> "父啊，怎么荒野总走不尽？
> 天弯下，只有我的足音伴我"。
> "父啊，你也不派一只雪白的鸽子
> 扇着你的光华下降，
> 让死寂的荒野知道，
> 此刻你就在我左右。"

耶稣走向十字架，用自己的血肉之躯挽救有罪的万民。可惜，走向十字架与背负十字架的耶稣，却并不为被挽救者所理解，甚至向着临死的耶稣吐口水。这时上帝也隐在了天空的尽头。人性的耶稣，在死亡之间感受到了荒野之中被遗弃、被羞辱的大孤独。鲁迅因哀叹民

① 严家炎：《我所认识的梁锡华》，《香港大学生》，中国文联出版公司1994年6月版。

众的昏睡，借用荒野的耶稣，抒发过自己的孤独。

黄国彬因尽职的悖论，亦借题发挥，抒发都市社会中文学家的孤独。黄国彬的《荒野里——耶稣的独白》，被认为非常接近《圣经》的精神：不仅在荒野中体验、承受着孤独，还准备永远、自愿地选择孤独：

> 我既然选择了这条路，
> 独自走进荒野，
> 自己已经准备
> 一个人面对寂寞，
> 准备深入飞鸟和走兽绝迹的地方。

鲁迅无可奈何地面对孤独，别无选择地承受孤独，黄国彬自动地选择孤独，通过孤独去领悟人性与神性的矛盾，领悟悖论中孤独的价值。同样都是取材于耶稣受难，黄国彬体现的是都市时代文化人的特质：因尽职而选择孤独，在孤独中领受炼狱的境遇，最终从孤独中恢复自信，以更舒泰更澄明的心境挑战孤独。

可见，文学的"宗教情结"既有赖于又有别于基督教文化精神，孤独情结虽生发于社会现实，则也"假借"了基督教文化中的孤独境界。因而，在基督教文化精神对香港文学产生"形而上"影响的同时，也使我们感受到基督教文化与香港文学在"形而下"的牵连。

渗入、亲和着资本主义伦理的基督教文化，难免浸润在香港的都市生活中，并作为一种文化源头、文学素材，流入"华"、"洋"相融的香港文化"土壤"中。研究基督教文化对香港文学的影响，比较香港作家吸收、利用基督教文化的不同原因、方式、程度，也许对我们认识都市化时代香港文学的特质，有所帮助。

商业语境中的文学及其场域

——以《澳门日报》为中心

一、场域与语境：澳门文学的副刊现象

现代传媒不仅改变了世界，也改变了文学。有学者在研究现代传媒与文学的关系时曾指出："在文学创作中，报刊、影视、网络、手机短信等媒介不仅影响到文学的传播途径、传播方式，而且影响到思想意识、审美趣味、语言工具等，深深潜入到创作者、读者与批评家的思维和意识中，全方位地改变文学的生产、传播与消费以及文学的再生产与再消费。"① 中文报纸副刊是澳门文学的主要载体。回归十年来，这一状况依然没有改变。副刊已经不再是纯粹的载体或中介，而内化为一种语境和场域，是澳门文学活动赖以展开的媒介场和文学场。长期以来，报纸副刊形成的媒介文化/副刊文化已经渗透到澳门文学活动的各个环节，内在地塑造着澳门文学的精神特质与艺术特质。

报纸副刊作为澳门文坛主要的发表园地，巩固和培植了一支庞大的作家队伍，保证了澳门文学生产的持续繁荣发展；副刊特有的版面特征、专栏和框框，塑造了澳门作家尤其是专栏作家的创作"性

---

① 张邦卫：《媒介诗学：传媒视野下的文学与文学理论》，社会科学文献出版社 2006 年版，第 176 页。

格", 使澳门文学生产带有典型的"框框性"特征; 澳门文学生产依赖报纸副刊展开, 使澳门作家摆脱了意识形态的束缚, 但却无奈地陷入了商业语境的泥潭; 同时, 副刊编辑以"把关人"的身份介入到澳门文学生产中, 使澳门文学生产的自由性受到了一定程度的削弱, 呈现为一定的"不自由性"。

其一, 园地与文学生产的主体培植。在现代传媒时代, 尽管越来越多的要素参与到文学生产中, 但作家仍然是文学生产最主要的主体。副刊园地在出版时间上的周期性特征, 使一个稳定的作者群体的培育不仅重要而且成为可能。回归十年来, 澳门中文报纸副刊凭借其传播优势和强大的凝聚力, 聚拢了一支囊括澳门文坛老中新三代的庞大作家队伍。老一辈作家主要有周桐、陶里、冬春轩、李成俊、李鹏翥、鲁茂、凌稜等。其中, 陶里的现代诗批评在澳门回归十年间仍然十分活跃, 对澳门诗坛产生了重要影响; 而冬春轩十年如一日在《澳门日报·新园地》副刊的"笔雯集"专栏耕耘, 贡献了大量的优秀散文, 成为回归十年间澳门文化散文的重要组成。中生代作家主要有沈尚青、穆欣欣、林玉凤、王祯宝、彭海玲、廖子馨、梯亚、王和、邓景滨、林中英、胡悦、徐敏、黄文辉、寂然、汤梅笑、纪修、邹家礼、陈浩星等, 他们大多在八九十年代开始文学创作, 进入新世纪则成为澳门文坛的中坚力量, 是回归十年间副刊园地上最活跃的一个代际。新生代作家主要有贺绫声、陈志峰、乐水、卢杰桦、丝纱罗、陆奥雷、太皮、李卉茵、凌谷、小曦、未艾、亚信、贺鹏、许芊芊等, 他们大多在90年代末新世纪初进入文坛, 在回归十年来的副刊园地上也经常能见到他们的作品, 是澳门文坛的一支新生力量。在澳门副刊园地培植的作家队伍中, 有许多具有报人与作家双重身份, 如李成俊、李鹏翥、廖子馨、汤梅笑、黄文辉等。他们既是澳门文坛重要的作家, 也是澳门报界知名的报人, 在文坛和新闻界都具有广泛的影响。

其二, 副刊与文学生产的框框性。副刊版面大都被划分为一个个专栏; 即使有些副刊如《澳门日报·镜海》没有明确标示专栏名称,但它们同样也被划分为一个个大小不等的方块，依然具有典型的"框框"特征。副刊版面的框框性对作家创作具有一种潜移默化的影响，以至形成"框框"思维。限于版面大小的原因，副刊专栏或方块的字数容量往往只有千百字，这就导致作家不可能就某一个文学话题进行漫无边际地延伸，而必须在"框框"所规定的字数范围内点到即止；即使是一些连载性的专栏，作家为了保证每一期文章的基本圆整也摆脱不了"框框"的束缚。也就是说，作家们必须在副刊事先划定的有限"版图"内进行创作，所有的文学生产都不能延展到"版图"之外。久而久之，这种"框框"思维就会渗透到作家的创作思维中，对他们的选材、构思、谋篇布局等都会产生重要的影响，尤其是那些长期在副刊上发表作品的专栏作家。综观回归十年来澳门副刊上的文学生产，"框框性"是一种非常重要的特征。这十年副刊散文创作的许多问题，如审美方式陈旧、叙事模式老套、缺乏哲学思考等等，都或多或少地与文学生产的"框框性"特征有关联。除了散文，这十年的小说创作也存在这一问题。廖子馨在《澳门文学与报纸副刊》一文中探讨"副刊园地局限文学的发展"时，曾专门分析了回归之前副刊语境中的澳门小说的诸多困境。她认为，"六十年代以来，本地作家便占据了相当的连载小说市场，然而，众多的作品中，精品欠奉，关键因素是每天连载数百字，为了吸引读者，最好是每日有个'悬念'，结果：许多故事在有了漂亮的开头和丰富的中段后，后半部分往往情节拖拉，结局更是一条烂尾巴"，"小说连载的方式除了影响整体故事的发展，在讲故事的技巧方面，更是局限多多"。① 如果把视野拓展到新世纪头十年，我们会发现，澳门文学生产的"框框性"特征仍然是澳门作家无法摆脱的"紧箍咒"。

其三，编辑与文学生产的自由性。在报纸副刊语境中的澳门文学生产，编辑是一个不容忽视的角色："编辑既是文学活动中的一个环

① 廖子馨：《澳门文学与报纸副刊》，载《世界华文文学论坛》2000年第1期。

商业语境中的文学及其场域

节，也是文学活动场中的重要参与者，更主要是大众传播媒介的'把关人'或'守门人'。"① 具体而言，副刊编辑对文学生产的影响主要体现为两点：第一，"文学编辑在文学信息传播的过程中实际上担当了'把关人'的角色，他们有权决定让受众知道什么、不知道什么，甚至他们对某个文学问题、某部文学作品、某位作家的强调和兴趣，会直接导致对他们采访的频率和深度，并影响他们在媒介上的亮相频率和篇幅长度，并进而形成'成员媒介'与'家族媒介'的文学立场与文学态度"，进而"对受众的文学立场、趣味、态度都会产生深刻的影响"；② 第二，"文学编辑的文学影响力还体现在过滤、改写和阉割方面"。③文学编辑影响力的日益强大必然导致作家自主性的削弱，他们不得不屈从于文学编辑的各种编辑"策略"。

文学传播是文学活动的中间环节，是文学由生产到消费的桥梁。在文学传播活动中，媒介是重要的中间物，连接着文学的生产者与消费者。在澳门，中文报纸副刊是文学传播的主要物质载体，回归十年来的澳门散文、诗歌和小说大部分都依靠报纸副刊进行传播。澳门学者李观鼎在一篇谈论《澳门日报·镜海》的文章中曾论道：

> 在《镜海》这方文学园圃里，我们看到了与澳门人的语言、澳门人的生命、澳门人的精神并蒂同根生长着的澳门文学，她虽然还不够丰富，却足以令人敝帚自珍，因为她充满良心、同情、关爱和真诚，每一个读者都可以真切地听到她的呼吸和心跳，看到她的眼泪和笑容，想见她的想象和憧憬。……在海内外文学领域悲观失望的叹息声不绝于耳之际，《镜海》以其稳定的收成作出回应：这里并未迷失崇高理想，文学仍有希望！

是的。假如没有《镜海》，假如没有《镜海》编者、作者和广大读者在诗性追求上的长期坚持，即在人类精神提升的制高点

①②③　张邦卫：《媒介诗学：传媒视野下的文学与文学理论》，第350、351页。

上的不懈努力，澳门文学会怎样呢？诗意盎然的小城又会怎样呢？不必夸大其词，至少，文学在这里遭遇某种程度的冷落，以至减少了几成生机，却是毫无疑问的。惟其如此，《镜海》值得我们每一个对它说一声谢谢。①

除了《镜海》，在其他澳门报纸副刊里，我们同样"看到了与澳门人的语言、澳门人的生命、澳门人的精神并蒂同根生长着的澳门文学"；假如没有多种副刊的共同努力，没有"阳春白雪"与"下里巴人"的"同台展示"，澳门文学仍然可能"遭遇某种程度的冷落，以至减少了几成生机"。

以报纸副刊为主要媒介的澳门文学传播促进了回归十年间澳门文学的发展，这是不容否定的事实。但是，我们也看到，回归十年来，当周边区域的文学传播已经向以纸质文本、影像文本、网络文本交互的多元传播方式转变时，澳门文学的传播却仍然以中文报纸副刊为主。这一现状给澳门文学发展造成的局限在最近十年已经日益显露。早在新世纪初，澳门中文报纸与文学的参与者廖子馨就清醒地意识到，"因着篇幅和读者面，框框文学无法推动区域文学进一步健康壮大"②，即报纸副刊在推动澳门文学往纵深发展已经开始心有余而力不足。如何摆脱主要依靠报纸副刊传播的方式，适应文学传播方式的转变，是未来澳门文学应该积极探索的问题。笔者认为，借鉴周边区域文学发展的经验，未来澳门文学应该改变以报纸副刊为主的传播方式，积极探讨运用纸质媒体、电子媒体与数字媒体共同参与的多元传播方式。其实，早在2002年，贺绫声、邢悦、观云、眉间尺和甘草等人就在网络上成立了"别有天诗社"，开始诗歌网络创作与传播的

---

① 李观鼎：《我看〈镜海〉》，见《澳门日报·镜海》，2008年9月17日。

② 廖子馨：《澳门文学与报纸副刊》，载《世界华文文学论坛》2000年第1期。

实验。可惜的是，这样的案例在澳门文坛还非常少，甚至还没有引起澳门主流文坛的重视。实际上，贺绫声等人的实验提供了许多可供借鉴的经验，从他们运行多年的情况来看，澳门文学完全有条件借助传播方式多元化的大趋势，实现澳门文学的转型。

文学消费是文学活动的第三个环节，读者是这一环节的主体。在市场经济时代，读者是被置换了文化身份的消费者，读者的消费取向在商业语境中发生了重要转型："读者对待文艺作品的态度与'前媒介时代'发生了根本性的转变，也就是说，现代传播媒介使文艺作品的展示价值得到了大幅提升，而使文艺的膜拜价值受到了挤压，或者说，读者的态度从膜拜向把玩、从体味向体验、从理性向感性、从内敛向外展转化。"[1] 置身于副刊语境中的澳门文学，也遭逢读者消费取向的转型。相应地，澳门文学消费也普遍放弃了对精神内涵的追求，同时被高度生活化、娱乐化和快餐化：文本不再是消费的唯一核心，文本之外的奇闻逸事乃至副刊版面设计成为读者津津乐道的话题。

二、副刊语境中的澳门文学创作

有学者认为：

> 媒介时代的写作，是一种物质生产，一种商品生产，一种消费生产……由于现代传播媒介的控股，必然由"精神维度写作"向"物质维度写作"转化，由"自由写作"向"非自由写作"转化，由"精英写作"向"大众写作"转化，由"深度写作"向"平面写作"滑行，这样，媒介时代的写作便不可避免地具

---

① 张邦卫：《媒介诗学：传媒视野下的文学与文学理论》，第386—387、389页。

备了物化与异化的鲜明特征。①

以上对媒介时代文学写作特质的概括，为我们研究副刊语境中的澳门文学提供了重要的启示。回归十年来，栖身于副刊媒介场中的澳门文学创作同样"不可避免地具备了物化与异化的鲜明特征"：商业语境中的澳门中文报纸，裹挟着商业法则和消费意识不断地冲刷着澳门文学这块本已十分贫瘠的心灵之地，全方位地消解着澳门文学的诗性存在；借助现代传媒的巨大影响力，商业性与消费性堂而皇之地"进驻"澳门文学，精英意识让位于商业意识和消费意识，读者对文学的聚焦由精神维度转向物质维度。

第一，商业语境与澳门文学的商业性。随着现代传媒的迅速发展，世界成为一个"地球村"，"全球化"作为一种文化语境渗透到社会生活的各个方面。"就文学的存在而言，全球化首先意味着经济绝对权威的树立与文化生产复制时代的莅临，特别是作为文化权力中心的现代传播媒介的横空出世与恣意张扬，裹挟着商业意识、消费意识、全球意识、娱乐意识等的媒介意志，对文学造成了全方位的影响。正因为如此，现代传媒不仅摒弃了精英文学的存在价值，还堂而皇之地借助平面化、大众化、商品化、世俗化、直观化、浅显化、产业化的'传媒符号'与形而下的消费主义、享乐主义等'传媒意识'消解文学的诗性存在。"② 对全球化语境中的澳门来说，现代传媒特别是中文报纸副刊对澳门文学诗性的消解，突出的一个表现即是商业性成为澳门文学属性的维度之一。

商业语境中的澳门中文报纸以盈利为最终目的，这就决定了中文报纸的所有产品（包括新闻产品和副刊产品），必须以吸引读者眼球为基本导向，读者的消费需求成为中文报纸衡量其产品是否有市场价

---

① 张邦卫：《媒介诗学：传媒视野下的文学与文学理论》，第386—387、389页。

② 同上，第236—237页。

值的重要标准。栖身于副刊媒介场的澳门文学言说，在报纸整体商业利益的捆绑下，以大众的审美趣味为旨归，讨好都市中产阶层的阅读需要，文学叙事蜕变为庸俗化的欲望叙事。

以回归十年间的《澳门日报·小说》副刊为例。2007 年，《小说》副刊进行改版，由原来的日刊变为周刊，取消长篇连载，整版全部登载短篇小说和小小说。改版之前的《小说》以连载港台地区的武侠言情小说为主，这些小说大多情节老套，充满煽情意味，趣味庸俗。但是，这类小说却在《小说》副刊上存活了几十年，一度成为这一副刊的主要文化产品。究其缘由，则是这类小说满足了普通大众尤其是都市阶层的审美趣味和阅读需要，具有一定的读者市场，是文学与商业文化联姻的产物，也是文学商业性的必然结果。2007 年《小说》改版，短篇小说和小小说成功取代长篇连载小说，成为《小说》副刊的唯一文化产品。这一改革举措，不应简单地判断为《小说》副刊放弃对商业利益的追逐，主动走精英文学之路；相反，笔者认为，这是《小说》在都市文化消费发生转型之后的一种主动跟进，其目的恰恰是为了满足更多读者的阅读需求，以占据更多的市场份额和商业利益。进入新世纪，都市阶层的竞争压力和生存压力越来越大，社会各阶层的人为了生存疲于奔命，文学逐渐淡出人们的视野，而一种新的、以快餐式和傻瓜式阅读为主要特征的"速食主义"消费潮流日渐在都市里盛行。人们已经没有太多的时间来追读副刊上的长篇连载小说，那种千百字的短篇小说和小小说则受到更多人的追捧，尤其是都市白领阶层。2007 年《小说》的改版迎合了澳门"速食主义"的消费潮流。同时，尽管改版后的《小说》打出"文化"的招牌，但其整体美学面貌并没有发生根本改变，充斥整个副刊的还是花花绿绿的都市元素。

第二，消费语境与澳门文学的消费性。消费社会是社会物质高度发达之后的产物，法国思想家让·波德里亚用它来概括物质极为丰富的后工业社会。本文所讨论的"消费语境"，特指以消费为风尚的社会文化语境，它借助现代传媒将消费文化植根到大多社会成员的内心，推崇物质享受，拒绝精神洗礼。文学的"消费性"则指，文学在消费文化与媒介文化的影响下，被消费语境"物化"和"异化"，呈现出消费化的趋向。媒介场是消费文化的滋生地，它对现代时尚和物欲的报道宣传客观上培植了一种消费意识形态，置身于消费意识形态普泛化的澳门和滋生消费文化的媒介场，澳门文学被"物化"和"异化"成为一种无法摆脱的宿命。

澳门文学的消费性有许多表征，比如文学审美转向娱乐消遣、文学阅读走向消极疲软、文学叙事重视日常生活等等。

首先，文学审美转向娱乐消遣。消费文化改变了澳门原有的文化与文学观念，消解了文学的意义和深度，人们关注的焦点由精神转向物质，感官体验取代了灵魂洗涤，文学传统的认知、教育和审美功能逐渐偏向娱乐消遣，人们的审美观念也发生了重要转型。文学审美观念的转型，反映到副刊文学中，则是大量轻文学、俗文学、时尚文学的出现。在《澳门日报》综合性副刊《新园地》上，播散着许多有关明星文化、时尚文化的书写。这些书写满足了读者消闲娱乐的审美需求，是对消费语境中大众消费心理的迎合。

其次，文学阅读走向消极疲软。在消费语境中，人们为了满足永无休止的消费欲望，在物质社会疲于奔命，文学阅读停留在形形色色的消费符号上。消费文化不仅消解了读者的阅读激情，更为可怕的是，把读者阅读的主动性和创造性消磨殆尽，最后只剩下对文字的疲软和无奈的消极阅读。在回归十年间的澳门副刊上，我们很少见到读者与副刊编辑、作者之间进行文学互动。其中当然有副刊编辑理念在起作用，但关键还是读者自身的问题：栖身于消费语境中的澳门文学读者，已经不再是传统意义上的、接受美学所倡导的富于能动性和创造性的积极读者，文学作品成为一次性的普通消费品，很难引起读者的精神共鸣。

最后，文学叙事重视日常生活。文学叙事日常化和日常生活审美化是消费社会文学的两大重要特征，而传媒对日常生活的偏爱，则进一步加剧了副刊文学走向民间和大众。从《澳门日报》副刊《新园地》、《小说》到《镜海》，到处弥漫着对都市大众日常生活的絮叨。

三、副刊的后果：文学性的流失

报纸的逐利本性导致副刊在商业利益和精神财富之间左右摇摆。面对这种两难选择，在竞争激烈的商业社会，更多的副刊偏向商业利益，这才有了副刊文学中越来越浓的商业性和消费性气息。澳门也在报纸等大众传媒的诱导下进入了泛文学的时代。在泛文学时代，文学性的普遍流失是副刊文学的突出症候："作为被消费的对象，文本的内化萎缩，而文本的外化却在不断扩张……文本给人以想象的空间少了，给人顶礼膜拜的神秘感也消失了。"①

副刊文学语言的蜕变是文学性流失的重要表现。传统的文学语言，讲究蕴藉和含蓄，强调形象的间接性和场景的意境化，给读者留有足够的想象空间和审美距离。然而，置身于副刊媒介场中的文学语言，则朝着生活语言和自然语言发展，讲究感性和直接，强调形象的直观化和场景的平面化，让读者跟着感觉走；同时，借助图像和各种绚丽的版面设计，消解传统文学语言的霸权，甚至颠覆传统文学语言的基本功能。语言是文学美感和意义生成的重要载体，一旦语言发生蜕变，文本的美感和意义也将萎缩，文本的文学性亦随之受损。

副刊内容的异化进一步加剧了副刊文学性的流失。"传统的文学副刊以小说、散文、杂文、诗歌、文艺评论等文体为主。而在今天的副刊里，杂文向时事评论版转移，写作方式上多结合新闻变成新闻时评，往往是新闻内容大于评论。诗歌几乎被许多报纸副刊淘汰，假大空的文艺评论因为虚与委蛇，歌功颂德难以引起读者共鸣。散文题材严重狭窄化，局限于个人情感、家庭情趣，雷同化相当严重……副刊内容异化为家庭生活、情感天地、日常消费、学习求知、休闲娱乐等

---

① 张邦卫：《媒介诗学：传媒视野下的文学与文学理论》，第184、387—388页。

各个层面的内容，呈现出泛文化的趋势。"① 回归十年来，澳门副刊内容大体也呈现为这样一种异化的态势，以副刊散文为例，寂然就曾总结道："专栏作者每天为大家提供：1）亲戚朋友逐个讲；2）个人日记、周记大公开；3）爱情观点大杂谈；4）新闻旧闻略有所闻；5）社会现象温情评论；6）咬文嚼字在故纸堆里称雄。"② 由此观之，尽管世界每天都在发生变化，但副刊内容千篇一律，甚至书写方式都大同小异。长期下来，副刊内容就会失去鲜活性。

　　文学副刊、亚文学副刊和非文学副刊比例失调也是澳门副刊文学性流失的一个表征。新世纪以来，为了满足读者的消费需求，澳门各大中文报纸纷纷对副刊进行调整和改版，其中一个重要的方面就是削减文学副刊的数量或出版周期，大幅增设非文学副刊，提高非文学副刊在副刊中的比例。《华侨报》在新世纪伊始就果断地停办小说副刊《华林》；《澳门日报》也在 2007 年副刊改版中将小说副刊《小说》由日刊改为周刊，同时在十年时间里不断增设各种非文学副刊，如以介绍动漫文化为主要内容的副刊《动漫玩家》等，加大娱乐、生活、时尚、消闲等副刊版面的容量，在美编方面也做得越来越精美细致。十年来，澳门各大报纸副刊打着"泛文学"、"泛文化"的旗号，不断地侵蚀副刊的文学领地。可以预见，如果不对这种趋势保持警惕，未来澳门副刊的文学性将会进一步流失。

　　一个区域的文学离不开它所依赖的区域环境和对文学产生影响的各种场域。栖身副刊媒介场的澳门文学，其"盛衰荣辱"与报纸副刊密切相关。如何辩证地看待和处理澳门文学与副刊媒介的关系，是澳门文坛与学界应该慎重思考的问题。在短时间内，澳门文学不可能完全撇开报纸副刊独立发展，强行隔断两者的关系有害无益。在这样

---

　　① 曹代义：《文学性是报纸副刊的灵魂》，载《城市党报研究》2011 年第 5 期。

　　② 寂然：《停不了的专栏——一则专栏写作的心理学》，见《澳门日报·镜海》，2001 年 1 月 31 日。

的认识前提下，我们既要充分肯定报纸副刊对未来澳门文学的推进作用，也要清醒地估计到报纸副刊的各种消极影响。正如有学者在谈到媒介与文学的关系时所指出的："不论媒介是以消解的力量出现，还是以建构的力量出现，媒介对文学的变革都是一种革命性的力量。当然，对这种革命性的力量，我们还得辩证地看，但无论如何都不能否定传媒，否定传媒与文学的关系，否定传媒对文学的促进、拉动及敦促文学走得更高、更远、更好的潜力。"①

（本文与温明明博士合作）

---

① 张邦卫：《媒介诗学：传媒视野下的文学与文学理论》，第184、387—388页。

附 录

海外华文文学的发展与特色
——兼谈有关新编中国文学史、汉语文学史的一些想法

海外华文文学两个最为重要的关键词是：海外与华文，是指本土之外的华人，也就是海外华人用汉语作为工具进行的文学创作。当下的海外华文文学，以华人文学与华裔文学为主体，属于外国文学范畴，而不是中国文学范畴。以多种姿态与方式表现自己的"原根"与"本土"，是他们在所在国文学中独有的"领地"和资源，不论现在与将来，也都是他们最领风骚之处。

一、海外华文文学的发展历程

海外华文文学大致经历了五个主要浪潮：早期留学生文学、流亡文学、移民文学、华人文学、华裔文学。从创作主体的角度看，又可以分为华侨文学与华人文学、华裔文学三个阶段。

所谓华侨文学，是指侨居在海外而仍然保持中国国籍的中国公民

的文学创作。所谓侨居在海外的中国公民，"包括四个要素：①中华民族成分的要素。即具有广义的中华民族血统及其民族共同特征的人（民族成分）。""②侨居海外的要素。主要是以经济、谋生为目的的海外侨民。""③中国国籍继续保持的要素。这是法的概念，是区别于外籍华人或外籍华族的根本依据。""④具有中华意识的要素。整体而言，华侨是一个有强烈中华民族意识的移民群体。"就个体而论，应该是具有"华侨意识的人才能称为华侨"。①

从中国现代文学的发展历程来看，华侨文学可以说是中国现代文学中的一部分。因为，有不少华侨作家，尤其是中国现代文学时期的华侨作家，最终并未成为海外华人；他们选择了"归根"之路。就"国民"身份而言，他们始终都还是中国人。以鲁迅、郭沫若、闻一多等为代表的早期海外留学生文学，以郁达夫、胡愈之等为代表的抗战时期的流亡文学，都属于华侨文学。而以方北方、黄运基、白先勇、严歌苓等为代表的移民作家，作为侨居在海外的中国公民时期的文学创作，应该属于华侨文学；但是，当他们入籍当地、成为所在国公民后的文学创作，就应该归属于华人文学了。

从海外华文文学的发展历程来看，"华侨文学"又是海外华文文学的源头及其发展过程中的一个重要阶段；失去了华侨文学，海外华文文学将不完整。随着时代的变迁，尤其是二十世纪六七十年代之后，出于种种考虑，越来越多的海外华侨加入所在国的国籍，成为海外华人，海外的华侨社会也开始转型为华人社会。与此相适应的是，大批华侨作家转变成华人作家，华侨文学也开始转化为华人文学。海外许多华人作家，也都是由华侨转变为华人的，如方北方、黄运基、白先勇、严歌苓等为代表的移民作家；他们的同一部创作，往往也许就跨越着华侨与海外华人这两个时期，无法割裂。因此，从中国现代文学的发展历程来看，华侨文学是中国现代文学中的一部分，是中国

---

① 蔡苏龙、牛秋实：《"华侨""华人"的概念与定义：话语的变迁》，《云梦学刊》2002 年 11 月。

文学在海外的一个分支；从海外华文文学的发展历程来看，"华侨文学"又是海外华文文学的源头及其发展过程中的一个重要阶段，失去了华侨文学，海外华文文学将不完整。

所谓华人文学，有着广义与狭义之分，亦即指涉整体与部分之分。这是因为海外华人这个概念，本身就具有广义与狭义之分，指涉整体与部分之分。

从广义上看，海外华人是泛指在海外各国的历史与现实中，"具有广义的中华民族成分的人"。这里，所谓的"中华民族成分"，起码是包括了血统因素、文化与民族认同等含义。简单地说，就是不论是完全、部分或者少部分"具有中国血统"、认同中华文化、认同自己华人身份的人，我们都将其称为华人。如曹云华指出："怎么样来辨别一个人是否是华人呢？根据目前东南亚华人的具体情况，单纯从外表上、血统上、语言上或宗教信仰等方面都难以确认，唯一简单可行的办法，就是根据这个人的民族心理，即他本人的民族认同，他认为自己是华人，那么，他就是华人。作为东南亚的华人，这个提法包含了三层意思，首先，从国籍和政治认同的角度看，他是东南亚人，如泰国人、马来西亚人、新加坡人等等；其次，从民族认同的角度看，他是华族移民的后裔，或者具有华人血统；再次，是从文化认同的角度看，他在文化方面仍然保留了华人的许多特色。"① 所以，广义的海外华人，是一个整体性的概念，既包括"华侨"，也包括狭义的"华人"及其华裔。

从狭义上看，海外华人是特指20世纪中期以后，出现在海外、尤其是在东南亚新兴国家的具有中国血统的所在国国民；即"具有中国血统的外国国民"——"华人这个新概念，是用来形容第二次世界大战以后，东南亚新兴国家的华裔公民"；"在过去几百年中，这些华裔大多数是侨居者，但是在20世纪下半叶，这些侨居华人变成当

----

① 曹云华：《变异与保持：东南亚华人的文化适应》，中国华侨出版社 2001年9月版。

地公民的过程，却是一种新颖的，也是重要的历史现象。"所以，狭义的"海外华人"，是广义的"海外华人"中的一部分；他们由华侨演变而来，是"取得了外国籍而丧失了中国籍的具有中华民族成分的人"。

因此，广义的华人文学，是泛指海外"具有广义的中华民族成分的人"——不论是完全、部分或者少部分"具有中国血统"、认同中华文化、认同自己华人身份的人的文学创作。所以，既包括"华侨文学"，也包括狭义的"华人文学"和"华裔文学"；甚至还包括由海外华人用汉语之外的语言——本地语言或者英语、法语等进行的创作。也就是说，广义的华人文学，强调创作主体是否为广义的海外华人。只要是广义的海外华人的创作，不论是用中文，还是用"外语"进行创作，都应该归为海外华人文学。

狭义的华人文学，是专指海外华文文学在发展途中因创作主体身份变化，从而"具有中国血统的外国国民"的文学创作。华裔文学则是指在居住国生长，并且拥有居住国国籍的华人的文学创作。这些海外华人的后代，不仅一出生就取得了居住国的国籍，而且在成长的过程中也较为自然地融入了当地社会。由于具有双重的文化背景，他们在写作之中呈现出有别于华侨文学和华人文学的鲜明特征，从而获得了自身的独立性。尽管狭义的华人文学与华裔文学，开花结果在海内外，但是由于创作主体都是"具有中国血统的外国国民"，因此，就只能是归属于所在国文学之中了，是所在国多元民族文学中的一元——华族文学。

二、海外华文文学的主要特点

由于各国政治、文化、民族构成等因素千差万别，海外华文文学也经历了复杂的发展过程，并随所在国国情的不同而呈现出各种特点，大体上却都经历了由华侨文学向华人文学和华裔文学、由中国文学的分支向所在国多元文学中的少数族裔文学的转变之路。

为了更好地生存与发展，海外华文文学的"本土化"，是一种必然的选择和发展方向，并成为海外华人文学发展自我个性的基础。如北美华人作家陈若曦所说，"身居海外，我不愿忘怀故土，但是主张多写新土；我愿意记录并反映同胞扎根新土的奋斗，把对故土的缅怀化为对新土的耕耘。"海外华人作家的创作，必须要融入所在国这个"本土"；这种融入，不仅是作家在国籍上的改变，更是作家心态要融入所在国的土壤，要充分意识到自己已经是所在国的一分子，自己的文学创作，是所在国文学的一部分，只有经过充分的"本土化"过程，海外华人文学才能在所在国站住脚、扎下根成为所在国文学的一个有机部分。

　　与此相适应的，是海外华文文学中家国观念的变化。

　　在华侨文学阶段，文学表达与隐含的是"落叶归根"的情怀："乡"—"国"观念是一体的，都是指向作者出生与成长的故乡和母国。到了华人文学阶段，文学表达与隐含的思绪，便由"落叶归根"转变为"落地生根"；"乡"—"国"观念发生分离：乡是出生成长的故乡，国则成为现今的国籍所在国。而发展至华裔文学阶段，"乡"—"国"观念再度合一，但此乡已非彼乡，此国也已非彼国，二者已经共同指向着作者出生与成长的乡与国了。对于华裔作家而言，上一代的"故乡"已不再是他们自己的"故乡"，而成为了他们的"原乡"。"原乡"即祖辈之乡，仅与他们的血统相关联。与此同时，"国"的观念也发生了变化：在华侨文学里，"国"即中国，既是他们的"故国"，同时也是"祖国"；在华人文学里，中国是他们的"出生成长国"，其所在国是"再成长国"；而到了华裔文学里，"出生成长国"与"再成长国"合二为一，"故乡"和"祖国"也化为一体；然而这里的"乡"与"国"都是指其所在国，已并非他们祖辈观念中的故国。

　　与此相适应的，还有海外华文文学中文化观念的变化。

　　海外华文作家，都具有或者是部分地具有中华"血统"和"文统"——都是发源于或者说是部分发源于中华血脉与中华文化，无论经历如何独特的演变历程，其中仍然可见不变的"华人性"。也只有具有，哪怕部分具有这种不变的"华人性"，海外华文文学才能在所在国表现出独特的生命力。因此，海外华人文学的"寻根"意愿与"寻根"冲动，是不会停止的。这种对华人族群"血统"和"文统"的追寻，对自己生命之根和文化之根的追寻过程，实际上就是海外华文文学中"原根性"的重要内涵。

然而，尽管追寻的意愿与追寻的努力是相同的，但是，每一个时代、每一个群体，追寻的方向、追寻的目的却有所不同。

在华侨文学阶段，侨居海外的作者，将中华文化看作一棵大树，将自己视为大树上的一个小小分枝；因此，他们的"寻根"意愿与"寻根"冲动，就是要强化自己与大树的一体性，强调枝杈对大树的依赖性。在华人文学阶段，入籍所在国的作者，开始在"两种身份"和"两种文化"甚至多种文化之中艰难地寻找出路。他们的文化心态也发生着变化——将中华文化看作根，将自己的族群文化视为树，而不再仅仅是树上的一个小小分枝。因此，他们的"寻根"意愿与"寻根"冲动，就是要强调根对树的滋养与重要，同时也要强调树本身应该具有的吸收与光合作用的重要性。在华裔文学阶段，很多作者虽然具有华人血统，但文化观念和思维方式上已经融入所在国之中。他们更多的是力争站在"本土"的角度，以所在国一员的身份和心理进行创作。他们的"寻根"意愿与"寻根"冲动，则是将中华文化与自己的族群文化视为树与树的关系。他们认为，尽管中华文化是一棵大树，自己的族群文化是一棵小树，而且还是从中华文化之根上生发出来的小树；但是，这棵小树已经独立，已经有了自己的树与根，也就是说，已经拥有了完全属于自己的独立的生命。

不论是华侨作家、华人作家，还是华裔作家，他们的写作个性都与他们对"原根性"与"本土性"的思考有关。以多种姿态与方式表现自己的"原根"与"本土"，是他们在所在国文学中独有的"领地"和资源；现在与将来，也都是他们最领风骚之处。

三、有关新编中国文学史、汉语文学史的一些想法

近些年来，新编中国文学史取得了令人瞩目的成绩。编写思路与框架的改变，以及史料的发掘、观念的更新，都使得新编中国文学史工作得到了持续性的推进。我们注意到，以前被遗忘或者说被疏忽的台港文学，甚至澳门文学，也陆陆续续地进入到新编中国文学史版图之中。由于有些编著者对台港澳文学的研究与把握还略欠深入，在编写中也引来一些批评。然而，这种新编意识与努力，还是值得肯定与关注的。有理由相信，经过一段时间的摸索和修订，这种新编工作将会得到较大的改善与推进。与此同时，海外华文文学也陆续进入了新编者的视野之中；而且汉语文学史也应运而生，或者说即将应运而生。

值得注意的是，汉语文学史不同于中国文学史。首先，汉语文学史，不应该是中国文学史与海外华文文学史的简单叠加，更不应该将海外华文文学作为中国文学史的点缀、补丁或者穿插。只有像研究世界英语文学或者世界法语文学那样，对世界华文文学进行一番认真、深入、细致的研究，对各国华文文学及其所在国的历史与现实"语境"进行一番认真、深入、细致的比较，才有可能逐步建立编写世界汉语文学史应有的思路与框架。

其二，汉语文学史，不应该是在新编中国文学史基础上，文学版图的简单扩大。在我国现行的高等教育体制中，海外华人文学长期被归属在中国现当代文学学科之内——不论是申报科研课题，还是研究生的学科归属，直到本科课程的分类，海外华人文学大都是放在中国文学——中国现当代文学序列之中的。而且这种"体制性"的操作方式尚在延续；在相当长的时间内，估计还会继续延续。这种"体制性"的操作方式，理所当然地给许多人一种先入之见：海外华人文学属于中国文学范畴，而不是外国文学的范畴。如果不能彻底扭转这种先入之见，汉语文学史，就有可能只是在新编中国文学史基础上，文

学版图的进一步扩大。

其三，新编中国文学史的思路与框架及其已经取得的有效经验，很难直接沿用到汉语文学史的编写之中。台港澳文学，均为中国文学的一个不可或缺的组成部分；而海外华文文学，尤其是其中的华人文学与华裔文学，分别是所在国多元文学中的一元——华人族裔文学，属于外国文学范畴。因此，新编中国文学史的思路与框架及其已经取得的有效经验，很难直接沿用到汉语文学史的编写之中。例如，对于海外华文文学中家国观念与文化观念的变化，我们绝不能以编著中国文学史的心态和思路去理解；也不能以拓展台港澳入史的思路与方法去分析、处理。否则，我们就有可能抹去了书写中国文学史与书写世界汉语文学史的区别；既无法很好地建立书写世界汉语文学史的基本思路，还有可能对海外华文文学的繁荣发展产生某些负面作用。

总之，海外华文文学，经历了特殊的发展历程；当下的海外华文文学，以华人文学与华裔文学为主体，属于外国文学范畴，而不是中国文学范畴。只有对世界华文文学进行一番认真的研究，对各所在国的历史与现实"语境"进行一番深入、细致的比较，才有可能逐步建立编写汉语文学史应有的思路与框架。

王列耀学术年表

1987 年 7 月，毕业于吉林大学，获文学硕士学位。同年，于暨南大学中文系任教。1994—1995 年，分别至香港中文大学、岭南大学合作研究。

1996 年，任暨南大学中文系主任。

1998 年 9 月，主持教育部人文社科项目"东南亚华文文学与中国传统文学的爱国精神"。

1999 年，获暨南大学文学博士学位。

2001 年 3 月至 2003 年 7 月，任暨南大学华文学院党委副书记、书记、副院长。

2002 年 5 月，中国世界华文文学学会成立，当选为秘书长。

2002 年 6 月，著作《基督教文化与中国现代戏剧的悲剧意识》，由上海三联书店出版。

2003 年 7 月，任暨南大学文学院党委书记兼副院长。

2003 年 9 月，主持全国哲学社会科学规划项目"东南亚：从华人文学到华人族裔文学的当代转型"。

2005 年 4 月，著作《隔海之望：东南亚华文文学中的"望"与"乡"》，由中国社会科学院出版社出版。

2005 年 5 月，著作《宗教情结与华文文学》，由中国文化艺术出版社出版。

2006 年 7 月，当选为中国世界华文文学学会副会长兼秘书长。

2007 年 4 月，主持国务院侨办人文社会科学研究基金项目"东南亚华裔新生代文化认同中的台湾影响"。

2007 年 5 月，主持澳门特区政府文化局项目"近十年澳门中文报纸副刊文学研究"。

2007 年 6 月，任"海外华文文学与华语传媒研究中心"常务副主任。

2007 年 6 月，主持广东省普通高校人文社会科学"十一五"规划研究项目"汉语传媒与海外华文文学"。

2007 年 7 月，著作《困者之舞：印度尼西亚华文文学四十年》，由中国社会科学出版社出版。

2008 年 5 月，根据全国哲学社会科学规划办公室发布的《2008 年 5 月成果鉴定等级公告》，国家社科基金项目最终成果《东南亚：从华人文学到华人华裔文学的当代转型》被评为"优秀"，该项目成果为约 30 万字的专著。

2009 年 3 月，论文《东南亚华文文学的"异族叙事"——以菲律宾、马来西亚、印度尼西亚和泰国为例》，获广东省 2006—2007 年度哲学社会科学优秀成果奖三等奖、省政府哲学社会科学优秀成果奖。

2009 年 11 月，主持教育部人文社科基金项目"马来西亚华裔新生代文学与华文传媒的互动研究"。

2009 年 12 月，主持广东省哲学社会科学"十一五"规划 2009 年度项目"马华新生代文学研究"。

2010 年 7 月，主持国家社会科学基金项目"加拿大华人新移民小说研究"。

2010 年 10 月，当选为中国世界华文文学学会会长。

2011 年，主编的《台港澳及海外华文文学与华文传媒研究丛书》，由中国社会科学出版社出版。

2011 年 7 月，论文《北美新移民文学中的"另类亲情"》，获广东省 2008—2009年度哲学社会科学优秀成果奖三等奖。

2011 年 7 月，任暨南大学文学院院长。

2011 年 7 月，著作《趋异与共生——东南亚华文文学新镜像》，由中国社会科学出版社出版。

2012 年 10 月，主持国家社科基金重点项目"华侨华人与百年中国文学的海外传播"。

2013 年 5 月，主持"广东省优长学科、特色学科建设"专项课题"台港澳暨海外华文文学研究"。

后　记

　　我深知，有许多前行者与杰出者，值得大力推崇与认真学习。

　　本书得以出版，感谢编委会的提携以及花城出版社的催促与帮助。藉此机会，我找回了 20 世纪 80 年代以来发表在各处的一些评论；虽然显得零乱，但是从一个侧面看，也算是一行足迹，一段自我的历程。

　　感谢带领我们走进这一学科的前辈，感谢激励与帮助过我的许多学者与作家朋友，还要感谢支持与支撑着我的研究团队；没有他们，就没有这段历程与足迹。

2014 年 8 月 14 日于暨南苑